2019中国年度　散文诗

王剑冰　主编

漓江出版社

目 录

contents

贺州四章

汤松波

一

望贺州，是从一句诗开始的。

“落花人独立，微雨燕双飞。”这是古代贺州籍诗人翁宏的佳构锦句。诗句写满了足够的恬淡，也写出了贺州人当时的那份风雅情愫。

我总想，我若看到那时贺州的模样，该有多好。

那时有秦朝的古道，有汉代的城墙，有唐诗的豪放，有宋词的优雅。

风雅贺州，从古到今，一遍又一遍被青山绿水擦亮身影，一遍又一遍为瑶歌唤来春天。

风雅贺州，在时代的意蕴里，在人们的找寻中，在梦幻与现实之间，成就了另一个桃花源。

二

不必谈及所有的来龙去脉。那些甜甜的空气，那些甜甜的水，那些搅动我们味觉的美食，自然而然地就构成贺州生活的基本元素。一碗油茶，几块水豆腐，一朵瓜花酿，几片明前茶以及五彩斑斓的簸箕宴都是贺州人舌尖上的乡愁。

望贺州，望的是那浸染历史风韵和民俗特质的斑斓色彩。这里方言是有色彩的，芦笙长鼓舞是有色彩的，瑶锦是有色彩的，惯节、盘王节、鱼龙灯节等当地节庆也是有色彩的。

这样的色彩因人而异，来到贺州，用心去体会这里的历史积淀，用眼去捕捉那多样民俗背后的文化之美，你就会看到那份独特的贺州色彩。

三

蝴蝶忙着访问春天，鸟儿忙着拍打翅膀。鱼儿忙着练习吐纳，农民忙着入田耕耘。

小伙忙着闻豆豉香，姑娘忙着织瑶锦妆。太阳忙着爬上脚手架，月亮忙着唱月光曲。

忙啊，忙，我们忙着把绝美的风景搬运到相片里。忙啊，忙，我们忙着把贺州白搬运到外省去。忙啊，忙，我们忙着把新鲜的蔬菜搬运到粤港澳。忙啊，忙，我们忙着把荣耀和汗水搬运到幸福的足迹里。

物华贺州，百姓用汗水和热诚去构筑新家园的新风貌。

如此美丽家园，在我们安静的心怀里，安放着五谷丰登的好年华。

四

林泉飞瀑间，春种秋收间，歌舞曼妙。客家人的山歌，瑶家人的芦笙长鼓舞，一茬接一茬，成为季节的美丽诗章。

站在黄姚古镇的带龙桥上，水波烟雾弥漫之中，不知不觉你就成了镜头里的风景。这样的风景，无论晨昏，无论雨后天晴，一点一滴，都富有诗意。如果你是诗人，尽可以诗兴大发。如果你是画家，尽可以挥毫写意。如果你只是浅浅地路过，回眸的瞬间，也是这风景里值得典藏的惊鸿一瞥。

（原载《人民日报·大地副刊》2019 年 2 月 20 日）

被十个星星照耀的美好

西　库

被十个星星照耀的美好

似乎从来没有写过星星，不知何故。

有一种可能：星星是终于荒老的宇宙鬓边偶见的华发？

另一种可能：因为命运赐我一双病目，星星在我的仰望中太容易遁形？

还有一种可能：万有引力和活着的负轭过于沉重，摁住了我脖颈的这两股力量，迫使我遗忘了星星的存在？

然而，今晚我见到了星星。我倚扶着阳台栏杆，心血来潮地抬了一下头，见到三两个星星在头顶闪耀。我以为偌大的一块墨玉的池子里只有这三两个星星。但是几秒钟后，又多出了几个。我努力把眼睛睁到最大，终于见到更多弱弱闪着的星星。

我明白过来，头顶其实有一池子星星，只是以我的目力，只能领有少于十颗星星的光。不过，足够了。我努力睁着一双病目，在十颗星星下久久伫立，心底生发出被十颗星星照耀的美好。

这美好像一泓清水，涨满我的心池。

另一棵槭树

加上去岁新植的几棵，院子里的槭树多达六七棵。

这些槭树仿佛各有禀赋，并没有一致的颜色。东北角的那棵绿得偏黄，西北角的那棵红得偏黄，东南角那棵，新叶舒展得晚些，绿得不够纯正。

西南角那棵，暗红。但是另一棵槭树——我说的是西南角的另一棵，自打吐出叶芽始，就有一种纯正的绿意。等到四月之初的这几日，就愈发纯正，而且逐日渊深起来。

我最喜这另一棵，觉得它独具风神。每每走过这一棵槭树，都忍不住驻足片时，看上几眼，嗅上一嗅，它淡到没有的气息在我鼻息间游走的片时，我有出神的莫名愉快。

从枝叶间漏下天光的蓝和阳光的斑驳，衬得每片棱角分明的叶子也闪闪发光。丰富的救赎之光带来治愈的安宁。

在自然的时序里，这另一棵槭树并无特殊的附丽，和任何一棵槭树一样，它也只是一棵槭树而已。

它只是被我选择的一棵槭树，于是，它成为另一棵槭树。

与河流一起散步

中年散步，没有比河流更相宜的伙伴。

黄昏散步，没有比小泖港或者秀洲塘更相宜的伙伴。

——不是因为无处可去，也不是因为无人可约，而是因为有个好去处真是难得，有个好伙伴更是难得。

习见了人们三五成群，在初上的街灯下沿街暴走。这自然是好的。

愿世人都能有活泛暴走的生机；

愿世人都能摆脱孤来独往的宿命。

只是既然是宿命，在人群中散步岂非更显孤独？

“你才是个孤独鬼。在河边独自踟蹰的，都是孤魂野鬼。”反唇相讥的声音不止一个，鄙夷的眼神像无声的四面楚歌。

是啊，与河为伴的无一不是孤独的散步者，无一不是孤魂。但是，他的孤独并不因为远离而成倍增加。

他的孤独在数量上极其有限，在质量上，哦，怎么说呢——“孤独也成享受”——他对孤独的品味算是无限抵近了史铁生的幽幽喟叹？

不，还差点儿。因为苦难并没有像眷顾史铁生那样地眷顾他。他的孤独，仍然是一个庸常之辈的孤独。这是他的幸运，或许，也是他的悲哀。

他可以像卢梭那样在孤独的散步中放任遐思？

至少河流提供了这种可能性——河流提供了陪伴，自然就提供了思的可能性。最起码，他可以学习成为一个孤独的散步研习者。他不可能成为一流的，但总好过没有孤独——就像人们假装的那样。

悲　喜

悲喜是人的事，不是樱花的事。

上帝安排樱花无悲无喜地开落，又安排人在樱花的开落里或悲或喜。上帝之爱，是轻盈的恶作剧，也是沉重的恶作剧。

人们或在樱花的开落里悲喜交集，或在樱花的开落里假装无悲无喜。樱花不闻不问。它另奉旨意，另守职分。

樱花的开落是一幅画、一首诗，是一部曲子、一面镜子。

有人取其事实的艳色，有人取其神会的意蕴，有人取其可能的韵律，有人取其对称的镜像。人们各持禀赋，各怀心思，各得其所。

——这些都是人的事、人的想法，不是樱花的事、樱花的想法。

樱花的事，只是开落。樱花的开落，只对秩序负责。

人间悲喜，却常附丽于樱花的开落。

樱花因此而有了不能承受之重。

偶　得

每日午间散步，在园子里次第盛开的白玉兰或紫叶李前驻足片时，像一个真正热爱生活的人那样，甚至像一个享乐主义者那样。

其实，多数厌倦生活的人也常常流连春光，一部分悲观者可能更敏于骤然升温的春日繁华。

那么，我到底算是哪一种人？我自量，可能是个事实上的折中主义者。因为无论从哪方面看，我都足够平庸和平静。

我只是在春日的繁华面前小站一会儿。

我知道这白玉兰的盛景颇有几分惊心动魄，正如异日之别的盛景一样。

我也知道它熬不过几日，就会萎谢一地，像一场葬礼。

闲章句

花开花落，春来春去。

请你爱恨自便，悲喜自便，生死自便。

看花的人，花是你的眠床，也是你的坟茔，躺在花下或花上，冷暖自知，都算得一份福报，须惜之，勿恨之。

涉水的人，水与你肌肤相亲，又离你而去。你留不住它一滴，它却注定要带走你——部分的你，甚或全部的你。

春天饮酒，须有樱花作陪。在落樱中饮酒，胜于一切欢场的周旋。

春天行走，勿拣人多的去处，人多处，春常浓过头，容易馊掉。

今日之春天，已无投递信件之必要，却又频频生发等待远方来信的古老意绪。

今日之春天，也无在春衫这件事上费尽思量之必要，风乎舞雩这样的事，只在心上放一放，便无暇再放矣。

春睡勿求早醒，却常不如所愿。因为鸟比你醒得早，而你又老得太快。

潜意识里，你是怕一觉睡过了头的。你在春天的衰颓，常甚于别的季节。

雪正是人们所需要的暗示

人们爱雪，是人们觉得雪是善的。

一年将尽，人们渴望至少得到一次雪的涤洗。他们是如此欢喜，不全是出于对美的需要——他们更需要善的眷顾。

人们负累于一年里所积聚的过多的恶，和一年里所积聚的过分的重。

人们嘴上或许不承认这双重的压迫，但内心早已不堪承受。

人们需要一种祛恶修善、化重为轻的心理暗示。

雪正是人们所需要的暗示。水为上善，雪作为水的特殊赋形，其善的本质非但没有异变，而且似乎更被强化了，尤其随着被重新赋形，水同时被赋予了更轻盈的灵魂。这足以构成人们对雪心驰神往的理由。

雪呼应着人们的本性。非但孩子们是那么愿意亲近雪，全世界都不会怀疑孩子和雪是同质不同形的造物创意；就算是成年人，也是那么愿意亲近雪，在他们日益异化的躯壳之下，总还保存着一丁点雪意和孩子气。

这一丁点雪意和孩子气，恰是人们终获救赎的本质起点。如若不然，雪的美与善将无以实现，它的轻盈也只是虚像。

在油汀旁想起火炉

坐在油汀旁想起火炉，一冲动，就想写几行关于火炉的文字。让我猜猜你的第一反应——你差不多要并拢食指和中指戳过来：“虚矫。迂腐。”

我只管写出，不管你的指斥。

我一边享受着现代文明的好处，一边却始终觉得这散发着热量的家伙像个城府很深的异己分子，它的一言不发其实是一种冷，一种很有深度的冷。而火炉，却是一个健谈的谈伴。它的火舌跳跃着，是灵动的语言、丰富的表情和睿智的思想的复合体。它擅长拥抱、谈话和看护。

在它温暖的看护和柔情的光照之下，人真实地体验着生之安详，死的恐惧不知所终。

“在现代文明的泽被中，这一切不也很轻而易得？难道你不正被绵绵不绝的暖意所包裹，只须安稳地享受生，根本无须惧于死的阴影？”

是啊！在这大寒之夜我的安稳和欢愉的确得益于一只油汀。

一个浑身散发热能的器物。

一个小小的救世主。

只是我还是不由自主想起火炉。我不是要比较出什么优劣，只是忍不住回忆那些在时间暗河里消失无踪的大寒之夜，曾经在火炉——一个温暖的谈伴身边坐定，和它执手言欢，和它促膝长谈。

哦，更多时候我都不用语言，不用表情，也不用手势，只是用打盹，就能和它谈到午夜。它兀自噼啪作响，像一个最负责的看护人，是那么健谈。

（原载《散文诗》2019 年 7 月）

那些影影绰绰的物事……［组章］

曹　雷

倒影：飞过水面的一只鸟

是不是和我一样，这一小段历程，要交由水底来收藏？张开的翅膀下面，是压矮的千山。

天空不留下飞过的痕迹，只有倒影在江心映现。

只有十里春风迷醉过我的情怀，与轻佻的柳絮共舞，一路抖落的羽毛布满尘埃；只有百亩桃花摇动过我的心旌，长梦醒来，泣血的唤归声再次聚拢起失散的神魂。

世人还在谈论旧事，而在新的语境里，我的羽翎已在从容盘旋。一江清流，洗濯掉的是滞重，交还我的是轻盈。

剪刀一样的尾翼，裁剪江天的辽阔，只等飞过时，贴一幅堪称绝版的倒影在人们视野里展览。

那时，激动的水纹再也平静不下来了，轻风抚弦，动情的渔歌一边编织浪花荆冠，一边泊往彼岸等待。

是不是和鸟一样？即便是最后的飞翔，也要让万水铭记！

背影：一柄钥匙的失踪

那把锁，以生锈的语言，讲述一柄钥匙的隐逸。

以一成不变的挂姿，成为难以释怀的悬念。吐露的每一句言辞，跌入在深情里的空寂。

什么时候，那些唇齿吻合的欢愉，那些凸凹相扣的默契，重又联袂，锁住太阳的温馨握痕，打开星光和河流相映生辉的心境?

门环等不来回答，残留的指纹日渐冰冷。

万丈红尘里，定格着往事在拐角处的收尾，以及蒙蔽渐深的遥遥归期。

一柄钥匙，就像一根光亮的骨头。没有了它的照耀和支撑，什么样的锁，也只是一坨废铁的肉体。

世事守口如瓶，一刻都不停下冬去春来的交替轮回……

屋檐下，衔泥筑巢的归燕，依旧执拗地辨识着哪里是熟悉，哪里已变为陌生。

熙熙攘攘的人流中，哪一个才是该回头的背影?

它一定知道：找不回失踪的钥匙，就跨不进那扇命定的门。

侧影：野外有一座无名石像

你的沉静是旷野最精致的一部分。

线条柔和，轮廓丰满，只一个侧影，就那么英气逼人，连清风露水来去，脚步都放得很轻。

风过了，雨又过，没有谁解开过你的身世枷锁。

那些首尾断裂的故事，那些支离破碎的传奇，一百场寒暑交替的打磨，看不到新的效果，没有一丝线索有迹可循。

盛衰也罢，枯荣也好；骄阳烤过也罢，冷月沁过也好。蜂蝶，草棵，腐骨，磷火，在你无法改写的眼神里，这一切轻薄得如丝，如羽，如微尘。

环绕你的荒草倒伏不起，压在身上的，是一百年那么重的寂寞。

从来也不吭出一声。从哪里来，又去向哪里?这是你和我们同样解不开的人生命题，而过往的风，也给不出可以认同的答案或者谜底。

就这样一直立在那里，立成静得沉闷的一个侧影，像一声久久的叹息。

仿佛是在提醒：天下石像，都不过是旧时光凝固的多余话题。

阴影：想起一枚有疤痕的苹果

在五月暖风的吟唱里，你拒绝了阳光的安慰。

于是，不再坚持的春天转身而去，遗弃，便成为别无选择的必然。栅栏阻隔的，是一双慢慢熄灭光焰的眼睛。

成熟，就此虚化为遥不可及的幻梦……

孤独的外壳太坚硬了，歌声的锋刃也难以刺破，那比天空还巨大的寂寞，也没有翅膀带你去穿越。无语的露水干了又湿，说不出日子的忧伤。

是一场始料未及的虫害，还是一次躲不开的霜灾，还是一只手的误伤，让你坠入无底的深渊？光秃秃的枝头上，悬挂着你长不大的童年。

出落得红颜动人的姐妹们，都去了诗意的远方。

留在原地的你，青涩依然的哀愁，恍若找不到一根视线能拴稳的问号，露着的缺陷无人缝补。

谁也没有注意到，你以怎样决绝的姿势，无声无息地跳进了烂泥里。

只是我在悲戚地想：但愿你也有来世，能够重新回到树上。

好吧，明年此地，我会委托春天认领你。

缩影：对一个花园的凝望

似乎是童话的意境正静谧地呈现，或者是音乐的抒情在舒缓地展开……

而这，就是我想要看到的画面。

肯定是在别处嗅到过同样熟悉和陌生的气息，我的眼里，有几分欣喜，就有几分迟疑。

灵魂探路去吧：万物万类，万紫千红，都在尽心尽力地发芽吐蕊，完成着属于自己的绽放。

天空越高越蓝，越要用自由来向往。许多前赴后继的飞行，在纵情张开或收拢各自的翅膀。

满载温暖的太阳马车驶来驶去——

把香味给冬天的梅，把金黄给秋天的菊；把赞美给亭亭玉立的美人蕉，把力量给谦卑的狗尾草。

舞蹈和歌声给了蝴蝶和蜜蜂，辛勤和收获给了蚯蚓和蚂蚁。

空气清新，雨水丰沛。没有谁扰乱正常的呼吸。

我久久地凝望，目光也变软变柔，忘掉了曾经恨过什么，但不会忘掉爱过谁。

突然明白：这小小的花园一旦放大，就是我想要安居的国度。

幻影：和另一个自己的相遇

多年以后的某一天，我回到人烟蓬勃的世间，和另一个自己相遇。

我们交谈。就像一个故事的开头遇见了自己的结尾那样相互探询。来时的故乡和去过的远方，在我们的问答声里，一一失去了原来的模样。

那件长满麦穗和小野菊的棉衫丢失了；也丢失了烟云一样没了踪迹的鲜衣怒马；以及扬起手臂唤归的炊烟，驱散寒夜的热茶；甚至欢宴时假笑的那盏浓酒……

中间的这段内容里，一场似有若无的大梦在云卷云舒。花开，花谢；满足，失落。也只有此时风轻云淡的叙述还会短暂收留。

还有多少说不出的隐痛，被轻风流水带走；还有多少欢愉后的惆怅，在一地鸡毛里发霉。当暮钟在耳边响起来，一种摸不着的空，早已侵蚀周身骨头。

那好，结束交谈，我们互道珍重——

燃亮初心的灯盏，就像秋风中的黄叶，沿着时间画出的纹路，回到出发的季节去。

或许，下一次的相遇，天也蓝，水也碧。

（原载《散文诗》2019年7月）

夜班，红糖似的苦胆

马　飚

1

沿着铁水，幸福得好难过。通勤车拉着我，生活在倒叙。

光芒旋涡的轧辊，男女虚构个高压，负载生活缺陷。电弧是隐身的班长，黑暗比光芒刺眼，工资单为面罩。

我在附近的炼铁厂三十年，像熬制内脏的中药，排放人世杂物。用电流隧道一样的暗轰鸣，沐浴命理。黄昏，让河套成为一个影袋。父亲与铅，在重力上做平面，我再次用一条河流，写下爱你。被落日浇铸，光芒像孩子不用防冻，诞生在攀枝花的山势内，体重含热情参数——化验。

每一条流水线，都是横插的气温，像手术刀遗留于速度，在拯救落日，上苍放养松散的人类。凤凰花，垫付一天碎银。最低处疏离的一棵，银行家一样独舞。山麓，气温——保险柜，以螺丝为密码锁。

人烟不断传出神的放肆。每一日，从天地中间开始暗，桥梁为轴线。用扳手，交换凤凰花，我做一天太阳。云团用光芒，把远处向山麓里塞，像一大堆十年，或备件。风扇叶片，为劳力的舞台，鸟从落日处来，声音架设滚珠。厂房的亮，是一种破碎的迸发，每个人的斜边对着世界，像一块山崖松动之力。虚妄世界找到了出处。红衣人独享大花地微小余晖，有阴影如开发商的行吊吞噬绝壁。

天空除了落日，就是山峰。

诸神目睹，岳麓的外科手术，取出铁，灰色与磁场，火山用耐性的硬，从地下远走，看不见的飞溅，凤凰花自带衣冠，机组在天桥上击退失眠，蒸汽漫过来，人们像浮雕，在烧结厂，黑麦草亦无节制。

2

万物，在我周围延续。从树冠取下，百万年智慧做帽檐，飞行是时光海盗，做锐利目光。不要被美丽的事物误解，好奇监控着，大红灯泡被昆虫视为天明。

气温的无畏上，炼铁厂咏颂红日。知更鸟鸣是世道通畅，低调得像浆果裂出鸿沟。凤凰花，太阳血，高原大机械，太阳为 1 号悬崖，还有一首歌在流泪，点痛白云。值夜班发红的一对姐妹，用五月拯救寂静如蓄水池。

蓝花楹，自己每扇玻璃窗，擦净，来隐身。神的人工智能一样，用梦境控制。草木进化了亿万年，下一秒是未来的大学生，野花有着先知回来的脸，记住吧。真相，是你活得不用神。为了纯洁，养活思想的轮廓，我像尘世的一把手电，米虫一样的冷光。

凤凰花是苍茫的麦克风，声音，囚禁在世界窗户纸上。人用眼球吞噬万物，简化为电，远处沿着树干爬。出一套互译的密码，蓝花楹，凤凰花，呼吸都是对自己的报警迟疑，是我们对别人的一个功能。尽力，勿称颂，空闲必言说，未启用的皮带一样。凤凰花，山麓每年怀念的爱情，却无法把一世之美，还原细碎中。像我们看到曾经，是上苍最大的小心，苦难被磨选——如陶瓷之乐的薄奏浓曲吹尽，蛮荒的绚烂之自由境。

落日项圈内，金沙江牵挂的大事为 20 吨位。时光对人世的误差 0.001 毫米。

3

光芒，总会放大了等你。凤凰树下，看花冠给我的劳保服注入青春，又可以等你，自东风带来一颗红星。有这一片好消息，没有什么能伤害你了，一切的绚烂归于悲戚。凤凰树困住我，思念，让我散发出你的气味。19 岁后，初恋像刚成年的猛兽，神不再眷顾。

工厂里有世界真相。挖掘机如灵异。

天涯，多大的巨兽，在黎明前隐身于列车的轰鸣。红皮卡，如凝望的眼球。干重活的人看出山峦有九层，黎明是分配尊卑的设备。太阳的大波动，破碎云，用焦化恢复原样，嶙峋的断带如我的智商，凤凰花精制旱季，天用燕子抑扬着颂词。

金沙江与太阳的构造，是载重车。人打乱了神苍茫的完整性，妖魔已退出光阴，宇宙与人关联于康姐值守的贵金属库房。

雨天的底板上，上苍是乱世。

凤凰花与转炉是五月的唯一英雄，高温隐退后，山形增重，事物自己发光，照耀幽暗人生。一些坚固失却联系，为退休。神灵开始松动。红黄绿的载重车像坠落的果子，它们之上千米处，桥被远方附身。

4

人间透着微光，每一处都像千年，有点小雨，没有大灾，甚好。

冷轧厂，候鸟一样俯首于大地的金红。土银队，背着凤凰花的圆规，围墙，隧道，网是标尺，列车移动的虚线。工业一点痕迹，荒蛮新颖。若以金沙江为画轴，我们有两个尘世，一模一样，可以重复。每一平方光阴，重若一辆卡车，在胸怀上。红岩流态隐伏，高温是白色的煤。

太阳继续无烟的烧结，霸权的泡沫，绝壁，不时浮现生命，一秒钟摧毁这世界。耳廓一样的山脊，炼铁者神一样，隧道外行吊，土法，矿脉新增面积，像来自人间的震荡收集器，凤凰花冠，沿坡有三棵，几层繁星，挑眼，无数剑麻修路接神。红砖醒目处，有一扇窗子向我而开。雨刚停，青工与白云跑出来，凤凰花好年华，山谷的青春为不断长草，内心，有山脉之初的蓬勃。

苍茫褪去，露出五颜六色的俗念，每个人都是，上天一个接头。旱季是宝石，雨水的裙子，用崖跳舞，列车有天下大的耳鸣，神呼出电的气息，像大气层控制着摩擦力，凶猛气候是苍茫之胃。

5

我心跳，渣罐一样，做金沙江壮美的快门。山岩豹子一样被惊动，鲤鱼一样产卵，像果子离开山野后的熟，是一个灵魂标志牌，有红土之状元大志向，如怀孕瓦斯和地压，焊条用船板作画，懦弱一点点烧掉。风用白斑，与人类相处，麻雀，飞的锻造声，并非盗窃，是转世，油库，人世积存美德。太阳说：来我这生活，雷电负责道德。

我想做一件危险的事，银行附近的苹果树，过路者不抢劫她，枝干，火内一条路，通往云朵，飞与仰望碎石一样铺就。一条开花的蛇妖，用盛开催眠，有车辆还原为牛马。

落叶，像被信件出卖的好朋友，邮电所瘦的，如很想说话的哑巴。火龙果，是仙人掌的头颅，神体内有气温黏液，让一些雕刻，在骨件上复活。小刺做避雷针，大地有无限植物智能。凤凰花为理想主义。睁大眼睛，尽量浸含人世沸腾。

鸟，是未来抛出窗子的卷宗。心总会离开神几天，家乡用草木，埋没我的财富梦，生活吹响口哨，与自己的比赛结束。

6

埋下疲劳，我天意一样的眼皮。光芒寻骨骸（废旧）活下去，我的感恩和江河不息。除了亲友和佛，宇宙好陌生。

班前会繁华如闹市，我为爱人担忧。她脾气如玉器，柔情，化为猛兽毛皮。人间的斑斓方正，加上冬天的高温：天的变压器，橡皮树叶厚埋若电极，像一个小神被呼出。

万物都懂一点冶炼术，喂养秋天这发低烧的幼豹。花岗岩不是花，山形有着佛相与人世心肠。我从黑夜来，看见铁质发光，沉醉的黑可雕塑。

黄昏时工匠代表人类，土星泛起人世柔情。教我看图纸的女工程师说，有些神会沉迷于凡俗，假装情怀接济穷人。一些坚硬被冲淡。都是怀抱竖琴样重器，为落日复活，引路的人。

燃烧对太阳忠诚，火山为高炉元世祖。有淬火的旱季弯刀，山野的不舍被风磨薄。太阳公允，谁不几世单传的自己，嗜好绝句一样的气锤。天下宠物，力气做头脑。

（原载《散文诗》2019 年 9 月）

伊犁河谷［外三章］

秦　一

太阳在液体和固体之间转换季节，在一处苇滩点起篝火，野鸭子的翅膀闪动黎明，就在风中把河流叫醒。

一条带状的喧响，逶迤而来，雷声四溅的波涛，掀开多重天空，向西也许不是最后的滑行，命运却在享受幸福的眷顾。

一条河流想迈向海洋，在正午之后渐入佳境，浮着星光的排筏，浑圆的躯体泛着泥土的气息，穿透所有时光的密林。

一到秋天便变得丰盈，眼袋深藏绿色。土色的房子，像被填充的文字，有力地扎满河谷，在与果实的交配中，不经意间把温润的收获和窖藏安插到两岸。

风把你举在手上，一种水中的贵族气质豪放不羁，位居尊贵的板块，雄鸡歌唱的时候，就用一条尾巴延伸湿润的播种。你的状态不好也不坏，空降的雨雪，揉搓绵软的湿地，粗犷、细腻的岁月像一个巨大的吻，伏下身子与大地对话，河流对土地的依偎是一种升华。土堡下的泉水，很使劲地喷涌，漫延的水声，彻夜都在旷野的回音壁鸣叫。你的歌声却是沉默的，像阳光下哑然生长的庄稼，筋骨毕现成一株玉米秆和沉甸甸的麦穗，无一不在承受昼夜的湿气。

在银白与翠绿之间，杂草丛生的记忆，被大火焚烧的忧患，接近曙光的炙烤。恬然的家园，用韧性、血泪搭建起梦境，竟如此清澈辽远，湿地和绿洲敞开的大门就再也无法关闭，薰衣草、苹果树、蟠桃园，你穿越果子沟把湿润输送出去的时候，胸襟面向蓝天才真正显示出了雄浑的轮廓。至今还有一颗金子般的种子在河谷里发酵。

岁月无痕，但河谷确实是有痕的，就像一片树木、一群水鸟……

我的目光也像水声，永不会生锈，畅游在无边的四季繁茂的星光之下，真心地挽留土地天然的氧吧，不想因为我的掉以轻心而丢弃。我闻到了收获之后的安宁来自金黄的掩映，那种芳香无以言表。从你的手中接过一本书，这块冲积平原所产生的故事和预言，我并不陌生，也并不急着匆忙翻开，一次次心甘情愿地靠近，似乎都与一种顿悟有关。

刀郎部落

不论远近，我们都急切地走到阿瓦提这块神秘荡漾多浪文化的城市，不仅为一种风景、成片的树、古铜色的部落。

河畔、沙丘、孤独的天空下，部落、胡杨树扑面而来的古朴、金黄，于干枯之地，于沙丘之上，于河道两旁，蒸发出一种炫目的光彩。

很幸运在少年时就认识了你。当初，我只是感到你是一种树，一种与众不同的树，昂奋的外表下，用一种挺立、挺拔、挺括的身影直射我的眼帘。

尽管多少年后离开了你，却自始至终都感到你还立在我的身旁，而当每次回到这块土地，踯躅于你的领域，你的身影就像一种语言，刹那间默默传递给我，却欲言又止。

看到部落中许多汉子手臂上流出的血滴落在一起，挤进一根脉管。

他们赤脚打鱼，烤肉，打馕，粗壮的手臂像长矛扎进野兽的心脏。他们用孔武有力的手脚播种麦子，种植核桃树，酿造慕莎莱思，简直无所不能。日出而作，日落而息，生存的磨砺、生活的坚韧中，古作坊满足简单的丰富和收获。

在浑浊的晨昏歌舞，倾情于简朴的享受。他们的歌声欢快、直白、深沉、阴郁，舞蹈豪放、粗粝，在篝火旁通宵达旦，水面倒映着汉子的紫髯。男人庇护孩子和女人，女人延续后代，围着粗布长裙，纺织，摆弄锅瓢。

发现你时，你早已经建立起了自己朴实、辛勤劳作和载歌载舞的欢乐的王国，可我却一直以为那里没有袅袅炊烟的迹象。

干涸的雨，难飘的雪，河流枯萎的只是季节。

这片土地，胡杨林和部落总有与我们相同的地方。

当我读懂你的时候，却被身外之物纠结，自尊、身份、物欲、服饰、金钱时常包围着我，让我在左突右冲中渴望保持着一块心灵的净土，似醒似睡，似醉似梦……

在与你的对视中，我心底的喜悦、渴求、郁闷和枯寂，都化作了一种倾吐，一吐为快。

从你的眼神中，我读到了——刀耕火种的场面，被追杀、被追踪，追逐水草，在荆棘丛生的土地繁衍扩张的族落，淡定地全景式地展示了嫁娶、稼穑、窖藏、征服、猎杀、生死的排序。

只有在这时，我才感到自己是真实的，因为只有这样的环境才能酿造出此时的心境。我被还原为一个真实的人，一个无欲无求的人，一个只关注自己心灵默念的人，享受真实细碎的金色阳光、树木葱茏和飘起落叶的天空，我的意念被暖热。

每次都那样匆匆，你却倒映在我的心中，就像无法拂去的阳光。

我与你的距离在缩短，只是心灵的距离更近，仿佛近在咫尺，几乎深入到我的淌动的躯体里。

止步于一幢原始的寨门，我低头寻觅：从部落里、胡杨林中飘出的似塔里木河生生不息的歌声，正弯成一轮徐徐上升的明月，临照金黄色的天空。

天山神木园

高原、古荒野外、坚硬的峭石之间，犹如一座绿色的高峰，一片神奇的树林，孤高、清癯、奇峻，铮铮铁骨，枝繁叶茂，千年古泉，流经岁月。

从远海而来，从世纪的沉落开始。

麻扎里的干尸湮没了无数个世纪，船形的讲经堂，干驳的土块，渐成灰白。身形各异的神木，或盘，或立，或卧，或伏，绿叶如跃跃欲试的出笼的鸟儿。卵石如鱼，栖游在冰凉剔透的泉眼中。

蚕食着漫无边际的岁月，将太阳和月亮圈养在脚下，只在夜晚唯有月光的四季，身影黝黝，成了一道无人逾越的山峰。沉穆如同一个意犹未酣的梦境，笼罩在一片园林之上。我看到成片的绿鸟，起飞的鸟如一道闪电，刺破寂静。这片园林，被冠以天山神木园。

已经不把你看作一棵树，与乡村果实累累的杏树、桃树、苹果树、核桃树，与城市修剪端庄的梧桐树、柳树、白桦树相比，神木显得脱俗、脱媚，而树也无法代替、涵盖和囊括你的意蕴。你本质上已成为一种成熟、敦厚、深沉，被寄托、被神往、被默念。

多么不可思议，原来包围、包裹、包紧我的一切可以唾手可得的东西，包括风景，我都可以弃而不见，恰恰只为这流水、群树，却跋涉了上千公里，直至见到你的树梢，直至看到你的流泉……

与你短暂的相视中，你的启示、暗示、默示，已如风触摸到我的心扉，抚摸到我的精气灵魂，痛击到我的柔弱的情怀。

但我不敢再看你，我想尽快逃走，因为与你相比，我已经黏附了太多的凡尘和世俗，已经负载了过多的欲念和追求。

应该匍匐于你的脚下，长拜不起；应该微合双目，敬仰不止。

接近你，极力想达到一种人生的彻悟和通透，离开你，却是我迫不得已的选择和无可奈何。

刹那间，我宛若伫立许久，已经不敢向你祈求清高、清新和清静，奢求平静、平和、平淡。我只能默默转身，拍一张近影怀揣在胸前，用以反衬我负重的心态。

会意于一种超越时空的倾谈，惦念于一个约定的默守。

呵，天山神木园，我还会再来。

胡杨颂

面对你时，我看到围观者猎奇的、惊诧的、震撼的目光，但他们只看到了你的挺拔和矗立，又有谁能够读出盘踞在你内心中的倔强和冥顽不化，生生不息、千古不死、独立不朽所透露出的意蕴。

我想象着你的生活，日复一日，年复一年，默默地轮回着绿色、紫色、黄色和枯竭的灰色，用自强的、睥睨一切的目光撑起一片硕大的华冠。

我看不到你的成长，却看到枝丫遒劲参天。枝繁叶茂其实就是一种生命的高调的喧哗。那生长着、站立着、躺倒着却枯立着的树木，如一个永远也抹不掉的大漠的胎记。

沙漠已不再是死亡的履历表，而是催生生命的最后的温床，只不过是为你准备的。

我不敢给你打分，因为，没有谁能有资格同你并列站立在一起。在一片人迹罕至的领域，却有生命分外灿亮，只与高原雪莲遥相呼应，带着体温的呼吸，真实而热烈，你成了一个永久品牌的代言人。

告诉我，你生命的全部歌唱，从天外飞来的，随着浊黄的风沙、交加的雷电产生的，经久不息的一切声响；告诉我，你盘根错节的伤疤，撩开剥落的紫痂露出微绿，不动声色地傲立于昏天暗地的狂沙和黄风中，任沙漠堡垒般推进到你的脚下，却从没有打败过你。

我已经把你看作我的肩膀，攀缘而上，我能看到更高的天空；

我早已把你当作我的双脚，跋涉岁月，我感觉目标越来越近。

让我把猎奇、好奇、惊奇的目光挪开，让我把虚无的赞美、赞誉、赞叹抛弃，曲折和磨难、孤寂和落寞全在不言中。

你装满了我的视界，填充了我的心胸，策反了我所有脆弱和虚幻的梦想，对视你、破解你，需要我完全理解你对生命的固执、偏执和真谛，重塑对生命的渴求。

你改变了我，甚或将改变我的一生，在与你的对话中，我已获得了释然。

你默默独立于沙漠之中，由此产生的联想，我们谁也无法终止……

（原载《散文诗》2019 年 2 月）

新年致母亲［组章］

戴永成

土　屋

土屋，是母亲生我养我的巢。

生命之巢，简简单单。

土墙，苇棚，火炕，苇席，炉子，灶台，风箱……

母亲过日子，不嫌寒酸，不怕简陋。

一日三餐，大碴粥、窝窝头、土豆炖白菜。

锅盖一揭，满屋米香。

土屋长大的孩子，不会挥霍。

母爱筑在童心之上，炊烟放飞思念。

乳　名

母亲梦中呼唤的乳名，是我最美的名字。

乳名，坐在如雪乳峰上。

舌尖上的乳汁，嚼着爱的滋味。

母亲，是水做的女人。

乳汁，流成母亲河。

乳名若舟，涟漪成母亲的微笑。

乳名若莲，开着出淤泥而不染的佛语。

母亲啊，请唤儿的乳名入梦。今夜，儿难眠，想起你背影。

火　炕

土坯房的火炕。柴禾烧的火炕。

母亲抱来一捆苞米秆子烧攮灶子，热炕头上捂着花被，留给我钻。

热乎乎的火炕，温暖我的心。

母亲把寒冷带走，胸脯留下。

母亲把饥饿带走，乳汁留下。

一滴泪，滴在火炕上。

守着这滴泪的，只有一双眼睛。

守着这个冬天的，只有一颗心。

油　灯

一盏小洋油灯，是土屋照明的灯盏。

母亲用白色的棉线，捻成灯捻。用针一拨，灯就亮着。

母亲在灯下用补丁缝补日子。

我在灯下读着唐诗宋词。

母亲用民歌与农谚喂养我的童心。

母亲用麦子与拾穗喂养我的风骨。

母亲，就是我心中一盏不灭的心灯——

拨亮了我一生的目光。

布　鞋

水做的童年，穿着一双布鞋行走。

鞋底，是母亲把日子的长夜一层一层纳入的。

针线，是母亲一根一根白发用针扎进去的。

一根针，刺痛时光。

一双鞋，行走人生。

我穿着布鞋，把根踏实在自己脚印上。

母爱，在寒冷中崛起。脚印，在坎坷中坚韧。

布鞋若舟，母伴儿行。

（原载《天山·散文诗月刊》2019 年第 1 期）

梦中的鸽群

叶　梦

寻找转世重生的灵魂

白兰花在梦里摇曳，每一片花瓣都在向我招手。

梦境戛然而止。

满室幽香萦绕，梦境来不及撤退。余香是隐匿的文字，娟秀的毛笔小楷若隐若现——那是我母亲温暖的手迹啊！

我一直不相信灵魂会凭空消失。

她离开十六年了，我固执地相信灵魂是一种物质，她将以另外的形式转世重生。我一直在寻找她转世的迹象：

若托生为人？她当是一个少女。

若托生为树？她也是一棵大树。

转世的灵魂是随机的，就像凭空跌落尘世的几行诗，就像毫无征兆降临的漫天雪。

已经十六年了。每一次重逢都是凌晨的梦境，68 岁生日那天我从梦中惊醒，期待的梦中重逢的人已不得见，只听见有一朵花在喊我。醒来之后——梦中的白兰花还在满屏播放。

我披衣起床，推门而出，一只白猫窜出来，引导我在暗夜的幽光里前行。路边黑狗凄惶地瞥我一眼。浓密的树荫，空中有暗香在指引，与引路的白猫形成双重导航。白猫引我至一株白兰树下，隆冬的枝上独立一朵半开的花。

我的眼睛盈满泪水。冬日黎明即将降临，黑暗依旧统领一切，白兰花在暗夜发出熠熠微光，此刻与 68 年前我脱离母体的时辰吻合。

叶间有兰，独放幽香。难道这就是灵魂的转世重生吗？

在我生日的凌晨，母亲变身一朵花来与我相见。我开启眼睛的快门，拍下溢满泪水的全息照片。灵魂的相见的场景是隐秘的，珍藏这一张照片，我无数次点开浓重的黑，只为可以再看到她盛开的姿势，温软如她的手指的花瓣，由此跨越阴阳会见到她的灵魂。

白兰花在梦里摇曳，每一片花瓣都在向我招手。

抵达先慈的暗道

逛艺术书店，走近古籍一角，见到傅山的小楷集，眼睛一亮，一把撸入怀中。我不习字，对书法无甚研究，为什么对傅山书法集情有独钟？

抵达先慈的精神迷宫，有千万条路径，傅山只是其中一条暗道，通过这个词可以走近已经离开多年的母亲。

母亲口中吐出的每一个词语，根深蒂固长在我少年的记忆。

一朵花，一个人，一本书；一味药名，一本经典，一位尊师。母亲说过的话被编入我少年的记忆词典。

每一个词语都是一条芬芳的暗道；

每一个词语都是我通向迷宫的地名。

温习母亲的语言词典，是我少年精神的回炉再造。记忆中鲜活的那部分一直营养着我的灵魂。

我甚至记得第一次听到傅青主这个名字的场景记忆，中医院的平房屋檐，面北的窗下，母亲在廊下与同事正在讨论中医理论，傅青主这个名字通过这样的语言碎片走入我的记忆。

当年那个痴迷小说的12岁少年，她对中医没有兴趣。

中年的母亲才华横溢，对典籍的研习与临床实践的体会，常常以交谈的方式与隔壁同事在屋檐下展开。关于中医的词语强行占据了我记忆的大部分，待到我年事渐高，母亲的语言碎片常常在我记忆中凸现。

被这些场景回忆再次唤醒，我沿着这些记忆去寻找母亲。从扁鹊、华佗到李时珍，从张仲景到孙思邈，从傅青主到叶天士，从《黄帝内经》到《金匮要略》，从《灵枢》《素问》到《难经》，我甚至牢牢记住了母亲崇尚的温病学派。

都是零散的语言，风中飘落的词语，每一个词语都是那样亲切，每一个人名都带着母亲的味道。

从妈妈口中吐出的傅青主，也成为追溯的对象，傅山小楷成为我的至爱。

我用读帖的方式行走在这一条暗道。今天，我从傅山走近母亲。

梦中的鸽群

梦中的鸽群飞向仄巷之上。

天空依旧被遮蔽。

回到童年场景，我必须穿越铁铺岭。

熟悉的街道被梦改写，恢复为秦代县衙前的古街。

两边都是卖旧货的店铺。木雕、古老的器物摆在店铺的门外。人影幢幢，来来去去。陈旧的气息，破败的繁华，色调很像旧书的颜色，仿佛一部无声电影的实景演出。

两千多年前的场景复活。

梦境毫无章法地从街道中段开始切入。

我幽灵一样漂浮着走向街尾，街尾的街道陡然变窄。有很多人，每人都控制着一群鸽子。多群鸽子同时放飞，在头顶飞来飞去。

我在放鸽人的夹缝中穿过。鸽群噗噗噗地在我头顶飞翔。

唯有鸽群，看不清人脸。

梦中的鸽群飞向仄巷之上的天空。

天空被遮蔽。

穿越铁铺岭，企图抵达我心灵深处的童年温柔之乡。

毫无章法的梦境再次肆无忌惮地修改现实，童年记忆中街尾两边应该是稻田洼地。稻田溪流不见了，只有一片汪洋。

灰白色的现代水泥高架桥从巷口直接伸展出去，桥面有及至脚踝的水。我蹚水而行，从铁铺岭到三里桥，梦里的咫尺之地，怎么变得这么难走？

高架桥的桥面断开，有一处断裂豁口。下断桥走过极滑的跳石，必须再爬上高架桥。倚着桥墩上的钢铁码钉我攀缘而上。上面站着的是我小学的一位校长，她接过我手上的袋子。

梦中的我很有力量，四肢攀缘，一下子就攀上了将近有一层楼高的高架，眼看就要到顶了，这个时候——

我，醒来了。

桥断路断，即使穿越了铁铺岭，我永远无法抵达三里桥。

梦境戛然而止，只有梦中的鸽群留在我的记忆中。

（原载《散文诗》2019年12月）

梨　花

阿　土

一

梨花白。

只一夜，千树万树似乎被一声呼唤同时喊开，绽放出生生的白，耀眼的白，灿烂的白！

我喜欢这玉般的白，那么清爽，那么宁静，那么淡泊。不容置喙。

她们是新的生命，如刚刚降临的婴儿，干净，纤尘不染！

像梨花，凡人皆应该有如此心性，立于天地而无愧。

我渴望拥有一颗无垢的灵魂，在满城飞花的时光里，自由地歌唱天空，大地，或者海洋！

梨花白。

在梨花的白中，柳树的绿，说深就深了，深得让人猝不及防！

但我并不为此惆怅，持一盏清茶，水波泛泛，有清明的人生可见，令我心生欢喜！

梨，我识得你一身粗干糙枝，仿若皲裂的肌肤，像我。世景无数，皆不过幻象种种，所生乔木，自有叶长叶落！

如此，方识生命！

二

梨花冷。

一枝枝，一朵朵，一片片，如冰，如霜，如雪。冷从单纯的颜色里透出来，像直抵心肺的寒意。

她的冷没有任何添加剂，也未做任何处理，从一现世就是这个样子，那么高傲，那么从容，那么温暖，无须回避！

我喜欢梨花的冷，喜欢得牡丹无色，喜欢得海棠失聪，喜欢得杜鹃不语。义无反顾。

有人说我善于表达美感，此诗可以做证，三行五句，便已词穷，而意犹未尽！

对于梨花，三千词汇不过淡墨一滴，我又能说些什么？

梨花冷。

是你唤醒了我，还是令我入陷得更深？

但我并不为此感慨，梢头上，次第亮起的灯盏，不是表白的珍珠，也不是感动的泪水。

与我的视线对接，那一池的水中竟映出了我的魂魄，定定地入了神。此时，我才理解了梨花的冷，一种通透，一种拒绝，一种天真无邪的思索！

如此，当见本性！

三

梨花香。

清清，我用这个词形容可好？

一抹淡香，已经涂得整个春天格外雅致，无须添枝增叶。山有了山色，水有了水韵，风有了风味！

请原谅，我没有更好的词汇，写与你相关的文章了。

梨花香里，我只愿觅得一块闲田，可以垦，可以种，可以不问收获，邀得三两好友置酒品茗即好！

如果，香也可以窃取就更美了，我愿意做窃取梨花香的第一人。在阳光下，在众目里，窃她簇生的孤芳，窃她招忌的淡雅，窃她不容的清高。自成一家！

梨花香。

笑看世间，多少佳丽只知效仿他人，却不懂得顾惜自己。

可以取代的东西，永远都无法被独享，美人三千，又有几个企盼为一人白首！

但我并不为此骄傲，我们终将被尘埃淹没，无论你是否为自己设定了走向，线路，或者高度，我们的一生终究是草木的一生。

如此，才是真谛！

四

梨花软。

两根手指的轻轻一拈，梨花的笑便留在你的肉里了、心里了，粉粉的，软软的，黏着！

痴人无数，可梨花只用一枚，一枚便坐拥整个天下了。你是花瓣上的露珠，是花托上的玉冠，是花蕊里的王子。素裹银装！

只一想，便觉得醉了，醉在凝脂上，醉在薄袖中，醉在浅笑里。虽暖犹冷！

还要找谁倾诉，谁又会听我喧哗，所有醒着的人只会笑我疯癫，笑我不分场合。

我想好了，做一纸素笺，轻松地写上文字，歌也好，咏也好，不写枝节不写叶！

梨花软。

软到心灵深处，软到世事无痕，软到沧桑。

佛说：放下便是菩提。可红尘滚滚，有三界在心，又怎能脱得了五行？

但我并不为此绝望，红妆有一笑百媚生的柔情，也有巾帼不让须眉的刚强。初心不改，有清晨就会有夜晚，有阳光就会有阴霾，有渴望就会有挫折。

如此，始得觉悟！

（原载《贵州干部教育报》2019年5月30日）

沁源春

黄亚洲

森林沁源

沁源县和她的十四个乡镇，都撒落在晋中太岳山的森林里。拨开重重叠叠的树冠，你能找得到她们。

县上如果有什么通知要下达，还不等广播响，山雀和黄鹂就叽叽喳喳传达遍了。

沁源县的森林覆盖率全山西第一。我今天沿着公路从一个村子驶向另一个村子，仿佛，就是从一根树枝爬到另一根树枝。小车是一只金翅甲虫。

当年的太岳军区司令部，就设在沁源县。现在我明白了，游击战士的隐蔽、转移、奇袭、出其不意，都是怎么回事。

森林及其所携带的清风与鸟鸣，与沁源特别有缘。现在我也明白了，我们为什么要把未来，称作蓝图。

关于这种颜色的权威性，得去山西，问沁源人民。

沁河源头

为了解一条河流的青春发育，及其后来的勇猛精进，我来寻觅最初的一滴水。

这条河，后来很了不得，陡生起兵杀敌的豪气：抓起山西五个县，又抓起河南五个县，急行军四百八十公里，一路杀进黄河！

因此，我很想寻觅最初的那滴血，那滴血里的一朵受了精的火！

峭壁底部，一个窄窄的洞穴终于被我看见。最初的一滴水就从这里流出，如同一粒蝌蚪，摇动尾巴，见风而长。

我蹲在洞口，仿佛观察女人分娩，观察一滴最初的最温柔的血，如何被火点着。火，如何摇动小小的尾巴。

沁河后来战果累累，携带大批的水闸、水库和灌区。你看，最初，他也只是女子肚里的，一粒点着了火的蝌蚪。

关于男人成为英雄的定律：女人最初的推动，成长，跌跌撞撞，建功立业，走向纪念碑——今天，在沁河源头，再度验证！

注意了，不要小看最初的一粒蝌蚪，他是水，也是血，也是火！

他是他，也是你，也是我！

北药之首看沁源

说到中国北方的中草药，你首先得想到山西沁源！我今天参观的是沁源合欢本草生态谷，一个举着六百多种中草药的村子。

芍药、合欢、连翘、金银花——你介绍的是中草药，还是村民的名字？

我看见了一排排制作药皂的模具，原料用的是黄芪，有洗头皂，有洗发皂，有洗脸皂；走过这个村子，你以后拍照，用不着再使用美颜模式！

在一家村民小茶馆，我喝了一杯药茶，成分是黄芪与蒲公英——沁源的春色能直接沁入心脾，这不是假话！

一个民族在加紧奔跑的时候，健康必须注重；说到健康的时候，中草药必须注重；说到中草药的时候，沁源必须注重！

要经常走走沁源的合欢本草生态谷，跟村民握握手，并且，洗洗头，洗洗脸，打个坐；然后，安静地把那里的中草药，从一，数到六百——你基本上就是个中医了！

褐马鸡

据说全世界的褐马鸡不到八千，而沁源的山林就藏有两千。这样的数字与比例，让沁源人民多么心疼这种美丽的鸟。

昨日我听说了，我也心疼。

一阵风吹过，那是褐马鸡在扇动翅膀吗，她是为我的心疼鼓掌吗？

褐马鸡作为山西的省鸟，已经选为全国第二届青年运动会的吉祥物了。昨天我在沁源的大幅广告画上，见到她兴高采烈的样子！她愿意从广告画上飞下来吗？知道我是个爱美的人吗？

沁源的文联主席告诉我，就见过一次褐马鸡，这鸟太漂亮：一身浓褐，头和颈灰黑，头顶有冠状短羽，两颊是艳红的，雪白的大尾巴那是太惹人怜爱了！

顺理成章，昨夜，那鸟就停在我梦境的窗台上了。我请她进来。

她笑笑，叫唤一声，走了。

她知道我后半夜惊醒后，就一直没睡着吗？她知道我是个诗人吗？

我今天特意走进褐马鸡保护区，绿荫遮天蔽日。

整整半天，却没访着！——估计，褐马鸡是为了便于常进我的梦境，而故意躲着不见的！她是我的小情人，我知道她的小九九！

就是这样，梦中情人就是这种关系，没说的！

花　坡

花儿埋怨我早来了一个多月，说你爱花太过心切！一下车我就听到了大片大片的埋怨声，小黄花和小紫花纷纷点头。这些小花是娘子军的先导部队，专门前来表达遗憾。

小黄花是毛茛，小紫花是紫菊鸢尾。

其实，依我说，她们也很好看啊！

七彩的锦缎还没有铺满山坡，但是，这群小黄花小紫花也够叫人喜欢了！海拔两千五，树木逃尽，风也不小，但她们还是率先一个月跑来迎接我，算得有情有义；作为一个男人，我哪里肯辜负！

既然我下车了，我就是这里唯一的树木！让我弯下枝叶，细细爱抚她们，知道她们缺乏伟岸，已经很久了。

既然绝色美女有那么多的埋怨，那么，就让我与丫鬟们多说些悄悄话吧！

小黄花，小紫花，穿戴朴素而干净，脖子细软——谢谢，作为一个不挑剔的男人，我足够了！

灵空山，圣寿寺

往下，全都是往下的山阶！

一直是，往下的山阶！

几乎快沉到一座大山的小腹部了，才闻梵音；可见登仙之途，也不是一定往上走的。

若要离开，也得翻上整整一座峭壁，可见寺庙之隐蔽。

也可见唐懿宗第四子李侃为逃黄巢之难流落到此之说，至为真切。那年他十九，削发为僧，圆寂后被封为“先师菩萨”，都是很好听的佳话。所以这里的大殿不叫大雄宝殿，而叫正殿，正中央就坐着这位先师菩萨。释迦牟尼看他不容易，让开了。

他要不做和尚的话，本来也是有可能坐金銮殿的，所以让我向他致敬，致敬他的一路向下、向下，下狠心沉入时代的腹部，也致敬他最终的一路向上，连佛祖，都把自己的位置让给他了！

三线记忆展览馆

既然一声令下，那就嘛也别说了，带着满脑袋的曲线、公式、电容与电阻的串联图，带着满身的青春甚至青春痘，带着理想、热血、口琴乃至初恋；甚至，来不及跟天津与北京好好说声再见，就一头扎进了太岳山，在松树与桦树的中间，摆下床头柜，拧开月亮。

在森林里支起机床，并不去数脚边窜过几只野兔；马达彻夜轰鸣，与野猪的惊奇此起彼伏。

小组会发言，全是革命、祖国、备战、奉献；下班打球，一个远距离投篮，有时候就击中了云雀。

搪瓷碗，盛满沁源的庄稼；牙缸杯，咕咚咕咚全是沁河；今天我观察黑白照片上那些不倦的笑容，还能听见当年山风的凛冽。

记下当年的厂名吧：4542 厂是卫华仪器厂，1010 厂是长虹机械厂，1013 厂是沁河机械厂，1027 厂是东升器材厂，1018 厂是晋东器材厂，1011 厂是人民器材厂，1029 厂是开源线材厂。

写下这些严肃的厂名，我却已经热泪盈眶：太岳山至今郁郁葱葱，该都是当年的青春染的吧？沁源满山鸟鸣，都是二十年的轰鸣留下的余音吧？

三线，其实就是中国的第一线！“嘛也别说了”的城市年轻人，其实，全是中国尖刀班的勇士！

中国各个年代，都有这样一批“傻子”！

他们投来的一只远球，至今，在我心间的篮板上，砰砰作响！

菩提寺

据说上菩提寺在天竺，下菩提寺在日本，眼前这座，就是中菩提寺，在中国！

寺庙管理者说这话的时候，语气充满自豪，仿佛，他是西天特派的，他有佛祖的直通电话。

在指点完前殿的横三世佛之后，他开始介绍后殿的天神：太清、玉清、上清！这才知道，这座寺是佛道合祀。想那佛祖，也真是大度，在中土开设菩提寺的时候，就预留了中国朋友的位置，他懂中国特色。

据说寺中有一株古菩提树，碑文载：菩提树出摩伽陀国柳柳州。看来，佛祖当年确实是中意沁源这块土地的。他决意在中国发展事业，也因此，他尊重中国特色。

我与寺庙管理者相谈甚欢。我们都认为合作共赢是个好东西，打仗不好。

真要打，那就打钟打鼓打木鱼，这才是正确打法！

处理合作问题，提升境界很重要。值得去沁源的这座中菩提寺走一走，先拜前殿，再拜后殿；前后两炷香敬完，第三炷，就有资格敬自己了！

（部分章节原载《解放军报》2019 年 6 月 28 日、2019 年 7 月 5 日）

野马群

亚　男

1

羊皮鼓发出的声响趴在花儿的曲调里，赶赴草原。

雕花的窗贴着的鸳鸯早已在历史的回声中古老了。我从巴蜀而来，方言的露水在草尖上摇曳着。

过去的颠簸，铺上了坦荡。

缝合在历史伤口上的消息，洒落丝路。盐和洋火，已经不稀缺了。

高音部分的路，虽然蜿蜒，但唐诗的意境足够我去抵御这凛冽的风。穿过我骨头的灯盏，陡然屹立。

野马群冲出重围。

惊呼，嗥叫，压低了天空。那么蓝，又那么深厚。苍穹之下，我的瞭望深沉而张弛有度。我胸口的奔腾，迅速高涨。

野马的嘶鸣，繁衍着历史。被泥石流打破沉默。花儿在古老的草原，飞翔。

河水凝固。当然野马的搏斗不仅仅在形式上，残骸收拢了语言的张狂。

野马是内敛的。夕阳浸染过的丛林散发着原始气息。只有野马群知道烽火的味道。

八方汇聚，深刻的石头披着喇嘛的肤色。坐在自叙的章节中，一个人在去草原的路上，也不会孤独。

寒冷清洗过的气候，一定掩埋了悲伤。

那些鸟儿已经足够高。一声声鸣叫，洗涤之后，天空的蓝，愈来愈沉静。

2

野马群交配。

一阕雄浑的发情，毛色优良。粗犷的草原，绛红的呼吸，居于庙堂。一声声钟，绝不是打扰野马的繁衍。

花开在夜里，野马的姓氏有了历史的根源。

植被丰茂，舟曲就在我的眼前，那一年的伪装，我不过是一块粗粝的石头，堆砌起来的森林，过度疲劳。是的，大地的嬗变，孕育了野马群的顽强。

风吹着车窗，又一曲花儿，在窗外尤为空旷。

四周寂静。一些难以名状的想法一闪而过。

树和村庄，山峦与河流都在沉睡。安然的样子很甜美。

只有野马身披神光，一匹，又一匹来到我的眼前。善良的目光，它不鄙视一切草木。河上的明月照着野马，那种静是发自内心的。也许其中一匹野马奔跑在丝路上，只是它的姓氏被后来的我，遗忘了。

蹄声里酝酿的烽火，契合了历史。

3

进化之后的野马群，我一次次穿过消息。

我习惯了，以古老的方式，马匹运载思想，运载草原的浩荡。从一匹马到另一匹马之间创造人间美景。傲视孤独的花草，在野马群中。我来到花中，舟曲宽阔的想象，一排雄浑的树，枝叶繁茂。经幡下，铺设的经文，在钟声里经久不息。

血统高贵，还是贫贱，野马群都是不可回避的。

善良的阳光照耀着，毛色浸润之后，我血液的燃烧，有着不可低估的高度。胸襟苍远。此刻，野马群在一个少年的歌声里依旧不羁。也许我背负的酒，浓度到了一个男人化不开的千愁。

用火焰去浇灌。

围猎开始了。我的人间。草原啊，这不是一个地域性的美。篝火闪着，花儿一个劲儿地开。酒啊，不是一杯，或者两杯。接受了日月的青稞酿造出来的青藏。

雪白的甘南，红润的舟曲，透着野性。

4

这不是一个分居的部落，

野马群来过。人类酣畅的男人，生活着的地方。

经文里撰写下的秉性，不但强悍，而且雄壮。声线的长短就可以表明，烈性酒，创造的是历史。

再冷也不惧怕。

他们降伏了泥石流。

香火缭绕的寺院，我朝拜的心，匍匐下来，

我的身姿也是虔诚的。双手合十，驱赶内心的杂念。风可以再猛烈些，我活着的理由就更充分。

那些我要去战胜的怯弱，比起野马群，我真的是怯弱啊！

马在墙头，与历史构成的境遇，是我无法想象的。嘶鸣的意境承载着辽远与苍茫。

那些被陷害了的野兽，在人类我查找到了的遗骨。

野马和男人的相似，我错过了一场决斗。

5

狩猎的灵魂，今夜的野马群，

身居异乡，交织着历史底蕴。窗外的风拍打着窗棂。假寐的路，在山中，月光也来到了山中。横扫千年，草原啊，那个唱着花儿的女子，写下的诗句，端起一碗青稞酒，一饮而尽。红彤彤的脸啊，映照着今夜的旷野。山中的男子啊，听到了内心的澎湃了吗？

烈火升腾。

旷野也会盛下柔情。

推开心扉，舞蹈的夜色，多么皎洁。

男人的词曲，正在抽穗。茂密的青稞，收割之后，旷野的空正好，我可以任凭豪情挥洒。静物中，以快速的抓拍，捕捉到一幅剪影。圆润的线条，透着雌性。山峦之间，我深埋的想象，再一次爆发。

之后的一片空白，我准备好了我的描述。

从头饰的婉转，到身段的悠扬，都是绿色的。

醒来了。草原。

花朵上的声响，从历史的垛口溢出来。寄居旷野，野马群相约而来。

包容的山水，一曲陇上桃花源备好了饱满。

底蕴里抽出歌声，神意缭绕。缓缓越过，山峦起伏。

我的河，裸露着月光。放弃我的愧疚。我必须骄傲地安睡。

垂柳来了，黑色的西装，比起羊皮袄子华丽，但不及草原辽阔。零点一刻，响过三声的卵石，陡然醒来。是的，我从巴蜀而来，也许我们的血液的交融，会有更美妙的时光次第盛开。

闪着昨夜的流水，多么清澈。

6

我吻着——

修长的笛声，烟火里的鸣叫，融汇着我的脚步。每一寸土地都是历史的呈现。我触及体温，来自内心的饱满。

马蹄上的花香，沾在盛唐的裙摆上。走了千年，依然不散。

高速路运载着不同的方言。虽然发音的方式不同，但晨光的尺度已经表明了肤色的意义。一杯安静的早茶，习惯的水温，就已经预示了草原对这个世界的态度。

我爱着——

这舟曲预设的良辰美景，

一个女子与喇嘛擦肩而过，彼此的眼神道明了。

居庙堂之高的树，婆娑。

一个上午我都在想象里朗诵茂盛。

我仰望着莲花，在顺时针的日头上，把利益舍去。也许这就是野马群出现的理由。野马群依然蓬勃。路上的圆润，气候交付于此，我读到了经卷中最理想的部分。舍去尘世的纷争，一个人把这个上午交给舟曲，就是幸福的。

老僧说，每个人都是一盏灯。

树冠上的蝉鸣，褪去了壳。

7

上午是很快的，一转眼，

走出寺庙的红颜，口语很薄。唇上的红，过了青春期。一闪念，她就在我的身边，和舟曲对视。

抿嘴一笑，在草原的路上再也无法逃避。

一个男子在画作里被感动。倾斜而来的洪流，吸收了这个世界上的花香，每一寸他都种植下他的望眼欲穿。在院子里最后一笔色彩中，他们修得正果。

之后，他们每一年都来到舟曲。

他说：“我可以摘一朵云给你。”

“我不要云，我只要蓝。”

他们在云和蓝之间讨论着。其实，云和蓝都是不可缺少的。

是的，野马群已经驯服了历史。

也终于在云和蓝中找到了野马群的线条愈来愈粗犷。

舟曲，躯干和四肢都赋予历史的使命，完美的造型表达着我的选择是历史的选择。

8

我来到草原，整整一个上午，

古木抱紧天空，一场纷飞的雨赶来道喜。怦然心动的一个上午，我不得不肃然起敬。望着流水，似乎听到了雪的燃烧。

雪是野马群交给草原的。

雪使野马有了灵魂。

此刻，我写草原，在散文诗中，愈来愈奔放和豪迈。棕色的马，黑色的马，白色的马，汇聚着豪迈。我从上午排列的气候里，多想一次风餐露宿，将我的星星揽在怀里。

陡峭，甚至张狂，如酒的烈性，一点就燃。

草原在粗犷中透着温柔，暗合了羊皮鼓低音部分。即便是灌木、荒野，都是那么人性。懂得烟火。

是的，草原摒弃了诗歌中的断裂和浮躁。在散文诗的绵延中找到了美的诠释。

连贯，浇筑。是一个时代与另一个时代的分水岭。

在草原相遇了野马群，锋芒里蕴含着波澜壮阔。磅礴的语境，林立。

我在草原放牧着我的灵魂。羊皮鼓和花儿的声腔是多么的融洽。

（原载《青岛文学》2018 年第 11 期）

松果在风中鸣唱

张作梗

春天，火车排成一排

“春天，火车排成一排。”[1]

外出打工的人排成一排——

深圳、广州、成都、杭州、乌鲁木齐、兰州……排成一排。蛇皮袋、编织箱、手提袋，圆的、方的或长的行李箱……排成一排。寻梦者、淘金者、下岗者、耕而无田者……排成一排。四川口音、湖南口音、山东方言、粤语、闽南语……排成一排。

雨滴来回颤动着，排成一排——在一根上万伏的高压电线上。雁排成一排——在乍暖还寒的天边。

火车排成一排。

几个司机模样的人在检查车头；

一眼望不到边的车尾，瑟缩着，排成一排；

扳道工弯身敲打着枕木。

---

① 诗人张小美语。

从马灯里回来

从一盏 70 年代的马灯里回来，我的脸上飘拂着黧黑的煤油味道；在松针一样尖啸的寒风中，我看见我喷出的呼吸里有呛人的火星。

沟渠狭窄的水声仿佛拖前拖后的影子。松冈上腾起的磷火，被马灯回收，多年后，变成父亲死去的骨头。

——这种转变有点儿艰难，但在时光的帮助下，轻易就成为现实。现在，马灯像一件供品，挂在父亲的遗像下，已油尽灯枯。

可是，没有谁愿意把它取走，就好像遗忘是另外一种更深刻的记忆。当有一次，我的儿子用弹弓击中它——“啪”的一声，那灯罩没碎，是怀念突然被激活了。

一盏 70 年代的马灯，仿佛一条静止的时光隧道，挂在记忆的影壁上，供我出走，也供我一次次返回。那被马灯拉长又变形的村乡之夜，裹挟着默片一样的风声，倒灌进我破烂的身体……

死亡挑着时间的灯芯，把微暗的生命之光，播洒到我们的呼吸中。

洞 穴

这世上已没有一个洞穴能供我藏匿隐私和财宝。

有关于“芝麻开门”，有关于这个世界的“处女地”以及寻幽探险——历经欲望的无数次开发和毁弃，已变成一个遥不可及的记忆。当我想把那些比“阿里巴巴”更稀奇古怪的想法空运到天上去，连黑洞里面也住满了人。

更深的隐藏形同于更公开的裸露。灵魂还有哪一点地方没被时间碰触过？活在深山老宅也毫无隐居可言，奔赴某个著名的山洞也不过是去游逛了

一个精致的

地下景点。

我无法找到一个连光也没有污染的洞穴，去埋藏我的隐私和

财宝，只能让它们

胎死腹中。

词

词，幼小如鸡雏。柔弱、好奇、叽叽叽叽如鸡雏。毛茸茸如鸡雏。向往田野，但又生怕走出自己太远，如鸡雏。

在它头顶的眼里，世界不过是一只悬吊在风的

丝线上不停摇晃、旋转的小虫子。

第二天如约而至。词泛滥。词爆炸。词——被克隆。

有人怀抱着词，但被词抛弃，形容憔悴。

有更多的人被词召唤，奔赴千里之外，莫名兴奋，只为了能分取一杯词羹。或一抔虚词的热情。

有太多的词暴尸荒野。有太少的词未被使用。

命定的第三天。

所有活过冬天的词都长成了隐喻。

——我们再不能还原星光下金黄的稻垛，再不能松开手心的词根，去采摘

风中鸣唱的松果。

满目所触，都是被词折射后所余存下来的荒诞、变形的第二自然；连世界，也慢慢丢失它命名万物的权杖，成为一个巨大的

隐喻。

个人简史

一个人要走出去多远，才能抵达自己的内心？

一个人，鬼使神差地在一列脱轨的火车前停下。当他看见往昔的自己血流满面地从窗口爬出，隔着时间空阔的谷口，他苦于无法展开救援——

一个人的人民广场：他幻想用头颅为自己矗起一座纪念碑。

一个人把自己当一条短信息发出去，惊异地发现那接受的号码为：死亡。

一个人用词建起一座村落——那词既是房舍，又是炊烟，也是篱栅、老井和村民。

一个人的村庄，终将被时间命名为：张作梗村。

一个人竖起来，是一座能接受天外信号的塔；平放，是一架横跨欧亚大陆的桥。

一个人的污水处理厂。一个人的垃圾回收站。一个人的，念青唐古拉山。

一个人，曾与母亲共为一体，曾和母亲共用一嘴。一朝分离，他再不能像一条鱼，回溯到母亲体内。啊，一个人的尘世。一个人的悲欢离合，一个人庞大的归宿。唯有母亲像一帧记忆的背景，愈退愈远，越来越模糊。

一个人的集体农庄公墓。

当他被编号、被贴上标签，他站在自己的骨灰瓮前：他骨灰的寂静与生前

骨头的寂静毫无二致。

一个人冒雨死谏：对那暴怒的雷霆；即使背上插着闪电的斩条。

一个人的春江花月夜，一个人遍地流淌的月光，一个人被月色清洗得模糊不堪的身世。他的生命像江水铺展开去，被月光的凉席悄悄卷走——

一个人，当他不再分娩影子，他沉入纯净的黑夜，像一颗梦想发芽的石头。

一个人的京津冀。一个人的深广沪。一个人北伐，相率着长江、黄河、长城三支队伍。一个人的房地产。一个人的股市。一个人集体崩盘：他是他自己的泡沫和恐慌。

一个人大面积逃亡。他剖开自己，看见心跳，纷纷滚出，像一只只觅食的、落单的鸡雏——

一个人的基督安息日……

一个人。当他终于把自己走成一座栈桥，世界从桥下滚滚流过；他月牙形的微笑，被折成一封死亡的请柬，寄往我们肉身共有的原乡。

一个人柴烟满布的天空，他把乌云缠在头上——

乌云：一条孕育思想风暴的头帕。

事物的勾连

一棵树，因弯腰系紧跑松的鞋带（树根？）滞留在风中。

一把锯子，从风的后面跑出来，追上了它。

一张床（正是这棵树所打制），默默承受着我们的疲累或欢愉，嘎吱作响。

一场火，烧了这床，以及风、锯子、疲累或欢愉，供我们取暖。

一颗钉子，从火中析出来——它是我顽劣的童年；多年前，被我用一块灰砖头，钉进了树身中。

撞　开

走廊尽头，你猛然撞开一扇门。鸟惊叫了一下。也许，这“惊叫”正是被你撞断的门闩。

我曾经熟悉的一切裹着太阳、海洋、青草、青苹果的气息涌进来。

瞬时，室内的凌乱恢复了最初的秩序。灰尘是另外一种抹布，擦亮了幽深的窗户和窗户里的天空。砚台，再次模仿一只黑猫，蹲在书桌上。那儿，一管狼毫墨汁未干，仿佛刚刚写下了一幅字。

我有多久未启用这间屋子了？我把它撂在那儿，仿佛它不是我亲手所筑；又仿佛我不曾在里面居住三年、五年。现在，以消失，它抱孵着自己的存在，比地窖幽深，比禁欲室封闭，比教堂更遥远——

仿佛一颗星星的残骸，它慢慢抽离自身的轨迹，掩埋在空气的尘土中。

然而，从八年前走来开始，你一直在走廊上走着。当我几乎忘记了那个所在，你猛然撞开了那扇门。太阳裹挟着海洋、青草、青苹果的气息，从里面涌出，给一条寂寥的走廊，铺上一层红地毯。

鼓 荡

春天。我更关心埋在水里的渔火。作为冬眠的另外一种鱼，它在水中醒来，将改变我对种子发芽的重新认识。而它沾满盐渍的红脸庞，很快就会被大风分享。

我看到山脚下的果农正把多余的桃花用来点燃野火。作为与之对应的桃符，春天的门槛已降至万物的生长以下。

现在，沸腾的，不光是飞蛾般在湖面穿梭的渔火，还有我的那颗沉寂、消隐的心——它曾舔舐南瓜叶子下蜂翅的震颤，并与之把酒东篱。

随着出行频率的加快，蒲公英舍弃了它镀银的车辇，风筝也忘了那根宿命的索线。整日轰鸣的湖水，将它的头埋在云层里——那里的

雨水充满了动荡和巨大的不安。

雪 狐

是夜落雪。撑着一柄伞，我们在雪中走着。偶尔谈起雪中之狐的有无，你魅惑丛生地说：“好像大家都没见过。（狐）只是想象中的（产物）。”

“不，我听说（我的）另外一个我见过；那还是在他的前生。”

你停下，望着伞顶倾落的积雪，若有所思。迷狂的飞雪中，我看到你的眸子闪闪发光。

“不过，今生我尽量憧憬吧，”雪回旋着，仿佛携带整个世界在向我们聚拢。

我俯身向你低语："我将尽量多去雪夜走动，也许上帝会给我一个机缘，让我窥到前世的狐。——

"如是，我将写出亲眼得见的狐。

"也许是白狐，也许是红狐，也许是蓝色的狐，谁知道呢。"

寒气在加深；

你偎向我，貂皮大衣的衣领摩擦着我的脖颈。一瞬，我仿佛真拥着一只雪中之狐在林中漫步。然而，推开迎面吹来的雪，我依然在你的耳边絮语：

"嗯。雪夜访狐，必得眼中有狐，心中藏狐，血液中有狐奔窜，头发上有狐撕扯。

"而如果普天之下的狐已绝迹，我就用一场雪，在一个月黑风高的雪夜，创造一个狐，来拯救人世的堕落之美。

"啊，那将是一只怎样的狐噢。——

"唯有我们闭上眼睛才能看见，魂魄出窍才能遇到，痛哭着才能在眼中释放她。——

"唯有我们死去，才能守住她（千百年）的清白。"

你抱住我，身体战栗。

而一场迷乱的大雪，从更远的外面抱住我们……

撑在我们头顶的伞，漂浮着，旋转着，仿佛一朵
正在盛开的
雪莲花。

（原载《散文诗》2019 年 5 月）

读画笔记

亚 楠

星期天午后的大碗岛

沿着乔治·修拉目光，我看见午后的大碗岛一派繁忙。

淡蓝色海水簇拥着，悠悠白云，闲散，飘逸，仿佛远方的仙界。帆影静谧在水中，垂钓者正等待鱼的盛宴。

不远处，四个年轻人把独木舟划得飞快。但沙滩上，金色阳光澄明、热烈。人们三三两两，或交谈着什么，或凝思默想，尽享生命的豁达与悠闲。

此刻，一只黑狗正分享主人的快乐。它旁若无人，那么悠然自得。另一只棕红色小狗似乎看到了什么，箭一般朝黑狗奔去。

一对年轻夫妇，并立在草坪上。他们神态安详，眼中充满甜蜜。身着黑上衣的贵妇人，右手打着伞，左手牵着的那只猕猴，正好奇地打量陌生世界。

阳光依旧明媚啊。此刻，动与静构成的画面，把我的思绪带向远天。

你看吧，这些来自都市的鸟，已经成为大碗岛绝版风景……

穿皮衣的女人

华丽却不媚俗。仿佛暗夜的灯盏，柔和的光芒具有一种穿透力。啊，我知道，这是格列柯用巨大的反差凸现风采，并用爱抖落你的妩媚。

可是，我更愿意把你当成仙女。褪尽尘世荣华，心灵的高度引领群芳。这是怎样的美呀，朴素里透出安详，聪慧掩于内敛中……卓尔不群啊，仿佛一枝清荷独立寒秋。

或许，你内心也曾有过期盼。有过灿烂，有过娇羞，有过绵延的情思宛若一汪澄澈之水。就这样用自己的美浇灌田野——在大地上，花香袅袅。

可是你眼神也透出一缕忧伤。我不知道，在这纷乱的尘世，你曾走过多少漫漫长夜，又以怎样的柔情抚平喧嚣。

啊，你内心的河流涌动，此刻，情思奔涌，气象万千……

卡普辛大街

在巴黎，这样的街景司空见惯。天空微微阴沉，仿佛春天正在发芽。树已露出暖色，静静的，用守望照亮自己。

大街上车来人往，那匆忙的脚步，就像音符颤动，在河面安静地流淌。有时也会泛出涟漪，倏忽间，隐逸在时光深处。

我不知道，关于卡普辛大街，曾有过怎样的欢乐和忧伤？这内心的律动呀，或者，春天又能唤醒谁的记忆？啊，那一刻，浪漫若一场夜雨，让城市淅沥多情的温暖。

还有什么爱正在路上？我看见天空那几抹红霞，淡淡的，似乎一切都在若隐若现中。如此微妙，却又饱含柔情。

而远处，林立的烟囱轻拢烟雨。它们正用宁静删除喧嚣……

塔希提岛的少女

仿佛一坛老酒，在时光深处透出醇香。多么美丽的火焰啊！我知道，这瞬间的燃烧，却已经让美凝成永恒。

少女胸前，果实和花朵，正涌动内心的潮汐。南太平洋和风徐徐吹拂，一种古老的幻影自海中升起，这宁静的躁动，就像一道潜流，焚毁我的想象。

是来自水的柔润吗？那么淳朴，安详！瞧啊，在这个午后，她们用圣洁照亮村庄，也为塔希提注入了祥和之光。

此刻，我沐浴少女的柔情，也从清澈眼眸里，读懂了高更的爱与神圣。

牧羊女

好像有点冷。而你，却试图用一条披肩让大地温暖起来。啊！一团红色火焰，在这个季节，让所有的激情盛开。

没有什么更值得缱绻了，你晶莹的眼眸中为何流露出忧伤？

可你还在编织着什么，神情如此专注，仿佛别的一切都与你无关。你只是安静地立在那儿，身后的羊都在做自己的事情。这时候，一只牧羊犬面向羊群，恪尽职守，它锋利的目光能让这些羊俯首听命？

啊，秋声从远处传来，寒气袭人。草地上，那些蒲公英已经凋零，矢车菊正眨着少女般的眼，用真情带给我安详。黄昏就要来临了，橘红色光笼罩草原，寂静穿过内心，就像一条河穿过法兰西草原……

（原载《散文诗》2019 年 7 月）

剪不断血缘

皇　泯

老祖母，是穿着三寸金莲走的

老祖母在我没有记忆的那一年，走了。

老祖母是穿着三寸金莲走的。

走的时候，不小心，跌倒在三寸高的门槛上。

那一年，老祖母的年龄加上我在娘肚子里的一周岁，正好八十岁。

如果没有三寸高的门槛，老祖母就不会跌倒，三寸金莲，也不会被她穿走。

老祖母不跌倒，祖母不会放开那长长的裹脚布，我的记忆里，母亲也会有三寸金莲。

祖父的木匠工具，光亮如鲜

祖父说，养崽不学艺，挑断箢箕绳。

祖父抱怨——我十来岁开始学木匠，你们十多岁了，还不开始学手艺？

锯子，刨子，凿子，仿佛祖父的儿子。

谁家借去——缺了齿，钝了锋，挫了角。

祖父的心，比伤了自己的筋骨还疼。

耄耋之年，祖父不再做木匠活了。

木匠工具，仍保养得光亮如鲜。

尤其是那一把斧头，一年四季，锋利无比。

祖母的晚年，搓成麻线纳成鞋

祖母的晚年，搓成麻线，纳成了鞋。

厚厚的岁月，糊成僵硬的布壳子，剪成了大大小小的脚印。

脚印，重重叠叠。

心想，这路多踏实，却不料这鞋，没人穿。

没人走的路，不是路；

没人穿的鞋，不是鞋。

祖母晚年的路，是走不动的三寸金莲，穿了鞋不走路，等于未穿鞋。

祖母的晚年哟，还停留在赤足的童年。

路，很短很短，三寸高的门槛，拦住了外面的世界。只有戴老花镜的视线，穿透了整整六十八年。

母亲，站在生与死的门槛上

生命初始，母亲站在生与死的门槛上。

前脚踩着生的光明；

后脚踏着死的阴影。

我是母亲孕育的第一个孩子，孩子和母亲，在临盆的啼哭中同时诞生。

小时候，母亲是洁白的乳汁，喂养我饥饿的人生，哺育我纯洁的童真。
母亲敞开宽广的胸怀，孩子才有无邪的吻印。

学步后，母亲是宁静的港湾，我是调皮的船。
母亲的目光是纤绳，牵引着我的航程。
无论是顺风，还是逆风，也驶不出母亲的厚爱。

刚懂事，母亲是家乡小巷里那棵槐树，我是树丫里结的苦果果。
母亲遗失了，我成了没妈的孩子，像无根无基的云朵，找不到母亲的巢。

后来，母亲是一个陌生的词，我读不懂。
母亲读得懂孩子，孩子却读不懂母亲。

如今，我才知道——
母亲是河流，流不断慈爱的情感。
母亲是山峦，折不弯遥遥的眺望。
母亲呀，母亲，我是你流淌的水，我是你极目的眸光。

生命都会结束，我也将跨在生与死的门槛上。
前脚踩着生的光明；
后脚踏着死的阴影。
我是母亲最末的一个孩子，孩子和母亲，在流星的欢笑中，同时永恒。

终于，听到了那一种音响

我终于听到了一种音响。

从诞生之时就丧失的听觉，得到恢复后，宁静仅仅表达忧伤。兴奋，不知哪里去了？

母亲流血的脐带，告诉我音响的色彩。
山泉喷涌的流水，告诉我音响的形状。
愚笨的探求，是诙谐地模仿婴儿的啼哭和欢笑。
纯真，早已烂熟得不成模样了，我们还在聆听那一种音响。

终于，听到了那一种音响。
仅仅是音响。如果，还没有听到那一种音响，才有美妙的联想。
声音抽象出来的形象千姿百态，聋哑人总在自己的手语中，触摸光滑的胴体。
仿佛女人的感觉，令人爱恋一生。

我在听到那一种音响的同时，关闭自己的听觉。
我情愿在无声的世界里，来一次重新的摸索。

生命之谜

二十九岁，我终于看见地狱和天堂的门楣。我如何来到这个世界？从我女人苍白的面孔识破了生命之谜。

我的诗不再设置谜面，在腹部和大腿的原始血光中寻找谜底。
太阳或者月亮，当时都是啼哭的瞳孔，流血也流泪。
那时，是四月最残忍的黄昏，归鸦扑翅，扇落阳光的热量，也扇起月光的寒冷。

生与死仅一步之遥。我跨过世界的门槛，母亲把地狱和天堂的门，同样关闭。

从此，在独弦琴上，流淌生命的江河水。

那一刻，整条小巷的炊烟举起蓝色的旗，昭示一个苦难，沉落下来的天空如归鸦，紧缩幸福的巢。

碎壳的鸡蛋，仅仅为了温饱而摧毁一个生命。

生命在生命的废墟竖起。

死亡开始寻找无根无宿的归期。

一百天的我，坐在枷栏里

我的父亲是木匠，我的祖父是木匠，我的曾祖父也是木匠。

曾祖父造枷栏，枷住祖父，祖父造枷栏，枷住父亲，父亲造枷栏，枷住我。

在和平照相馆，快门咔嚓一响，一百天的我，被定格在枷栏里——这是我幼年唯一的照片。

后来，我再也没见过我的幼年。

一百天的我，就被枷住了。

以至童年、少年、青年，我也不会顽皮。

人到中年，为了取暖，冬夜里我偷了一个枷栏，这个枷栏，或许是父亲或许是祖父或许是曾祖父造的。

我把父亲祖父曾祖父造的枷栏砸烂后，一把火烧了。

在枷栏带油质的噼噼啪啪的火星里，我又见到了我的幼年。

吃喝、语言和行走，生活三原色

母亲再也挤不出血，断奶比断脐还痛苦。

我已知道，饥饿的滋味是吮吸空虚。

是紫色的双乳，喂养了我的血络，也是紫色的双乳，抽出了我的血愫。

所有的亲情变成施舍，有奶便是娘。

关于狼孩子的故事，我真真切切地信服了半辈子。每一个故事听不到结尾，就想起狼的尾巴。

女人们一次次地吻着慈爱的温情，男人们一次次地栽种着刚毅的胡须。

刚与柔织就的网，捕获无邪的童真。

我无法知道最初的语言了，是女性的咏叹，还是雄性的呐喊。

至今款款而流的声音，找不到发源地。母亲的手，总是放不开。我在老者的搀扶里，叩响三两个音节，最初的蹒跚，启迪了以后的跋涉。

吃喝、语言和行走，成为生活的三原色。

一色是温饱的幸福；

一色是交流的欣慰；

一色是奔波的希望。

寻找自己，失去自己

当甬道走向最后的黑暗，惊亮的洞口，会关闭你的眼睛。

你在光明中失去自己。

回想黑暗中的摸索，一个个脚印都踏在自己心上，你可曾感到一种实实在在的把握。

走出甬道后，依恋的回眸，又不敢复入。

其实，复入黑暗，寻找到了自己，那也只是你的影子了。

麻石缝里，谁掉了一枚硬币？

上个世纪六十年代，麻石缝里，谁掉了一枚硬币？

我第一天看见的。这是一个秘密。

我第二天也看见了。这个秘密还没有人发现？

我第三天看到这枚硬币，还夹在麻石缝里。怎么还没有人发现呢？

这枚硬币，是我发现的。

这枚硬币，却是别人的。

第四天，第五天……这枚硬币，夹在麻石缝里，也夹在时间的灰尘里。

已进入新世纪了，我还在想，麻石缝里，谁掉了一枚硬币？

唯有呛水，生命才能成为畅游的鱼

人和巷码头，是挑水、洗衣的地方。

撒野的脚丫子想蹚水，水过大腿，会湿了裤腿。湿水的裤腿，晒干了，祖母苦口婆心的泪，流不干。

撒野的泳姿想试水，光屁股打浮湫，呛不了岸上的衣服，会呛了生命。祖父严酷的楠竹丫枝，会痛出血。

人和巷码头，不仅只是挑水、洗衣的地方。

蹚水，试水，呛水……

不蹚水，哪知水有多深？

不试水，哪知水会呛人？

生命源于水，活于水，死于水。

唯有呛水，生命才能成为畅游的鱼。

欲展的叶，都是心形的希望

初春，沿着瓦沟，一滴滴、一滴滴，滴落残冬……

哭醒，一个冻僵的梦。

在睁眼的一瞬，蓝天，掉在坑洼里的碎片，照着一树光秃的衰老，一个扭曲的影子。

过去了，挖坑的、围篱的、浇水的时光。

重播年轮的唱片，也只是婴孩待哺的嗷嗷。

但是，心音不会像小石子泛开的波圈，轻易地停止对春天的歌唱。

因为，春天永远不会衰老。瞧——

在流过血的伤口，抽出了娇嫩的枝条；

在结了痂的伤口，生出了娇嫩的芽苞。

也许，枝条太少太少，然而，一根枝条是一棵树。

也许，芽苞太小太小，然而，那一片片欲展的叶，都是心形的希望。

黑与白，考不完的试题

小学一年一期，班主任老师说：谁考班上第一名，就乘飞机上北京。

于是，黑板上用白粉笔画的那架待航的飞机，已坐着我的心。

考试结果，我在白卷上不小心滴了一个黑点——记忆中，黑与白成了我人生的第一个遗憾。

启航的飞机，坐上了一长辫子——女同学戴愿玲如愿以偿。

从此，长头发永远也剪不短；

从此，女人的话题永远也说不完；

从此，黑与白，成了我永远也考不完的试题。

世界，是一堆积木

总把时序颠倒，这不是我故意的。

破碎的玻璃片，能折射缤纷的生活。

十五的月，却引起孤独的相思。

童年，倒过来看世界，世界是一堆积木。

诗人，在幻想中造房子，窗和瓦不会遗忘，独独忘了门。

没有门，诗人和诗进不去也出不来。

几回回将房子造起来，又推倒，几回回推倒了再重造。好像约定俗成的清规戒律，是不存在的。

一个房子一个模样，而每一所房子都没有门，却又都属于诗人自己，成为一个永远不能破译的密码。

想把世界颠倒了来看，这便是我故意的了。

老房子，住着年轻的向往

老房子里，住着年轻的向往。
清新的空气，游戏在荒凉的山野。

小孩子，道出古老的真理时，不小心，尿了床。
后来，记叙那段聪明的故事，在尿迹上倒了一杯浓茶。

于是，谎言成了茶色的汪洋。

苦药里面有甘草

小时候，我喜欢嚼甘草，那甜甜的滋味，是我嚼出的欢笑。

有时，我病了。
一罐子中草药尽是苦的，祖母拧着我的鼻子，我又哭又闹。

长大后，我再也不嚼甘草。
但，生活告诉我，苦药里面有甘草。

（原载《长沙晚报·橘洲》2019 年 3 月 27 日—5 月 9 日）

宁津蟋蟀［外二章］

栾承舟

那一粒鸣声，自草丛里、沙堆旁，藉藉而至。

时值上弦月出，蟋蟀，万年不僵之虫，此时，体健力足，刚柔相济。

烟波蓝影之间，风和水汽，扑面而至。

那年，原野之上，徽宗父子远旅的车马惫懒；众人颓然而寝时，月色昏黄。

荧荧灯火之下，京都蟋蟀若千年游魂，穿车而出；短翅悠悠，忽闪着家国春秋。

尔后，它在庄稼林里收敛翼翅，杳无声息。

历经千年，完全本土化的宁津蟋蟀，身体是强健的，头脑是灵光的，本领是高超的，会用计谋的；它冥坐观想，化茧为蝶的苦难，依然历历在目。

唯大野里细雨如丝，一千年了，还是那么淅淅沥沥，无休无止……

陶　楼

鸟隼，看见一缕风声。

在汉陶上，像谁的心跳。

其时，没有人踪。

一尊泥瓦，基石建筑，一个已经陶化的黎明，此时，穿越尘埃。

朴拙的门楼和浑厚的墙壁，足以忍受，一万年的孤寂。

它，一言不发，让时间，凝眸含笑，青山隐隐。

青是基调，象征着绿水田园、烟波蓝影。

它的心里，住着一个愿望，一个民生精魂。

康宁湖

木栈道上飘然履空，但觉一场奇异之旅，沿途书写，山水相隔的疏陌。

红衫女子、垂髫小童，物我相忘之姿，越来越轻。他们的心，翩翩若惊鸿，在飞翔。

柳丝依依，面对湖风、柳莺、紫燕，遽然绽放出音乐之花、喷泉之花。

立于水岸，各式仿古清制建筑，向天展示着，春已莅临。

春水，美而清冽。

文昌阁，一副儒雅清癯之姿，柳枝看见，他的影响，已深入人心。

这细细的水，很快就会变成洪流，在每一个学子的心中。

汁液饱满，静水流深……

（原载《天山·散文诗月刊》2019 年第 8 期）

一座丘陵的古今史

郭　毅

一座丘陵的古今史

一年秋分的早晨，照例爬上阳光的丘顶，就看见她从芒中走来。

凝结于她周身的光环，扩胸的部分，依然无法掸去她岁月中丰满的起伏。

她对我说：好多年了，我一直在芒中等你！等你前来向我挖掘，看一看泥土的本质，是不是也有揪心的历史，被盗墓了？看一看今天规整的两面，有多少绿掩盖了史前矿物质？

我不作答。我知道丘顶的墓穴被翻过后，移走的魂魄又会回来，向她展出新的栽种。

一丘明媚的摇曳，在高雅的芒中，生出的繁茂，有的挤向边缘，有的挺立中央，有的调皮地扮着花脸……显得从容而淡定。

就像她，一步步进来把血统舒开，又找到旁逸的证据。

在她的周围，大大小小的物种，聚会在沟底、岭上……像开创的人类，又有了砍伐的资源。

是不是我们生来就要刨根问底？我们长大了就要被利用？或者化为焰火照亮人类所谓的高贵？

她一连串的发问，让我理屈词穷，无法向她作答。

我静静地专注于她芒中的优雅：无论仰头把衣衫举过头顶，无论俯身伸直独立的半身，无论弯腰迎风蹦出的刚劲……她总是以向光的身躯，恭迎不同的命运。

此时，我的思量转化的史册，翻过一页，逼近的文辞，向她身后涌去的光，有几层薄薄的雾已被她周身的芒化开。

我看见她既有史前文明的陶俑，又有新新人类的潇洒，在她的身前身后沾染上新的脉络，舒放如此丧失凭吊的依据，让我欣然释怀。

秋风起

听！我听见自己经过的路途，有无数片贴金的叶子，在做婉转之飘零。

它们在身前，以登临之躯，按图索骥，对我狂欢，证明着自己理论上的实现。

它们在身后，驱动轮翼，以时序的先后，你起我落，追撵着就要实现的夙愿。

一切尚未化灵的叶子，每一步来得这么匆忙，这么不尽人意。

好像不快一点，就甘居人后，就挣不到那笔戴金的银纹。

我只剩这最后的步态了。这种赶往的奇迹是不是真要带着劲，才能穿过风尘，落在西山的晚景？

这同化了的天地，你下我上，是不是要交错魂魄，才会由霜雪把身躯沉淀？

我已酝酿很久，努力很久，贮备了足够的盘缠，准备更远的登临。

如果挽留，我定是那个悲怆者，要与这众多的辉煌纠缠不清。

但是，命数的格局就在路上，你不来，我也会持有这些贴金的叶子，赶着耳旁急匆匆的话语，掠过兵荒马乱的心境，向你表达这生的意义、死的光荣！

你不凋落，只是精神上的站立。

我不退缩，只是骨骼上的汹涌。

坚　持

躬身向上的时候，山峰迤逦。

一坡一坡的屹立，对应的倒影，像极了来时摇曳的身影。

千山万水，不过是你丈量人生的深浅，并没向你表达屈从的道理。

什么样的飞翔才能赶过你的眼睛，又在你的眼睛里把世上的翅膀拉长？

它们只是擦亮天边，忽又错失好多风景。

你知道它们来去的结局，却又无法说清它们把羽毛埋向哪里。

那道看似高深的峡谷，其实是个浅浅的世界，只是被人故作高深尘封上了神秘。

如果你不坚持，这信仰的力量会滑向哪里？世界深居简出的奥义，就在你一步步探进的光里。

比如今天，怀揣温暖，靠近峰顶的雪，为什么一片一片化为蝴蝶，让你不觉得冷。

比如此刻，再远的回声，一旦有了信心，就会在家里找到可以栖居的沟坎，并听到仆地向上的灵魂，撑开的每枝绿叶。

灿　烂

这是知晓的事物其中的部分，想拴住一段姻缘，注定久别重逢，才扒开云雾张开笑脸对你照耀，对我昂起得意的头颅。

我已为此修行半生，竟然不敌它的一次开怀。

你看——秋天之下，这些竞相模仿的摇曳，多么如我年轻时的轻狂，迷乱情志，又拉伤筋骨。

它们，有的跃上山冈，跟着扑腾的鸟，搅乱宁静的骨头。

它们，有的萦绕河流，让本身属于自己的眼睛，转移水中的流速，请鱼把上面的影子带走。

而人类，何其的虚假和真实，所充满的竟是你我所要的礼教，在这里找到依靠，赋予个体与广大，打造信仰与宗教。

你真的深入其中了吗？

世界所赋予的应当也是努力的。比如今天，这些事物不出现，我会追着你，先到高原，把亏欠的尽量还完。

这样，来世也好向万物有个良好的交代。

终要实现一生最好的旅行

不必担心，你、我，都有一双力量不减的眼睛。

你能看见我多年前向你承诺的誓言。

我也能看清你脸上为此较劲的皱纹。

它们一直就在岁月中间，借助不同角度的眼睛，旅行到每个目的地。

有意识无意识地提醒我：你当注意，那些锐减的光芒正在回返。

是的，这自然主义的光辉，遵从的每个节拍，一定绕过许多弯，才到这里交代。

那么，请慢慢回过头来，让理性的牧鞭有一节无一节地落下来，轻轻地对你说起为什么久不实现的原因。

哦，因为路远，没有绝景，你怎么趋从我的运气，勉强和我看看风景。

我必须把最好的景致给你，才配得上你一身华丽，迎向我为此躬行一生的路。

失眠之诗

先生，穿白衣的女子在窗外的树梢臂举银练。

你一定知道她为什么那么准时，不左不右，向你交代需要表达的时间。

——这夜色下的飞翔，也有白天的鸟，飞起来，像一个人派遣信使，向你传达不停歇的爱。

所谓年轮，不过是花的又一次开放。

所谓向往，不过是她藕节般的手臂给你入梦三刻，再无多余的依靠。

你知道，她已于昨天死了，这会儿的复活，一定是个幻影，要你跟她一起说说前缘。

至于后来，那要等到天明。

天明之后，百事兴旺，忙都忙不过来，哪能腾出空闲，勘误对错。

她一再校对过的文辞，怎么像你在路上头顶光芒，落下的人间暗影，时不时回响起花朵的悲观。

而你是幸运的，每天擦亮眼睛，根本看不见她从云层中窥视你的情景。

（原载《散文诗》2019 年 2 月）

增江之水

陈惠琼

一

徘徊在露天的隔水池。

这里的水是一种相聚。这里的水是一种逐级过滤。

依据阳光无限的真实，增江吹来的风，携来水味弥漫。祈求净水，进入加氯系统，依然流连于水质。两眼不会无视这江，深入到增城水的源泉，饱蘸着水的光芒，有迹可循的七星岭。

触目水位，显示水面宽阔，不仅云层叠影……

请告诉我，该如何解释这一条任凭解释的江，把权力交给人心……人心随水进驻水公司这个家。那一瞬，挥汗如雨的仪表工的夏天，那即日不期而遇的大雨加速了对水的沉淀、过滤、回收，那细致的反复抽样过程体现一口净水，那晶莹的水如似于玉的剔透。

之中，家的影子与高山流水缠绕在一起，选择廖村洲河底深邃的清澈甘冽的水，大口畅饮之间打开自己，体内的五脏六腑渗透清凉，滋润的甜带走故事的苦涩。

止渴，众目所望，水源从来是一种骄傲的福音。

二

充溢的水。

增江的背景是荔枝林，水公司的背景是一座山一江水，这片土地被滋养而肥沃。荔枝花瓣的气息生香牵动日月的童话，惊讶多少只长着翅膀的飞鸟熟悉地低低地擦过办公楼，穿越值班员工的黄昏，水流声亦和着水的馨香味，朝着生活的窗户翔飞。

时间的花样翻新，太阳更在意照耀柯灯山水公司。

至高点，回望和远眺脱俗生机的那些荡漾的波纹，润泽万家的光阴，颤动的倩影，令水管的流程和水淌流的运转，贮满浓浓的露液。

洞穿江的两岸灯火。花香的水似人的知音，一杯一瓶又一杯又一瓶。一直优质供水，哗哗的诺言在董事长的身体里如水流，生生不息，一年，两年，三年往返于季节之间的话语。当我在最佳时辰弹拨水，此时的歌在增城的血液里响起，携带广袤无垠为民使命，一直进入喉咙深邃。我曾用水清洗黑、唤醒身体、摇荡花朵、渗透于米，并速速解渴。

借助迅疾飓风挟带着柯灯山火红的云霓，还给身体一种沐浴，化为岭南母亲的乡愁。我仍愿在暴风雨里遨游，看见水里的月亮航行。

三

水是嘴的故乡，顺着记忆的水器——

嘴唇上泛着的光把曲子变红，一茶一絮，触碰时间。

涤荡那条枝叶如翼的形体，绕着苍老的荔枝树干不断地飞旋，我眼眶里不断地更新，水流的更新。

我随时捕捉水精灵，奇梦奇妙的水或者带出人。我把水请出，来了，来了。每一天水来作答。

有人说，在干燥的黑夜里，难以入眠，农人可以听到甜蜜的低絮语，哦，蓦地齐齐拔节的回应。

黑夜，变为白天。一个通透的天空令人移步注视，悠然水上的闪烁，黑白正在循环生长芬芳的消息。

一条江牵引我竞走，引出粗大的蓝色水管的视线，追着奇异的传说，而水凭着水，看见自己，认识自己的神圣，一切预言、成功、赞美，当然归属于水的歌，流光溢彩的歌。

增江水歌的呼啸声把来访的门敲开。

岭南之南，谁君临？饮下一口水，与生俱来的爱心呵，化身为荔枝花。谁又再饮一口水，化身为迟菜心花。亦集合秋天的万片龙眼花吧。一年，两年，三年，十年……柯灯山之灵气，荔枝树之精华，融灌乡村“挂绿”……

我要护守的明光，来自生命中那些上苍赐予清澈之水。顺流远遁，水在田埂的入口播向万千亿谷粒。

分分秒秒千年不息的律动。

获得从永恒之永恒流淌的祈愿——水明似心。

一个复述的水梦被当今染着走，冥冥之中，真的洗不掉。

（原载《散文诗人》2019 年总第 50 期）

云　图

杨　东

云生即画图，无色亦璀璨。只在云深处，人云我不云。

——题记

山中遍布的微光令人心痛

时有念想。但并非：

把山间的云水收集就获得了水，你遣散了枝头的蝉声就放逐了心中的潮汐。

不可能无乱石，无湍流，无阵风，无倒悬的朽木和瘦小的坟茔。

原来的秩序，不可能无转换，无裂纹。

我在你刀耕火种的薄薄的心上取土，在你秋去春来的嶙峋的身上栽云，山谷的层次好像又增添了几分。

牧羊人的鞭子击碎的空中，一半的春风流连，一半的苦涩起伏。当它们变得密集，山谷里一定有迷失的声音在转动。

除了那些失踪者，所有留守的石头错杂在一起，相互眷顾，替流年保持缄默。

这大海的殉道者，人间最忠实的永不散场的小观众，从未放弃那烟花若水，山色如暮，祥云沸腾，并时刻承受着：山中，那遍布的没有阴影的微光令人心痛。

辨识，解构与重生

月色无限扩散，万物陷入沉湎，流年在不疾不缓的云烟中轮回。

我深信漫长的今夜，是有理由的仰望与守候。

那怀揣因果的人，度一切苦厄，教化万物于云蔚之间。

一些无意暴露的花骨表达了事物的本质。更多秘而不宣的预言在清凉的夜色里积聚、消融。

一个思想者的微澜，随触手可及的云天排闼而出。

那磅礴的低音，有着不再偏执的异于往日的回声。

在对世事的解读中，我尚能辨识：

一缕月色何以抵达尘世，燃烧恒久的清辉。更多飞散的部分，又如何占有了辽远的星河，替代了古老的浮云，包容了人间离涣的身体。

一个惯于在长夜苏醒的人，从不担忧单薄的羽翼，被月色、云气和星象一次次解构、重生。

大风不停地吹

云岚隐，大风吹。

大风把一万座湖泊吹奏成穹汉的星座。

大风把一千条江河吹拂成彼岸的丝绸。

大风把一百只牛羊吹送成铜镜里的云朵。

大风把十条道路吹打成通往天际的阡陌。

大风把一颗颗冬天的心吹散成孤独的雪峰。

大风不停地吹，云屿不断地出没。

那虚空里的水墨，那暮色的马蹄飞溅的星火。

那忧郁里的湛蓝，那夕阳的金汁涂抹的愿景。

那隐忍中的鸟鸣，那浸透天地的惶惶的寂静。

我虽深临夜色，却恰恰碰醒了蛰伏于云天不可竭止的心——

它为我一次次献出壮志凌云的君王、闭月羞花的郡主、众生浩瀚的汪洋、马蹄上飘摇不定的春秋。

青城山：与月寄怀

青山浮游，云朵万里，静水深流。

拜水向自然，问道访深山。水源自雪域，道来自人间。

霓虹在左边的黄昏，乱流自右边的瞬间。我居中，不向上，不向下，不偏左，也不偏右，机会主义难以混入此刻天然的混沌。

清溪乱流，鱼遁入不可知的语境。

山色飞渡，眼里尽是浩渺的烟波。

演舞台，陈色斑驳，花容浅淡，上演着人工的清词与谱段，三舞两步，有板有眼。

好像只有我，在台前独坐，听音识韵，鸣鼓击节。一身一茶，一悟一笔，静想，然后写闲散而有意义的片段。

青山唤流云，翠微锁江濑。

词汇攀入云层，坠入峰峦与密林。

我能够捡拾与仰望的，只有小小的卑微、细细的敬畏。

岭色微光，鸟啼绽放，新月泊于一阕古词。自在的你我，停留于不急不缓的江湖与天荒地老的人间。

朴素的真相

在一座山峰极目，需要征服恐高的眩晕和阴影。

在你的眼前，先是峰顶在摇晃，其次是山腰，再次是山谷。

仿佛整座山脉在位移。

而一个清醒的方丈告诉我：是云层在漂移，树木在舞动，流水在冲荡，是整个世界热烈的针摆在旋转。

善思者穷迷途，辨风水，究生死。

眼睛和心灵是一切秘境的布道器，一直试着念出真相，说出并非想象的碎片中全部的敬畏与执念。

不可解析的源头盘桓在我们心间。

如果此刻，你禁不住要对这盛世行礼，必要的流程是：正腰，取手，举肩，齐眉。

而群山仿若另一个我，应和着胸腔的轰鸣，发出一阵阵嘹亮的回旋。

黄昏的云图

黄昏的云图收藏了火烧云溅落的赤金。

往后一步，它要锤炼星月的白银、黎明的青铜。

被一再凝固，旋转的光线，新鲜的风声，尘屑的重量，关闭眼睑的花朵，伸开怀抱的树冠。

大地上无我的肉身，收敛，关闭了火焰。

月亮在云图里进退。

有什么在追赶，在坍塌？又有什么在停顿，在重建？

云影绰约，光晕的涟漪交替擦拭光明与黑暗。

有人在练习目力、咏叹和深沉的呼吸。

云图收敛了翅膀。

一条来自深渊的鱼，越飞越高。它不眠的眼睛，已遣散了人间的泪水。

天空用自身幽暗的微光宽宥了大地阴暗的人事，失意和绝望退潮。

善德永在。一如云图里永存的残简，散发出旧时代的低音，并应和了一轮满月的心跳，向一个新时代的夜晚致敬。

（原载《散文诗》2019 年 1 月）

沿着心情的波澜［外二章］

姚　园

别以为开着灯，夜色就会远去。

别以为在夜色中行驶，时明时暗的路途必是灯光的缘故。

不相信，是因为曾经的相信，于一个梦醒时分的轰然倒塌。

世上哪来那么多一切都是最好安排的蒂落？

不是耕耘的汗水，必定摘取招展于枝头累累的果实；

不是作品质地的无瑕决定流向的葱茏；

不是你去敲门，室内以安静滋生安静，便是无人的旁白。

没有回应本是一阕回应。

回应有时也会化为一地的泡沫，没有什么是一成不变的江湖。

与其摘一句“以不变应万变”，不如嫣然一笑，让步伐沿着自己心情的波澜，或快或慢，都是思绪先于脚步的抵达。

不经意一瞥

是那不经意一瞥，一束惊喜跃上了眉头。

哇，一个用枝丫编织精细的鸟窝竟然坐落于客厅的窗户下。是哪位鸟妈妈为自己绸缪的？其间肩挑了多少风雨，却只能在我的揣度中翻卷。

再伸长脖子端视，天啊，三只鸟蛋静静地横卧着，何时破壳而出，也不在我掰着指头倒计的分秒里。

但不妨碍我像翘盼星星翘盼月亮一样，翘盼遇上鸟宝宝诞生的怦然。

世上有哪一次相遇不是缘于一颗期待之心的潮起？

去前院晃悠成了我接下来的功课，三天后的晨曦，当三只乳毛尚未加身的鸟宝宝微微颤动的情景映入眼帘的刹那，一缕心惊和胆战止住了我的步履。

鸟儿的蜕变也需要时间这个摇篮啊。

可一枚好奇和惦挂在心里日夜蓬勃，次日我忍不住悄悄溜了过去。鸟妈妈不像之前闻声即飞，她淡定自如地把持着家园，乌亮的眸子散发出一片母性的温润，她的三个宝贝该在她羽翼庇护下？羽毛是不是渐丰？不管今夕何夕了吧。

就在夜色茫茫的十点，窗外发出了一阵声响，鸟妈妈该不会是趁皎洁的月光携着她的孩子们去练习飞翔了？

天亮后，我怀抱昨晚疑问走近。

果然，鸟去窝空。

令人诧异的是其窝已被一小捆细枝掩匿得若隐若现，鸟妈妈是为了某一天的回归？

为了忘却的相望

此时，窗外的雨时疾时缓，有些像一个人的步调。

疾驰与缓慢抑或为一朵心情的顷刻写照，犹如前几日在街上邂逅一树树年华正豆蔻的樱花时，按捺不住的雀跃。

只是我要如何拍摄，才能呈现她内心山水的丰饶？才能导出她今世，或者说一瞬间期盼的欲说还休？

我要如何凝视，尽收眼底的才不仅仅是她绝代的芳姿？

收录的，到底是为了记忆的绵长，还是为了忘却的相望？

我好像不知，又似甚知。

当我接到一通千里之外的电话，Baby 兴奋的声音，将我的心绪转换至花儿盛开般的烂漫。我在骤然间恍悟远方是可以用“认可”触摸的。

此刻，镜头再对准樱花，拍下的除了繁花似锦，就是茂盛勃发。

（原载《珠海文学》2019 年第 2 期）

膀子村［组章］

湖南锈才

膀子村阳光灿烂

顺着一朵白云望去——

我的膀子村鸡犬相闻，炊烟袅袅。

那时衡邵通衢，佘田桥街青石板路上，行人如过江之鲫

——卖茄秧的，挑竹子卖的，占据了蒸水河上半座桥。

四月蔻红了，三华李红了半边脸；辣椒扬花，南瓜牵藤；

豌豆撒迟了，才撑开一瓣泥，像我和弟弟——

哥哥大小伙了，我们小笋才露尖尖角。

夜幕笼罩，各回各家找各妈。

萤火虫又打着灯笼出来煽风点火。入夜，另一场大戏刚开场——

上初中的姐姐，她们在月光下踢毽子，跳橡皮筋，谈我们永远猜不透的理想。

上树掏鸟，下河摸鱼；循声蛙鸣，便可找到某人。

我还缺几颗牙，就当上了“司令”。

阿珍还是个小跟班，但她一个眼神，我就知道，有多快就要跑多快！

外公，舅舅，姨，姑姑，萤火虫，这些实在亲戚——

房子都在膀子村周围，如散落的星星

多好啊！

街口，那些一闪而过的绿意

在街边，在巷口，在寻常人家的阳台，我常常发现——

那些一闪而过的绿意；

那些垂下的藤蔓；

那些小小的盆景，那些顺着思绪不断攀爬，直至拐角处，看不见的绿色植物；

那些红的花，黄得晃眼的花，那些扬着粉嘟嘟小脸的花，那些鞭炮一样排列的花，那些娇小姐一样，柔弱的花；

那些星星点点的一点红；

那些不羁的，长着艺术家头发的野草，像春天无处不在灵魂的

它们。像春天闪着灵光的诗句。

春风沉醉

月亮，醉得一塌糊涂；

星星，睁一只眼闭一只眼的，大部分在闭目养神；

只有夜灯，山中无老虎，猴子称大王，为这样的夜晚，涂抹一层神秘莫测的油漆。

空气中，浓香扑鼻。是谁，打翻了香水瓶？

桃花正争奇斗妍，一朵比一朵，妖冶性感。

莲池里，可热闹啦！

有神秘小东西，在搅动一池春水

——躺在水面上的荷叶，这些白天睡着的精灵，这会儿都铆着劲，从绿色的梦中醒来，像一艘艘绿色的大船……

娇嫩的叶片上，还有她们晶莹的泪滴。

一支支绿色的箭镞，纷纷从淤泥中起身，做好瞄准天空的姿势。只听见嗖嗖拔节的声音。

莲池上方的石凳上，爱情，也在拔节。

春天，正在阵阵暗香中受孕。

这是个春风沉醉的夜晚，

每一个有幸路过公园，和想象公园的人，都是诗人。

（原载《星星·散文诗》2019 年第 8 期）

赵陵山良渚纪事［组章］

夏　杰

时光之斧

那时，江水无名，时间无名。

一块石头，把自己撞碎，与时间一起生活。

锋利还未取代斧子之名，如同方言还在喉结里等待。

这些时光的倒影，在大直江的涟漪中划动；在高高的祭台，向着天空划动；在广袤的环太湖平原深处划动。它不经意地遁入思想内部，为新石器晚期遗存，注入文化的生生不息。

那些先民，在绿水青山之间，用自己最好的方式，为良渚文明，留下了一道道可以让我们窥视的缝隙。

或许，真是无意。

而许多的无意，为上下五千年线装了一本厚重的瑰宝。我们，始终像个孩童，懵懂着无数个时光。

也许，更多的是我们在词不达意，但这样的昨天，是最美的。

当你们的遗骨冲破黑暗，从熟土层中探出，周围一切都显得如此凋敝，像一个深冬，像一座城垛……

良渚之玉

为一种文化命名，是后来的事。

77 号大墓中，一块五厘米大小的鸟形玉饰安静地躺着。它没有飞翔的姿势，它似乎对天空失去了流畅的情怀。

原来，它是有主人的。

它有一根杆子，连同主人一起消失了。或者它在等，它从时光之上掉落时，它，仍旧是信仰的源头，族人用跪拜，用他们所知的所有方式将它与主人一同，用鼓声、呐喊声，告别那个天蓝蓝地青青水沧沧的世界。

后来，我们用放大镜，看到了它悠闲地驻足于一位以跪姿但又略显尊贵者的发冠上，而在它的身下，一个人双手托举起的四足短尾小兽正奋力向上攀爬。

“人鸟兽”，一个全新的注解。

“天人合一”，一个广阔的思想，有了远古的核心概念。

云烟有意，流水无痕。

作为南京博物院的“镇馆之宝”之一，它已经有了诸多飞翔的痕迹。

规矩之源

太阳的弧线画出：天圆地方不是一种命名，而是有一个圆洞在收纳由时间嬗变的意义。

是的，意义。

从女人耕种，男人祭祀开始，每一段分工的表象提示我们：阶级结构正在被打磨，社会等级正在被雕刻。

天最大，赐予与剥夺，从祭台的高度可以展望；从权杖上精美的玉饰可以照见；从祭师时而轻语时而咆哮的声音中可以辨别……

他们，在用跪拜交出内心。

信仰似乎，更可靠。

蒙昧如同阳光下的水坑，逐渐缩小，水底生物都在显现。而名字的重要性，正在被一幅幅图案画出来。

“源极图”，又一种命名打开了远古的神秘。“规矩”意识，像文字、哲学、逻辑一般，逐个破土。

图腾，是医治内心最好的秘方。

他们的文艺天赋，就是个英雄，我们应该献上掌声与鲜花。

可惜，我们来晚了五千年。

但时间不是问题，距离不是问题。我们的问题才是问题。

曙光之钺

这是神的秘密，在简单的线条上舞动。

当然，这不是线条的事，它比一张简单的脸更为复杂。它情愿被尖利的东西随意牵扯，因为，它也是有想法的。但这仍旧不是线条的事，它从未妄自尊大，甚至比树上的枯枝更为低调、从容。

尽管一张脸把眼睛睁得很大，也看不清这方灵秀之地，它作为神，只需倾听内心，或者他们会大声呐喊，用膝盖敲击自己的灵魂。

我们不去探究玉在水泽之地的来源始末，很多想象已被禁锢，或者，千里之外的跋涉的形成，需要什么密码？

我们相信，器物的形成，都是曙光来到人间。

创造、创新，从他们的信仰中灵光闪现。

我愿意相信是本能，如同我的一种尊崇瞬息来到。

我相信，他们也会用蹦跳表达冷静后的成就。

是的，这又是本性。

像神的秘密，来到了现实。

绝密之琮

很多秘密有了真身，比如：光滑的孔洞？

那时，电还是神，来到人间时，它的肉身是火。

内圆外方，从高度的延伸更加剧了神秘的扩张，如同某个自然形成的洞穴。

而我们无法去探究，时光没有洞穴可供。

秘密是需要在场者的，一切推论始终，是推论，它的既定存在，只有经验与学识去抚摸证据，非自然行走，而是顺着滑过去、溜过去。

我又只能用“也许无意”来思考秘密的形成，像苹果与牛顿。

我又相信，当几十厘米的高度第一次呈现在族人面前，是何等的兴高采烈，何等的崇敬于心。作为祭祀礼器，作为“六端之一”，良渚文明的光辉通天达地。

是的，从玉石嬗变成高台之上的神圣领袖，它接受的都是最大的礼仪。神在此刻，有了光滑的肉身。

而我们仍在纠结孔洞的形成，是竹子还是其他？也许神真的存在。

也许，神，你可以现身了……

（原载《散文诗世界》2019 年第 7 期）

暮晚中［外一章］

赵目珍

其实，她的上空才是最美而且宁静的。

空荡和蓝是她存在的常态，渊深是另一种灿烂，而自由和宽广则更无须多言。

在暮晚，我时常要穿越一些建筑的森林。然而，我并不在意这黄昏中的枷锁。

相反，我觊觎天上那些倦飞知还的云雀，以及那被云水所幻化出的驽马与骐骥。

它们御风而行，或者随风而逝。

尽管孤寂短暂，然而却摒弃了麻木，抑或脱离了领地的禁锢。

我常常因为这些可以引起深思的事物，而感激一天中的这个时刻。

它的确值得我们感激。

因为此时的你虽然孤独，然而却可以想象与所有的人或者事物在一起。

即使黑暗来临，也无法毁灭晦暗之中所潜伏的那些隐秘而精致的灵魂之狸。

如果进一步品尝这太阳与月光和星辰交织的时辰，我们也许还可以领会这急促的时空中所埋藏的预言。

一些事物沉浸于大地，而另外一些则矗立于山巅。

在某些不可多得的场景，我也会想象自己的亲人。

她们温和而谦卑，与此时万物所蓄养的那种精神相映成趣。

暮晚虽好，却终须告别。这是一个无法逃脱的结局。

内在之地

每一次走在陌生的街道上，我都能够感到那些植物的呼吸。

晚风吹过故乡，就像是吹在异乡一样。无法分辨，它到底是属于谁的地理。

我已经很难插手那里所发生的一切。但是那些相濡以沫的时光，永不背叛。

就像一个婴孩处在饥渴的状态，安静的树上到处结满美丽的乳房。

我一生的不堪，只在于神奇的风常常将我从异乡吹回。

孤独降生于野草，命运比卑微还低。

然而，那唯一的内在之地，永远不时地在向我现身。

（原载《星星·散文诗》2018 年第 12 期）

时光再一次开始［组章］

胡　昕

1

风在树叶之间寻找方向，每一次触碰与颤动，都本能地弹回到生命的敏感处。雾骤起。

所有的风景，都来自陌生人意外的描述。出趟远门的打算，缘于一场无法抵御的孤寂。

沿着熟悉的眼神，摸黑赶一次夜路，该发生的终会发生，错过的，就不仅仅是路口。

圣贤们温暖的呓语，一如恒久的月光，当我们被照耀时，岁月已成定局。

2

我将悬在半空的一只苹果，摘下来，握入掌中。

我可以走出我的影子了，并且有理由相信，不是去发现什么，而是被看见。

通过这只苹果，表达我的态度——占有。尔后，维持和平。

万千景象，当如秋之落叶。经历一场雪崩，完全可以淡去曾经的焰火。重新到来的春天，将使万事万物重新苏醒。

没有谁能在明天遇到现在的自己。

一只被硝烟熏染过的苹果，仅靠夜露就可揩净。于是，仿造的神迹，有如繁星，供万物景仰。

3

阳光在窗台上停留的时间渐渐变短。

天凉了，内心的鸽群还未返回。

龛上的烛台里堆着一层厚厚的烛泪，轻尘落在上面，显得时光有些老旧。它是上世纪的遗留，仅是一种纪念，因此，并未备下点燃的火种。

院子里的银杏树还绿着，所有的叶子都怀着凡心，守着自己的日子。

已经很久无人敲门了。

突然想起的人，只与一些微不足道的事情联系在一起。都还好吗？如同霜一样的月色问候我自己。

4

摊开的手掌上，并无花朵经过，剩下的风，是无声的。

在我们唇间传播的，常常是烽火的味道，我们真正信奉的东西，像草莓一样缄默在我们的口中。

和风细雨，斜阳倦鸟。我们上路的行囊早已被掏空。

我们缺少的何止是一座山或者一条河流，我们甚至没有一棵雷击后依旧活着的树。

仰望天空中的马蹄声，一如俯身倾听一条山路在荒芜中醒来。

5

风停留在城墙上，时光再一次开始。然后是雨，淋过我们的面孔，淋过每一条曲折的道路，沉默与颂歌同时戴上斑驳的面具。

岁月是断裂的，所有的事件是偶然的，山水穿过其间，是天堂与墓地。

请交出我们的欢愉与武器，没有一道色彩是为了讨好我们，没有一次灾难能回避我们。

让我们重新返回泥土之中，在一呼一吸之间，更新自己。

（原载《天山·散文诗月刊》2019 年第 8 期）

春天记忆［两章］

邱名广

没有母亲的春天

母亲不再有春天。她，刚好搭上春天最后一班车，走了。

一年之计在于春的说辞她不懂，但晓得早上不干活，下午太阳就很毒。

上学的时候，母亲煮好地瓜粥，喊醒我们。其实不用喊，我们常常被饿醒。

放学之后，她像催命鬼，叫我干这做那，她最歇斯底里的呵斥：谁让你当老大。

母亲老拿春天说事。她嘴上总挂着的一句话是：不做，不得食。

她知道，一棵小苗，得先给它浇水施肥，修枝整形，开花结果才有指望。

浇水它不生，淋肥它不长，这棵苗，还有生存的空间吗？

孩提不懂母亲话意，埋怨的情绪一天天变大，装傻充愣也逃不过她的眼睛。

春天过后，黑夜越来越短，白天愈来愈长，鲜花一朵一朵凋零了。

母亲懂，世界很大，那是人间。社会很小，那便是家。

当我明白路有上坡下行，母亲的良苦用心如春光对幼苗沐浴的爱。

静好岁月啊，有声的是日子，无息的是时光。错过春天，辜负一秋。

没了母亲，我的春天失色，秋收无喜。分享，少了最在意的天伦和快乐。

那粒种子

真的，真的很美，那些个舒展着的小小花瓣。

墙缝那道浅浅的灰泥，怎就被你站稳了脚跟，还会露出芳容？

种子飞扬的时候，你没能飘落大地。

剑走偏锋常常是致命的。春风旋转了方向，而你，没有随风逐流。

活着或枯死，在斗转星移中。与你际会，是无心的我一个缘分。

没人刻意去关注夹缝里的生命，何况一棵不起眼的无名小草。

春天扭了一下腰身，你还春光一个笑靥。

可，风还在刮，雨还会下。

趴在墙壁上的朵朵野花，浅唱低吟成我最揪心的风景。

一举，颤颤巍巍；一动，羸弱娇媚。

你俯视大地，却茕茕孑立。在绝地，何求地久天长。

站在你面前，我的失落，此刻插上了振翅之心。因为

时光，你没有匿藏，交给岁月的惊喜，我相信你，还有，还有……

（原载《海口日报·副刊》2019 年 3 月 2 日）

自然的馈赠［组章］

张　东

蟋　蟀

整个夜晚，你将空旷叫于胸口，高尚的一夜，我悄声匍匐于草地上。

整个夜晚，你拥有你的灵魂在克服夜晚的魔鬼，你是一个非常有胆识的朋友，敢爱，敢恨。

黎明降临，你背着无上的光跳进草丛，到彼岸去，或者返回巨大的森林中。

不是说，你要攀爬高山吗？去寻找唯一的歌喉，在山岗，你会俯视一个无知的世界，在须臾之间，你会叫我，我也不是我，我是另一个世界。

不是说，你在准备渡船的棉被和粮食？到了另一处，或者海中央，那里充满鲜花，还有蓝色的水波。你要在那里成家立业，修建蓝色家园。

当我们被时间腐蚀，每一个骨头都充满钙的痕迹，石头露出光阴的锈。混沌中，你是谁？我是谁？谁是谁？

我们曾在何处见过？听谁唱过歌谣？又是谁在为夏季谱曲？谁在夜里呼叫你我的名字？风声吹拂，大地陷入一片沉寂中。你我各自在途中，谈起一生无所事事的过错，深感愧疚。

布谷鸟

清晨，雾气向上升，光辉打开屋口的通道，你的歌声打开春天的门。

我在门内，抬头侧耳倾听你的鸣叫，花朵从春风中张开口唇，许多并没有如你所愿。

少女的水晶裙也被你打动，到河中拾起鹅卵石，那双手我曾经抚摸，温柔、纯洁。

她的眼睛，一首如凫水的诗歌；她的嘴唇，高昂的洞口。

布谷鸟向着春天生长，田野上的禾苗长大，它将变为金黄的秋天，硕果累累，秸秆上有许多乳房在歌唱。

风中，你将听到回声但你依旧看不见，无论回头或者走下去。

布谷鸟在枝丫的头顶上，从梢头飞进灌木，许多快乐你不得而知。那个戴红花帽的男孩，你听见了吗？

你只会见到风吹草动，流水潺潺，在桥头那属布谷鸟的少女在捣衣服，桃花飘过，她的头上粉红色的云朵。

很多岁月过去，布谷鸟依旧会来，而穿水晶裙的她和属布谷鸟的歌喉的她早已不在。那个桥头，无端陷入另一片悄声中。

蚂　蚁

渺小的骨节都充满诗意，黑漆的身影努力行走，搬运星辰和泥土，在风雨交加之前建造房屋。你我皆在这时间的宇宙中。

越过树枝，挺过山丘，在腐朽的洞中安居乐业。

我曾见过这样的军队不畏艰险，不怕雨水的强权，也不怕上天的制裁，它们一拥而上，大胆取材，修筑工事，没有任何武器和工具，那些黑脚就是最尖利的，可以洞穿世界。

我曾见过它们分工明确，脑子灵活，如果有兄弟在水中不幸遇难，它将独自拖着它们的尸体，寻找墓地，直到它倒下之前。

胸有慈悲的蚂蚁，大智若愚，怎可为自己偷生而忘记苦难的缔造者。它们在向上苍反抗，即便毫无意义，也要为众生寻找出路。

黄昏，我敲动碗筷，落下的残食盼望你来寻，你曾带给我快乐的童年，我不慎踩死了你的兄弟，如今一碗粮食奢求你的原谅。

夜晚，我在窗边，我的路灯一直开着，直到天明，我投入一个愧疚的黎明中。

蝈 蝈

风使你快乐，在林中净土的眼皮上，你的声带使得森林和谐，你在林中的树枝上重新获得新知。

高尚的诗意没有语言的插入语，你在，所有的语言都在乐音中集合；风声经过轻轻摇曳的树梢，树上有多少绿叶，你的身上就有多少重生，每个夏季，我们的童年都来找你的清脆。

在我的窗前，有父亲栽种的一棵李子树，你在其中弹奏夏日的和弦，这无上的音乐，我静静听，不敢打扰。否则，我的手指就是充满罪过的火种。

你曾留在妹妹的日记里，她说，你是纯洁的微笑、绿色的风。你有多重颜色，仿佛季节有许多种，我们的心情也有许多种，悲欢离合皆和你没有关系。

我和爱你的人聊天说地，每一次的表达她都欢欣，她像我的妹妹那样，不在乎尘世烟火。而我们就在尘世，你看我，我看你，她看他，他看另一个，我们成为流动的河水，一生都在寻找爱和恨，出生和墓地。

土 地

江山无限。我祖先在长江上游建造房屋；墙的高低参差不齐，我们的衣食住行，劳动皆出于其中。

黄河的涛声滚滚，泥土混合而成的巨浪，仿佛烙印着华夏大地的名字与祖先和我们的幸福。

清晨，我站在山岗上接受苍天的洗礼；晚上，我坐在树下，说出月亮对我们的馈赠，而星垂四野，闪耀祖先的光芒。

我的父亲是农民，母亲是农民，我也是。我在土地上抓泥土吃，那是小时候，母亲插秧的季节。

闪电和风声交加的时候，春雷一响，母亲的锄头会动，父亲的犁头叫醒老牛并追赶着；村里忙得热火朝天，从鸡鸣到将近傍晚，道路上听到牛儿们喘息的声。

我

我就是那个叫张东的小男孩，我向着东方出生，父亲在我未来之时就请一个僧人起好了名字。

太阳还未出来，我就率先抵达到平桥这个地方。我在这里度过童年、少年、青年，我也将度过我的老年，父亲早替我想好了归宿。他的理论来自“千山万水，万物生长，落叶归根”。

我每日面对早晨、黄昏、夜晚，我面对平桥和自己。有蜻蜓于水面，蝴蝶在我母亲的菜园；有蝌蚪聚集于水中，我的瓶子禁锢和缩小了小生命的天地。

万物更替，一切皆有序来。我来，我时常梦见自己在飞，这常常使我幸福和害怕。母亲安慰我，我在长大。多少日夜过后，那个叫张东的孩子已长大成人。

我出走平桥，母亲每次都会送我并挥手离别，还没等我远行，她就转身，双手遮掩眼睛。我一个人到远处，她会抽时间来看我，问我东西南北，主要问我吃、喝、住、行。我和父亲也很少谈话，三言两语全由母亲转达，她像一个传声筒，一种介质在我们之间幸福并快乐着。

我慢慢处于奔波中。在赫章，在贵阳，在深圳，在成都，在宇宙的流动中，高山矮小，土地短窄，你我不值一提。怀疑使我陷入虚无，现实使我坚定不移。我对一切充满好奇，无论星月之下，还是银河之外。

我的语言住在平桥，我却只身在外。我的名字被父亲刻在祖父的墓碑上，每个时候，母亲在家，我的族谱里都有她：张母蔡氏，我无法为她修改，遵照祖训，我们不得不各自回到长长的谱系中，做各自的主人。

（原载《扬子江》2019 年第 4 期）

赛里木湖［二章］

小　睫

一滴平凡之水的朝圣

饮尽尘世的风，褪去灰色的忧郁，轻盈展翅。

饮尽尘世的雨，滤去体内的暗疾，完成由内而外的蜕变。

省略奔涌、澎湃、咆哮之类的浮夸之词，美，于纯净中抵达极致。

呼吸回归呼吸，心跳回归心跳，万籁归隐山林。

身披圣洁，目光中万物祥和。用一湖平静接纳所有虔诚的脚印，接受光影穿身而过的洗礼。将风起云涌折叠成旧事，以风平浪静诉说千古流年。

这样的清澈，足以照见最初的自己；这样的透明，足以照见大地苍生。

这样的宁静，足以令人无欲无念，忘却心中旧事，卸下重负，然后肃然起敬。

一滴平凡之水朝着你的方向行走，完成自低而高的朝圣。

为此，披荆斩棘，动用了半生的时光。

让每一滴水的爱抵达纵深

走近你，身上的浮尘被一一荡涤，内心那些虚幻的火焰渐渐熄灭，跃跃欲试的浮躁也随之安静了下来，一同安静下来的还有剔除了杂念的生活。

湖水的蓝是温柔的，宛若万匹绸缎，延伸着蓝色的辽阔。

湖水的蓝是犀利的，闪电般穿透一个人的肉身，直达灵魂的清澈、高贵。

雪山在湖水中闪着粼粼的蓝光，飞鸟掠过，投下蓝色的影子，抵达者的心情和思绪像一尾鱼，也跟着一起蓝了。

不时有混沌之波袭来，将梦幻的美与现实的美重合，颠覆一个人以往的审美，发现关于美的新命题。

可以是名山大川，可以是没有被现代文明熏染依然坚守古朴的村落。

来到赛里木湖，陷于静美之中，忘记归途，忘记激流勇进的伤痛。

顿悟：回归自然，才是一滴水终极的归宿。

回归纯净，让每一滴水的爱抵达纵深。

（原载《天山·散文诗月刊》2019 年第 6 期）

淇水润泽的故乡

韩　峰

淇水，葳蕤着美丽乡村

一

淇水很勤奋，五亿年前就来到了这里，远远超过了人类蹒跚的脚步。七千年前的祖先，择水而居，刀耕火种，和淇水一起，积淀着丰厚的底肥，发酵着农耕的文明。

一座座村庄，喝着淇水的乳汁，如雨后的春笋生长；《诗经》里飞来的燕子、喜鹊、鹌鹑、斑鸠以及麦秫、蒹葭、荠菜、芄兰、葫芦……都是淇水的铁杆粉丝。

二

穿越历史的隧道，休闲农业弹奏着时代的交响。林网在“立正”的口令中列队，致敬淇水；田野抒写着《诗经》里的菟丝子、车前子、卷耳、萱草……还有，增补的翠绿诗行。

果园正在怀孕，做着甜蜜的梦；塑料大棚改变了季节的性格，温暖着本不该降生的生命；养殖场家禽家畜们挺着胸脯或肚子，哼哼着膘肥体壮的兴旺。

淇水欢唱着跑来，为所有生灵加油；五月的云雀，传递着丰收的喜讯，还有村头广场舞舞动的梦想。

三

枕着淇水的臂弯，聆听着浪花的歌唱，袅袅炊烟里，农家乐拿着毛茸茸的狗尾巴草，撩逗着我的馋虫。

对着清澈的淇水，梳妆着淑女的窈窕；雎鸠关关的鸣唱，引鱼儿跃出水面，向游人暗送着秋波；一对儿情侣在没踝的浅水中，拥吻起一朵朵晶莹欢乐的浪花。

乡村披着绿色的帔，明媚着游人的双眼，还没采摘，暗暗的香气，早已盈满了衣袖。

四

桑园小镇、灵山小镇、杨玘屯、大石岩、秦街、赵庄、纣王殿、凉水泉……一个个带着蒙娜丽莎的微笑，走秀在色彩斑斓的 T 台，随便抛一个媚眼儿，便将我的魂勾走。

乡村，在大地的五线谱上跳动；一首首饱含乡情乡韵的和谐乐章，携着嫩黄的油菜花，或白或粉或红的木槿花，芬芳在我的肺腑，又打着秋千，悠荡在我的耳鼓。

乡村，已发酵了上百年上千年，蒸馏出一坛坛美酒。走进花间，邀明月一起，和鬼谷子、孙膑、苏秦、张仪……还有慕淇水而来的诗仙、诗圣、醉翁……举杯。

城市的喧嚣及心中的阴霾，随风而逝。

淇　水

你的歌唱，是我最早的胎教；呱呱坠地，你是我的摇篮曲。每次看到你，你都窈窕淑女般的温顺、柔情。我想化为君子，与你琴瑟友之、钟鼓乐之。

你也有倔强、野性、桀骜不驯的另一面，即使崇山峻岭，也无可阻挡。在《山海经》《水经注》见到你——

> 颓波漰注，冲激横山……倾澜漭荡，势同雷转，激水散氛，暧若雾合。

我知道，那是年轻的你，为了冲破禁锢、束缚，为了寻找一条闪光的路，为了给《诗经》铺下书写的长卷，也为了一个约会，那是多年后，栖于南山峭壁的仙鹤，拍打着双翅，向你暗送秋波，还有迎着朝阳向你献歌的朝歌。

你晶亮的眸子，是最早的照相机，新石器、刀耕火种、甲骨文、青铜器……比干、康叔、卫武公、鬼谷子……都珍藏在你厚厚的底片夹，用你的显影液定影液冲洗，每一张都是历史的见证、永恒。

你是卫国的象征，即使远嫁他乡，你的涟漪，也会波动许穆夫人思国爱国的心，将《竹竿》《泉水》《载驰》，遥寄《诗经》。

你也是家乡的象征，即使远在千万里之外，游子们也会抱着你和你怀中的一轮明月，将浓浓的乡愁反复揉摸。

你的美，令历代文人骚客竞折腰，李白、杜甫、王维、高适、岑参、苏辙……

无不拜倒在你的石榴裙下。皇皇两万多首诗篇，在发黄的典籍中漫溢。王勃如果来，落霞、孤鹜、秋水、长天，那将是你的专利。

荆轲最后看了你一眼，恋恋不舍而去，一柄宝剑，探寻着茫茫的路。孙思邈背着药篓，采去了你孕育的地黄、冬凌草、益母草、金银花……《千金要方》《千金翼方》，厚重了许多。

云梦山、古灵山、大伾山、五岩山……亘古就是你要好的近邻，一柔一刚、刚柔相济，水脉山脉，脉脉相通。朝歌怎能不引吭高歌？鹤壁怎能不鹤立鸡群、壁立千仞？

历经岁月沧桑，你洁净的脸庞仍是那么洁净，眉清目秀一路欢唱的你，显得比我还要年轻。那是鹤壁人，包括我，把你捧在掌心，宠爱有加。我只有羡慕，只有加倍宠爱。愿你把你的儿女润泽得青春勃发、永驻，愿你把鹤壁润泽得更加容光焕发，一鸣惊人，一飞冲天。

朝　歌

朝歌，有史家说，因纣王朝歌暮舞而名；也有史家说，因朝歌山而名；而朝歌人说，因朝阳初升高奏凯歌而名。

无论如何，朝歌，是用商朝的青铜铸造的，声如洪钟；朝歌，是镌刻在甲骨上的，纹路深远；朝歌，是雕塑在历史天空的星辰，深邃闪亮；朝歌，也是一面铜镜，一口警钟。

曾经的开疆拓土高奏凯歌，经不起酒色奢侈的挥霍；摘星台再高，也摘不到星星；酒池越深，越沉醉不知归路；即使传承六百载，也会顷刻间化作鹿台的一缕轻烟，一曲悲歌。

值得欣赏的歌，是比干保护社稷冒死进谏的歌；是“如切如磋，如琢如磨”的卫武公施行康叔仁政的歌；是中国第一位爱国女诗人许穆夫人录入《诗经》的歌；

是硕人庄姜“巧笑倩兮，美目盼兮”的歌；是“孔门十哲”之一的子贡道艺精通、诚信经商的歌；是鬼谷子和弟子叱咤战国风云的歌；是高遐昌不畏权势造福乡梓的歌；是“淇水滺滺，桧楫松舟”的歌；是从《诗经》里飞来的燕子、白鹭、喜鹊、斑鸠、鹌鹑的歌；是在《诗经》里葳蕤的蒹葭、荇菜、麦子、葫芦、芄兰的歌。

朝歌，早已高唱新时代的乐章。淇水弹奏着古琴伴奏，仙鹤站在南山峭壁领唱，与古老的歌谣和声、共鸣，一部抒写小康的“新诗经”，将在金秋诞生。

（第五届“中国诗河·鹤壁”诗歌大赛“淇水诗歌奖”二等奖 2019 年 8 月）

在月光中抵达人间

朝　颜

1

> 小时不识月，呼作白玉盘。又疑瑶台镜，飞在青云端。
>
> ——李白《古朗月行》

时间一截一截地长高。回过头来，只剩一轮皎洁的月亮挂在童年的眉梢。

那时候，我们相信神仙，相信圆满，相信世间一切的干净和爱。我们常常在幻觉里入梦，一不小心，就坐在了月亮和天空里，就看见了闪闪的星星蓝蓝的天。

那时候，雨水是会开花的，云朵是可以穿在身上的。我们比一张白纸还要纯白还要清浅，我们敞开了整个的小小心灵，等待人间为它涂抹色彩。

仿佛还来不及听完一个瑶台的故事，一些命里的湿气和滞重就住进了肉体中央。我们驮着重重的躯壳，奔跑在路上，仿佛和过去轻盈的灵魂两相失散。

那些萤火虫、羽毛、小人书……那些曾经短暂拥有过的烂漫，俱成为童年的遗物，渐行渐远，四处散落。

光阴啊，请不要告诉我：那天上的仙人、桂树和玉兔，皆是虚拟的美。

请不要用完我的纯真，用完我的信任，请把那枚叫作白玉盘的月亮，还给我！

2

去年元夜时，花市灯如昼。月上柳梢头，人约黄昏后。

——欧阳修《生查子·元夕》

花市渐渐萎缩。热闹和灿烂过后，一盏被记忆吹灭的灯，露出了孤单的真相。

一个人，在风中看月色，应该比光秃秃的枝丫多一份微凉。

我们之间，隔着旧年的黄昏，隔着柳梢头上的圆月，隔着一个堆满蜜语的元宵之夜。

我爱月光落进窗棂，爱执手相看的灯影，爱你絮语不息，像桃林里的风声。我们，曾将心事像一枚月亮那样和盘托出，发出白玉碰撞的轻响。

春已分明，而花一瓣一瓣地落，人一日一日地远。春衫总是裹着薄凉，你翻动过的那截衣袖，将泪浸湿。

我以为坐在屋檐下，就能看到送信的人；我以为挑开门帘，就是一个繁花似锦的春天。

只是一场戏还未演到结局，你已谢幕，隐入汹涌的人海。那些暧昧的言辞，多么像天上的月光，虚幻而易碎。那些谜一样的交会，比月色还要凉，还要白。

从此，我将从亮如白昼的灯火中抽身离去，我将用诗歌记录脆弱和疾病。

我将用去我的一生，遗忘昔时的月光。

3

床前明月光，疑是地上霜。举头望明月，低头思故乡。

——李白《静夜思》

黑夜并不深沉，因为有月光时常搅动梦境。

我总是惊醒，看见自己灵魂赤裸，挂在故乡的树枝上。那巢穴里的惊鸟，是否在秋声中迁徙远方；那不安分的落叶，是否在秋风里暗自零落？

蝉声渐弱，只有动荡的云彩从不停止它的飞奔。在这座寂寥的庭院里，我只是一个随时就要起身离去的客。当秋风翻过房檐，南窗上的露珠，滴滴都淌着思乡的泪。

我不应该看见这霜白，不应该总是在迷离恍惚中一个人怀抱自己的肉身。我的枕边，应该有亲人热切的呼吸；我的屋外，应该有家犬忠贞的相守。

夜有多凉，思念就有多深。

月光漫上床沿，就像我的心上，泛起冰冷的白霜。为何夜越往深处走，人越往清醒处攀。低下头去，只望见四散的流水，回不去的故乡。

在尘土里赶路，人间万事，敌不过故乡的一缕炊烟。那星罗棋布的回忆，那一触即发的遐想，都是年华里漂泊的明证。

等到月光摇碎了一个夜晚，更远的地方响起鸡啼。我已顺着通往故乡的路，在人间走了无数个来回。

（原载《伊犁河》2019年第2期）

老　街［一章］

李星涛

1

青石小路，跫音多重，老布鞋踩出叠加的回响，滋生出隔世的影像。

黛瓦细密排列，一行行绝句吟咏着雨声。青苔封堵着的时光，闪烁出幽幽的眼神。

2

背影幢幢，分不清前世今生。躲闪不及，一爿老店迎面撞来，有人被呛出三口水声。

横向走动，却总有纵向穿越隧道的清寒。洄游的鱼，尾巴搅动起一个个传说和故事。

老井不语，生根的水，尝一口，有泉水的甘洌。

3

月光的瀑布飞挂下来，老街波光粼粼。

顺着街道，有人被一点点荡远，亦如一弯小舟。

不知去向的思绪，在混杂的方言中缥缈。纸扇收拢，一折折风雨剧情，握在了手中。

流水的源头总是很慢的涓涓溪流，词汇的根部总是细节的丝丝缕缕。一只鸽子敛翅于黛瓦上，浓缩的天空，也慢了下来。

每个人都变成了一枚时针，一步步旋转着属于自己的时间，倾听着属于自己的心跳。

那个穿长衫的人，竟然把自己当成了长篙，把一街人撑向了钟声对岸。

4

终于找到了，街角处一个拉二胡的盲人，就是他保管着老街的时光。

黑暗里，他猛地收弓，整个老街都在颤抖。

一个视角向内，一个视角向外，这是他和我们的不同。

他把月亮养活在泉水里，尘世在泪水中下了锚。

谁也不知道，他手指上暴突的青筋，里面行走的是岁月的悲苦，还是眼前这熙攘的人群？

老街很短，曲曲折折不足两公里，可他却用琴弦量了整整一生。

（原载《天山·散文诗月刊》2019 年第 5 期）

唯有道路带走你所有的经历

晓　岸

1. 你从来不谈论手中的事物

你的话语含混却又隐藏着锋芒，没有人知道该如何面对这一切。

而那些遥远的道路与河流吹奏着。它们驱赶着空洞的音乐和生死，像驱赶着群山的马队，互相把握。

他们是生和死的另一副面孔，在回到人间的路程上找到一个真实的灵魂。

少女们走过去年的花园。她们吃吃地笑着，沿着一条布满花朵的小径向黑暗里走去。多少年已经过去，那些躲在花瓣里的人只有声音，把你带到不真实的生活和飞翔中。仿佛无力承受遥远的安慰，你用一枚叶片切开胸膛，喃喃低语：

可能总是会这样……

2. 整个夜里都在回响着你的声音

岩石在夜里融化。

时间在一枝花萼上显现。夜色占据了可能的时间——那年冬天你也是这样走过清冷的傍晚。

天光低垂，冷酷。

雪从另一个世界把温暖带来。你紧紧握住自己的手掌。

雪静静地飘落。像女人的长裙或是天使低泣的泪水，拖曳着一长串的理由。

你继续向前走着。没有人——甚至一个影子。

风中送来微冷的声音、记忆。

围着你的雪曾是那一年爱情墓碑上的尘埃。曾是一些破碎的灰烬，从大海或者花园带来命运的咒语。

风中送来微冷的声音、记忆。塌落下来的冬天比一场醉梦还长远。可能结果总是这样——放弃或者继续都不表示什么。

如果每个人都能重新选择，或者……

会是另一种面目——（生活揭开诞生者的面孔，带着他们回到流水和欢乐中。通过睡眠人群打开自己的灯盏。他们渴望着的事物，曾经带给世界一点点慌乱。每个人给自己制造了黑暗和死亡，平衡着行走的肉体。）

3. 像沿着自己锈死的血管，你从冬天寂寞的路上走过

像沿着一枝花茎的空洞，你沿着一种生活的赐予行走。

身后是书籍和金属的器皿，闪着陈旧的光泽。——谁都不可能重复同样的伤口，像一枝花不能重复同样的春天。

去年秋天那场变故如此突然。冥冥之中的手指，无形的手指，指引着一个人未知的命运。像一条河流无形中指引了流水，从空中溅落到一块岩石上。那后面的一双眼睛透过苍茫的暮色，露出焦虑的渴望。

谁能带走这一切？

唯有道路带走你所有的经历。

岩石在夜色里渐渐融化，直到有一天变成大海。

而仅有的存在不会出现第二次。

心灵怎样才能变成岩石或者河流？怎样打开水一样的前额，把盲目的生活归拢，提升到死亡的中心？

一个人代表着局部的欲望和影响。

就像在手术室里沉睡的医生，等待午夜的音乐节目中传来昔日的力量。

那是回忆的力量：爱或者被爱。

那是一个人充满激情的核心，又像聚变的星云无声地漂移。

4. 你走在一条未知的路上

一个秘密。

一个神秘的呼唤，遥远又亲切，像内心的焦渴。

死亡曾笼罩我们多年，现在它远远规避我们，量数我们的激情和热血。

而爱是一种中间色，是一种声音，需要两种物质来完成。那是些能使我们失明的高贵的野兽，在童年的像镜框里生长。

在那画面里，多少古老的建筑已经暗去，它们或多或少地留下阴影，占据着一定的时空。它们在虚构的河流上堆积，直到在阳光下裂散成冬天的云朵。

而你躲过那些阴影，在干枯的野草丛中看落日，看摇曳的黄昏。你把美丽的刺痛留在郊外，虚浮的夕光映红你倦怠的脸。回到房子里，四周响起空荡的回音。

所有的人都已离去。

时间渐渐变黑，像无息的水流。它的宽窄此时正是你的心情的尺度。宛似一座岛屿，落下松散的羽毛。而那些膨胀的岩石，用黑暗的水声擦拭你疲惫的睡眠。

5. 比阴影更加模糊的夜晚，比一个夜晚更真实的梦境

这两个影子重新为你定论。

童谣里的牙齿已变成一棵向日葵。那是黄金的头环。

如果等待不是结果，谁将燃烧成谷地里的火堆？

也就是在那一个夜里，奔逃的驴子和马相继死去。诗人们回到风声的尖翼上寻找羽毛，轻幻的命题逐一打开那些暗淡的眼睛。有一种尖厉的声响在光明中轰然散开，那些眼睛同时惊诧地死去。

穿过那些夜晚我再也不会叫醒你。你用自己的方式证明你存在的价值。

我将祈祷着，让死去的灵魂试着飞翔，在金属的间隙中留下血迹。

我将不再叫醒你。

这烦恼的生存的合成体。

世界睁开一只眼睛充满疑问，在星光下仿佛一只漂浮的小船，让敞开的语言在瞬间合闭。

而风拍打着暮色中的树林和群山，摇晃着走散的灯盏。那些被遗忘的果实打开自己小小的花园，静静地灿烂着为你送行。

整个夜晚都响着你的低语："像个沉睡初醒的人，是什么突然间改变了整个场景和细节？我在哪里？那尚未确定的事实怎样带走一个人的肉体？"

6. 时间没有梦想，只像折扇一样无限展开

时间或者就是一个车站，一个码头。

或者是野草飞扬中的一个黄昏。是春天或暮秋相同的一枚叶子，同在一个锁链上。目睹了一条秘密的河流不断地逝去。

你的笑容逐渐苍白，被我们看不见的人群阅读。传奇的事件丰富了他们的笑谈。或者你的身影依然生活在他们中间。

这也许是另一种开始或结束。

但我从不想试探一个人心灵的深度，委身于占有欲的冒险中。如果必须的话我将用一只水晶的手指，像一只蜜蜂将针管探入花蕊之中。

那样的欢快，像一场沉睡的记忆。

而唯有道路能带走你所经历一切。

7. 夜晚将从一盏灯光中无限扩散。它展开，像那些年黄昏的旷野

这样的开始注定从你的额头流失。

那智慧的痛苦。完美的尝试。埋葬一个人阅读的幸福。

你也是如此。

逃避又憧憬，被推向一个个山峰，一个个忧郁的思想的谷地。在那里，阴郁的海风吹拂低矮的树丛，你沉思着散步，像一只羔羊跪卧在祭坛的中心——

……在那里奔涌的时间和卵石不断地溅射，没有更多的星光会光临白昼的行星。行走或者停驻，我们又能带走什么？用手指捻住一粒石子？还是破碎的琥珀之梦？

它们总要到达另一个地方。

像你一样曲折，迂回。没有声音和伴侣。但是总要到达未知的秘密的地点。

心中的水已经燃烧。血管枝杈间的呼啸使每一个夜晚推迟。

那么孤独，一个也带不走。

在寒冷的道路上，花园里或河流上，埋没已久的光芒依旧沉睡。一些人荒草掩身，行色匆忙。另一些人不再说话，努力生存。在雪白的纸上反复地涂抹自己。他们在暗淡的灯盏下醒来，离开夜晚，沿着星光的路径回到他们出生的地方。

8. 我不再询问你的路程。这样的走向我曾被暗示过

所有的生命都是一个过程。那些光辉，像昆虫在草间的低唱，小小的跳跃高出多少人无知的梦？使每一个夜晚的剖面成为一片恣肆的海洋。每一艘船，或者岛屿，都在黎明之前悬浮在海面上。我的眺望在岛屿沉没之前到达。它们分开水路，劈开沉睡的时间之棺。

你逐一打开那些尘封的门扉和窗棂。合欢鸟在火红的霞光中降临，所有的天使都舞蹈，像大地上洁白的和声，像一个世界最完美的回答和告白……

诸神肃静，促膝垂首。

你将收下祝福，像白雪回到阳光中。

9. 我清醒地记得你在晚风中忧郁的神情。一朵百合合拢在手掌中

我记得你午夜间的话语。在每一个角落，枝叶掩盖的细小的岩石和灯光，

希望进入你的内心……哦，内心的最深处，血液显得多余。但我们还生活着，承诺着，被应允着，融合神圣的构想。

你无法回应我的生活，像不曾回答自己一样。你昨日留下的那些事物，那些没有主人的事物，失散在遗忘的河岸，一个伤心却难忘的地方。

那青春的一个小小的码头，如今晚风中长草合掩真实的流水。一群盲目的鸟重复着飞翔，短促，急切而无力。那只是一转眼，被照耀的东西都已消散。

你只能如此作为。

你平铺的身影那么黑暗，把你的光亮遮住，像把一个春天委托给大地。

它和你如此亲密，交谈或伴行，在到达的地方相互遗忘和抛弃。

每一个夜晚都是重复的。你试着逃开自己。试着从一根毛发上找到致命的脆弱和锋利。你打开通往夜空的每一扇门，让那些降临的东西从不显形现身。星光，燃烧的夜晚之荷，沿着星河的涛声漂来。

10. 如今，你远离了一个冬天的童话。在雪花和风中逃离自己的肉体和声音

将会有一个号角拒绝声音的风暴，将会有一个垂下的桅杆压住大海的惊涛。

它们到达大鲸和鸟的梦中，砸开春天的荒野和沼泽。

它们像一个瓷瓶的侧面展开夜晚的荒凉，向你交出双翼。

难道还不够吗?

唯有道路带走你所有的经历。

在路上，风打着旗语，你和自己一路对话，互不妥协。像一粒阳光在空中飘浮。

我知道你唯一的路途。

遥远而艰难。

穿过风声和灌木丛，夜晚将在那里升起，黎明将在那里沉睡。那里有另一

个自我，沿着暗红色的水流逃亡，午夜的月光将那些远行的脚印抹去。在那些缥缈虚无的光照里闪现出岩石和爪痕、号角和折损的骨架。

你循着一种神秘的呼唤声走去。在那里你将留下一个真实的生命。一个童话，不死的传说。你将找到一股纯净的水流，开放成花瓣一样的水柱——

用生活替代生活，那是你唯一的理由。

你的双手轻轻地拂过那些东西，那里深埋你逃亡或出走的预言。

（原载《散文诗》2019 年 3 月）

回头，看见树 [外二章]

王信国

沉寂，与时空无关，与你的独处无关。

伸出一只手的瞬间，所有的声音被冻结，注定这是一个不眠之夜。

回头，看见树，看见时光留下的壳，补丁般缝补树的年轮。

这一刻，我等了很久；也许，等我很久了。

等我回头，等我把一些时间留住，把另一些时间删除。

现在，我与一棵树站在一起，有很多树隐藏身后。

需要时，它们会随时站出来；不需要时，它们会隐姓埋名。

习　惯

习惯了禁锢的自由，习惯了把所有生命的光捐出去。

习惯，会让高处的灯光暗下来，会让低处的尘埃重新飞扬。

习惯，是自由与约束的过滤器。你的诺言，是你的天涯。

习惯于各种习惯，然后按部就班去执行；你是你生活编程的工程师。

你活在你的习惯里，一边捆绑自己，一边释放自己。

把影子留下

你可以离开。只要把影子留下，就会留下心仪的一切。

重叠的时间，一层层加厚，你只是其中的一层。光鲜或灰色，都是你的一部分。独一无二的影子，被光主宰。

影子的生命，是光芒的全部。

明亮或阴暗的光芒，既成就了影子，也毁灭了影子。

其实，有光，必有影子。你活在你的影子里，才如此神气。

（原载《天山·散文诗月刊》2019 年第 7 期）

荷塘等你来［组章］

刘素珍

你的嘴唇覆盖我的歌声

荷花开着、开着，就开满了荷塘。

你是我体内的花，铺满我的泽国。一次次把上辈子、上上辈子化为种子，以不可阻挡的力量生根、发芽、开花，开成火焰，不停地耀动，给我最热烈的心跳。

这越来越甜蜜的花朵，像你的嘴唇覆盖我的歌声和肢体，成为入梦的月光香，长久不能抑制，那么摇曳、沉醉……

身体被一瓣一瓣打开

当你将花蕾高高举过头顶，这扎根泥水的生命，从碧绿到枯黄，记忆的火花触手即燃。

你羞涩的心跳在涟漪里越陷越深，而雨水一再从高天下来，你的身体被一瓣一瓣打开、垂落，我想要扶着你，像你扶着我。

风贴着耳际而来，你在不远处激情飘荡，湖水清明，照见天际广阔，你选择了内心的飞翔。昂立泥水中，多么丰饶的张望啊！

整个夏天怀抱风雨，笑而不语，也不用言辞表达你的快乐。

一柄荷伞撑住一世沧桑

不是草原，不是绿洲，在一片葱郁的绿荫前驻足。

无须传唱多情的欲望，一柄荷伞撑住一世沧桑。

撑住，是一种了不起的气魄，挡不挡得住风雨，都开出圣洁的花朵，还清香四溢。在你的世界，我看不见来来去去的风雨，那么多荷叶，波上含烟连荫翠。

投入你的怀抱，投入种种际遇和命运，越来越清澈的世界，包容了迎面而来的种种揪心的事物。

一池塘的月光点亮夜色

一池塘的月色，就在小山坡下，就在夜风中，在此起彼伏的蛙声里。

一池塘的月光，点亮我心中的夜色，用影子覆盖影子，宽厚、深重、倾斜的影子，从山坡上，倾泻下来。

一池塘的月光，如水，漂洗五味杂陈的人间万象，满地都是尘埃，满地都是飘忽不定的心情，满地都是流水无声。

月色无边。我把内心托付给摇曳的月光，我把大半生的悲喜藏进荷塘，我把自己如月光一样洁白的肩膀，作为自己温柔的倚靠。

（原载《天山·散文诗月刊》2019 年第 6 期）

冬日帖：新年或冷暖［组章］

陈　俊

新　年

我撕下了一页纸，和纸上的日子。前几天刚下的大雪，还在纸上留着拙笔的伤痕。

纸上着墨，一年就那么几笔精彩、几画随意和几次涂抹认真，或许还有一两次多情、一两回醉态和一些歪斜的脚印。

没有比一场大雪有更多的自信。在白雪之下，一张纸学会留白。

而我手中仅剩一年的风声。

光阴之白

大地尽白之后，我也尽白。在雪中站久了，不给自己留下余地。

爱一个人无需余地，让自己白。恨一个人无需余地，让自己白。

那是雪之白，头之白，心之白，光阴之白。

那样的天地，不仅好看，不仅苍莽，不仅辽阔，不仅冰晶。

更没有多余的杂念。

我们也是叶子

一片凋落的叶子正好飘过我的眼前，我伸手接住，捧在了掌心。

捂着凋落的叶子，想着还挂在树上的叶子。

都是叶子，都是生命，都是命运，都是归途。

在树上的叶子，我听到它的叹息，看到它的不安和挣扎。它在风中摇摆，竭力维持现有的位置、尊严和体面。阳光下，它的脸是半绿半黄的，有美人迟暮的担忧。

在手中的叶子，它安静极了，一如初生的婴儿，我能听到沉睡的光芒。

看着树上的叶子和手中的叶子，我的眼里应该含着泪水的，一方面悲悯，一方面怜惜，一方面宽慰。

光阴是一缕风，吹出了叶子的两面。

我们也是叶子，在一缕风中。

新华书店的下午

我随意抽出一本书，随意地翻。这个冬天，我内心的冷甚于天冷。我到书店里找暖。

我翻开书本里的雪花，以冷制冷。雪花纷飞，梅花寂寞。我坐在靠窗的桌边，看着文字一样孤独的身影，心有悲欣。孤单原来可以原谅孤单，孤独原来可以温暖孤独。

冬日不声不响，坐在我对面。像一个雪夜归来的人终于走进了一个避风的小屋，与自己对酌。桌上没有红泥小火炉，我期待翻开的书里有。

纳兰说：冷处偏佳，别有根芽，不是人间富贵花。

似是写雪，又似不是。

我一读到，一朵朵雪便从书本的天空飘落下来，纷纷扬扬，落满了书店整个下午的时间和空间。

（原载《天山·散文诗月刊》2019 年第 2 期）

田　野

丁飞龙

种　子

1

选择你的那双目光和那双手，自然是严格而成熟的。

2

如果在秋天的风里，你被确定为种子，那么春天的呼唤已充满了你的心间。

3

冬的冰雪冷峻，春的阳光沐浴，都是你即将萌发的前奏，你是一个个音符呀，在大自然的交响中，升腾着辉煌。

4

可以具体为谷子、高粱和水果等，也可以具体为思想、言语和行动。

竹笋的声音

1

老宅的一隅，是一片竹林，也是一片相思林。

2

每年三月伴着雷声冒出竹笋，如同高高的竹子母亲，孕育出新的芽苞。有纤细，有壮实。

3

四季常青的竹林，一代又一代，自然更替着。所有的叶子与时光一起，挂在枝头抑或洒落林间。连同挖笋人的快意或惆怅。于是竹林，枝头凝聚翠绿，根处铺满温情。

4

竹笋的声音，就是枝节的声音。于是挖笋、剥笋、切笋直至嚼笋，在此间，居然生发出美妙的乡音和土情，久久回荡和温润在心间。

（原载《上海南汇工业园区报》2019 年 8 月）

我在书店街等你

孙　勇

一

沿着一条并不熟悉的路，我期望能找到你，虽然未曾晤面，但并不影响我对你的倾慕。

珍藏了几千年的醇香，汇成湖泊。我没有犹豫，我沉入水底。我想象着溺毙之后，兴奋，在书店街疯跑。

二

那个并不姓魏的人，挥出的那股剑风，被书店街绊倒。你是否乘风而来？风的尽头，是我在等你。

我的目光，沿着书店街窗户上的木条行走，步履蹒跚。你在吗？你在哪儿?!

我闭上眼睛，我听到一枚树叶从枝头跌落，砸伤了，在这个春天里忙碌的蜜蜂。

听说你魏风朴素，我就醉了。

从那天起，书店街就走进了我的生活。你在吗？你在哪儿?!

我，就在书店街等你。

我曾在荷花深处寻觅，荷花张开粉红色的裙裾。

我曾在菊花丛中眺望，菊花收起了手臂。

我也曾迎着在寒风中磨刀的雪老，跌倒在去大魏的官道上。我抓住从树枝上垂下来的冰凌，站起，我坚信，挂着冰凌的大树后面，春风，抚摸柳絮……

三

酒肆的招幡，拍打着弥漫的墨香气息，也拍打着书店街深处的黑墨胡同。

是你，是你啊——公子。是你从胡同的那头走来。

我怒火中烧，我举起手中的《战国策》，铁锤般向公子掷去！

我睁开疼痛的眼睛，春风迎面吹来，泪水在桃花蕊里飘红。

我怎么会恼恨公子，怒恨大梁门下的那个守门人，还有大梁门的拥有者，那个原本坚硬的魏国……

我坚定一个信念，你就在魏宫的某个角落，以泪洗面。

你何必守着公子给你的，那个薄如蝉翼一样的承诺?！

四

忘掉那枚虎符吧。

忘掉那个令人窒息的时代吧。

远离刀光剑影吧。

选择一个风和日丽的春上，来书店街坐坐，听我给你讲张择端，和那个婉约得江水尽失的后主，还有离你，我认为并不很遥远的，这个叫作开封的，小城故事……

（原载《开封日报·艮岳副刊》2019 年 4 月 16 日）

春风十里［外二章］

陆晓旭

月亮的管弦乐队我已备好。太阳的独唱已然谢幕。

为你，已不再是一片隐藏的土地。我宁愿用春风十里，换你一次花开。

夜色中，我把双手伸向你。多么希望，你不再只是我梦中的影像。经历过人生的九曲十八弯，我只敬畏于一种坦诚的自然。

所有美景，只酿一杯美酒。所有苦难，只绽一片芬芳。

这样的时刻，我总是习惯为你反复排练月亮的管弦乐队。在日以继夜的等待中祈祷。仰望思考的群星，撒下光芒的太阳。一再浓缩精神向里，那些彼此的远方。

我知道，谦卑的事物什么也不会留下。对于自己，也无须留下。可我还是习惯沿着去向你的路途，只为叩首人世喧嚣中那些寂静的善良。

春风十里，只为换你一次花开。我听到鼓声如雷，次第滚过天空。最美的时光，我怕我还是抱不住你。我怕我一松手，你就成为夜晚的一次着陆。

为你，我愿意伴着太阳西下，坠入黑夜。

凝固在一块开花的石头上，安静地将你守护，千年不语。

爱如汪洋

肆意把云朵抬高，因为云朵里藏着风的诗文。乘着风的翅膀，便可以阅览你的绿肥红瘦。

此刻，我已触摸到你十万八千里的心跳。水花在喧嚷，每一朵，都是你羞涩的潮。草地在欢腾，每一波，都是你柔软的浪。

我在等天最蓝的时候，我在等云最白的时候。

等你最美的时候。如果允许，请你接纳我，一次最美的俯冲。

一朵再高的云，它的心事，并非是风吹多远有多远的远方，我只知道，当我做出这最后的决定时，你就是一片爱的汪洋，要多美，有多美。

美如昔日

透过开满鲜花的月亮找到你的歌声。

透过光芒万丈的太阳找到你的身影。

当你的月光围成梦的港湾，当你的阳光围成爱的栅栏，我的寻寻觅觅，注定是这一生最美的旅程。爱你，远在千里之外，也能倾听你的呼吸。

我已别无选择。铁了心要成为你最温柔的部分。

春天播种，秋天收获；夏天热烈，冬天冷藏。在你的美里，我一定可以找出身体和灵魂最靓丽的部分。花开的地方，适宜栽种风景。

当梦想逼近现实，我将放声歌唱，这人间的大美，像小草一样拱出湿润的泥土，努力点缀梦中的悸动。

透过花香鸟语的美，绿水青山的美，生命本身就是一条敞亮的道路。

你的美，尽管阴晴圆缺，但却向着无限的未来延伸，看不到尽头。

一如，刚刚开始的往昔。

（原载《天山·散文诗月刊》2019 年第 2 期）

星星的季节

张梓蘅

题　记

时雨及芒种，四野皆插秧。家家麦饭美，处处菱歌长。

——［宋］陆游

可以看到星星的季节

小满过后，便是芒种，是可以看到星星的时节。芦苇湾迎来了又一个新的孟夏。各色花朵多落尽了，嫩叶还不及转成浓绿，阳光穿过枝叶缝隙，叶子如半透明的翡翠一般。

阿尧换短袖了，奶奶也换短袖了。阿尧还想着，妈妈应该也要换短袖了。可是妈妈去了北边。彩儿老师说过，北边的天气比这边冷。那妈妈要是换了短袖，会不会着凉呢？阿尧没有去过妈妈工作的地方，也许那里这会儿也不怎么冷了，胡思乱想的小念头像春后茂盛的小草一样在阿尧的脑袋里疯长。

阿尧一路上踢着小石子儿往家走，肩上是妈妈快递寄过来的湛蓝色书包。对阿尧来说，孟夏是吃西瓜、葡萄和桑葚的季节。阿尧家有西瓜地，葡萄和桑葚则在隔壁老爷爷绿野仙踪般的果园里，触手可及的都是嫩生生的果子。西瓜冰镇的好吃，所以往往用大网兜兜住沉进村中心的深井里，动了馋念便拿出来。每次鲜红的西瓜被“咔嚓”一声切开的时候，甜美的汁液流到桌上，阿尧总想留下一块来，幻想着妈妈如果恰好回家吃到这块西瓜时嘴角上的微笑。

奶奶一大早就用今年新收的麦子蒸出了小猪样子的发包，那是在供芒神的安苗仪式上用的。一排活色生香的“小猪”稳稳当当地立在堂前的案上，做出面食的巧手奶奶便下田插秧去了。村里年轻人都往外走，田里忙活的都是老人家，他们舍不得好好的田荒着。漠漠水田上没有飞来白鹭，但闪着粼粼的波光，一株株秧苗安插得齐齐整整，弯腰弓背的老人们，累了就在田埂上聊两句家常，抽一种古老的香烟，喝一壶金银花茶。芒种对于爷爷奶奶来说，或许就是一个忙着种地的日子，奶奶常念叨着：“芒种，芒种，有芒的麦子快收，有芒的稻子可种。”

不过对于阿尧来说不一样。阿尧和他的妈妈有个约定：他们要在夏天的夜晚一起看星星。夏天伊始，阿尧就满怀心事，像头小鹿在不停乱跑。离妈妈回来到底还有几天呢？淘气的星星在丝绒幕布一般的夜空开始探头探脑了，璀璨浩荡的银河也快要长成了。

归属乡村的孩子

“梅子金黄杏子肥，预备，起——”

“梅子金黄杏子肥，麦花雪白菜花稀。日长篱落无人过，唯有蜻蜓蛱蝶飞。”

“彩儿老师，这首诗说的是什么意思呀？”

“这首诗呀，描述的就是现在——芒种时节在那个年代的场景哦！”

一个桃李年华的女孩耐心地向孩子们解释着。她戴着一副黑框眼镜，微笑起来像芦苇湾明朗的天色。她是在城市长大的彩儿。

芦苇湾跟大多数江南丘陵地带的小盆地一样，有宽广绵延的农田、温柔起伏的山峦、早晚熟识的乡邻间温暖的问候。这是彩儿的爸爸曾经生活了小半辈子的地方，却是彩儿爸爸一直都想要离开的地方，也是彩儿爸爸成功离开的地方。彩儿爸爸历经千辛万苦终于离开了农村，去了那热闹繁华的城市。

此刻彩儿却出现在芦苇湾，选择了师范大学的彩儿决定在芦苇湾做实习教师。这些农村的孩子，虽不挂在嘴边常提，但是家人一个一个离开芦苇湾去往城市打拼，他们自然会不经意间流露出对城市的向往。因此，从城市来到乡村的彩儿，是这些孩子心目中城市的象征。

“同学们，彩儿老师的实习期就要结束了，老师要回去啦。”

“彩儿老师，你不能留下来吗？”

“我……”

彩儿还是踏上了离开芦苇湾的大巴车。不过她的手中抱着一大摞同学们画的各式各样的彩儿。每个“彩儿老师”都有灿烂的笑，她们或立在田埂旁，或倚在讲台上，五彩缤纷的彩儿老师，是同学们心中盛开的夏花。

看着这些盛开的“彩儿老师”，彩儿悄悄做了个决定。

她要去做一名乡村教师。

目的地就是——芦苇湾。

苗安，心就安

即使是芦苇湾这样偏僻的小村，快递业也已经很发达了。这也是芦苇湾的“香菜”能够出名的原因。芦苇湾的“香菜”并非芫荽，而是一种江南人家熟悉的时令小菜，采用初冬新上市的高杆白菜为原料腌制而成，由于吃起来格外香而得名。

阿尧的奶奶便是以做香菜为生的，因此这个季节要忙着播种了。

奶奶一手扶着腰，一手抹额头上的汗，缓缓地站起来喘息。虽说有农种的机器，但是奶奶总觉得亲手种下去才能放心，就像自己亲手养育的孩子一样不能假手于机器。在芦苇湾这个被誉为“香菜小镇”的地方，阿尧奶奶做香菜的手艺可谓最好。阿尧也会常为此自豪。

“丁零零——”

“喂，妈妈？”

“阿尧啊，妈妈明天就回家！之后就不走了，现在芦苇湾的快递业已经这么发达了，我留下来开个网店卖香菜吧。”

阿尧睁大了眼睛，脸上溢出满心的喜悦。他挥舞着双臂高兴地大喊一声，惊起一群飞鸟。

这真是一个快乐至极的日子。

田野那边隐隐约约出现一个身影，在新农村建设工整的马路边仍然保留着乡土气息的小道上。

那个身影向阿尧招招手，开朗、快乐地打招呼，手中抱着一摞五彩缤纷的画。那是阿尧最喜欢的老师——彩儿老师。

可彩儿老师明明说过，实习期过后便不再教他们了——

“阿尧同学，你好啊！以后，我就是你们的正式老师啦！”

“真……真的？！”

“当然是真的！老师什么时候骗过你们！”

像冬天飞来避寒的候鸟还会回到它们的家去，这些流离在外的人不久后一个个都回来了。阿尧看着那群被自己惊起的鸟复落回地面，觉得自己会永远铭记这个美好的芒种时节。

阿尧蓦然想起奶奶常说的一句话：“苗安，心就安。”她亲手种下的每颗种子，插下的每株秧苗，都是为芦苇湾这个小村播下的希望。

阿尧暗想，他的奶奶是不是很早之前就预料到他们还会回来，才不做挽留的？

阿尧在摇曳的芦苇荡里开心地笑着，笑声越过了芦苇荡，越过芦苇荡外的青山，越过天际即将消失的流云，追随着芦苇湾平坦公路上疾驰的快递货车，直到在北方的夜晚，落到遵守着诺言看着明澈星空的妈妈心里。

（原载《中国校园文学》2019年第9期）

有乡愁的人

粟辉龙

有乡愁的人

锦绣路，一阕锦绣与繁华！

没有曲径通幽的街道，没有光彩夺目的霓虹，也没有熙熙攘攘的人群。

有的是三排繁茂的行道树，夹杂着两条水泥路，笔直的树木拉长了道路的纵深。

有的是络绎不绝，奔跑的汽车，把醒目的红绿灯，远远地甩在身后。

有的是孤独的路灯，每天黄昏后会准时醒来，昏黄的灯光，照得见夜行者回家的路，也照得见水泥路上的裂缝。

同安小镇，我客居于此。

锦绣路，是我回家的必经之路。

它每天最繁华时刻，我都一一收入眼底。

落日在山脊上歇脚了，赶路的人，行色匆匆，疲惫像是落在道路上的阴影，加重了暮色，我的乡愁。

鸟儿也没有忘记回家。

那声声归巢的呐喊，赶走了宁静，鸟鸣像脱缰的野马，穿梭在今天比昨天高的树间枝头。倦鸟的呢喃，准确地落进了我的手心。

听当地人说，这儿不久前还是山地与田野，长着一片茂密的树林！

偷走睡眠的人

如天上的太阳，悬挂头顶的灯盏，有光和温暖的方向，能照亮我内心那一点点黑暗。

与我穿着一样的玻璃衣服，睡眠似易碎的玻璃。

躺在软绵绵的床上，青草葳蕤，绵延到了我身上，还有不知名的野花，盛开的花朵，似大地升起的新娘。

远方的故乡，山坡上长满了我们的童年，很快就枯萎了。

走散的羊群，像幸福在人世间游荡。时而低头啃草，时而望着天空。

闭上眼，天就黑了。

整齐划一、醒着的是城市路灯，像一排排森严的卫士，守着没有睡意的街道，我们向往的繁华。

我看见都市文明的围城，有些人刚进来，就又想出去了。

车水马龙的迅疾，灯红酒绿的人，神情亢奋。

今夜，我不关心城市、风月，只关心自己和睡眠。

一盏灯坐在那里，像一个人，安静地陪着我，不说话。

醒着的城市，也不说话。

我在灯火辉煌的夜空下数羊：一只、两只、三只……我不属羊，羊只在口里徘徊，难以走入我的内心，梦的故乡。

偷走我睡眠的人，在喧嚣的夜里，越走越近，又越走越远……

等待拆迁的人

春风如财富。

冬天刚来，左邻右舍就开始翘首以盼了。

有人在冬天伸出耳朵，努力打探春风的消息；也有人画地为牢，默默地等春风来！

可以说是鹤立鸡群。收藏了半个村乡，抑或半个城市。

城市地铁延伸到郊区，矮小的乡村房屋，就蠢蠢欲动了。欲望与贪婪正构思杰作，沿着长长的铁轨，比一列列地铁更加迅疾。

等待拆迁的人，在内心打起了小算盘。

如雨后春笋。

肥硕的腰肢，藏着不可告人的秘密，被崭新的围墙精心守护；蓝色的板房，在三尺男儿肩上站立起来，更上了一层楼，大义凛然。

那深远而又开阔的窗穴，如饥饿狮子张开的大口，等待春风来填满无底的深渊。

而眼前的此般景象，注定有人赞美，有人诅咒。

寒冬已走远，春天到来了！

只不过这次春风，一再推迟。等待拆迁的人，心中的算盘，没有打出清波。而他们的等待，日渐聒噪，坐立不安。

（原载《诗潮》2019 年第 7 期）

湿地书［组章］

鲜　圣

1

土是湿的，草也是湿的，每一根草尖上，都沾满阳光的体温。

晨曦初露，薄雾里的湿地像一个人的心肺，偶尔一声鸟鸣，惊动静谧的时间。一双翅膀，从湿地的天空划过。

大地睁开眼睛，朦胧之中听见的鸟语，像一个人的呼吸，平缓而有节奏。

这个时候，阳光，是来玩耍的第一批客人。

它留住湿地上的一丛芦苇，或者一只野鸭，与它为伴。

2

阳光静静地俯视：埋头吃草的牛羊，是湿地最虔诚的信徒。牛羊的胃里，装着湿地的空旷；牛羊的眼里，丰茂的水草是湿地上最美好的收成。

洼地上，有几串脚印，分不清是鸟留下的，还是牛羊或人留下的。面对蓝空的泽地，没有谁能不停下来，奢望走进这幅画卷之中，并在湖水里留下自己的倒影。

3

清澈的湖泊，收藏了岸上的花朵。水，静止。风，没有吹过来。

这个时候看上去，湿地高度，是一只野鸭飞过的高度。

4

起风了。风中传来的声音，是一丛芦苇抱着另一丛芦苇诉说的声音，是一双翅膀带动另一双翅膀扑腾的声音，是一双脚印覆盖另一双脚印跋涉的声音。阳光的斑点，洒在水面上，翻卷着鱼鳞。

此刻，整个湿地都在动。水里的影子，在起伏；一天的光阴，在旋转。

人烟之地，听得见鱼在水中奔走、游戏、恋爱的声音。

阳光停靠的码头，热闹非凡。

5

如织游人，分享一只白鹭的心情。

在岛上，安居或者露宿，都是一件惬意的事情。

下午的草尖，露水已干。

蓬勃的草地上，花朵是一盏盏灯，把湿地照亮。

6

在阳光中漫步的一只蝴蝶，还在草丛里逗留。

鸟飞来飞去，飞不过这里的天边。

这里的鸟儿，还是以前的那些鸟儿。不过，鸟的鸣叫，明显降低了。

风也很低。那些阳光，在湿地里静坐，望着远方。

7

暗淡的光阴渐渐靠近。

湿地的一天就要回归。

鸟在寻找自己的巢穴。牛羊打着饱嗝回过头来，看着剩下的青草。

夕阳覆盖了整个湿地。一切草木、流水都在目送夕阳归去。

土是湿的，草依然是湿的。

湿地，把一粒粒尘埃、一滴滴水，还给了人间。

（原载《天山·散文诗月刊》2019 年第 5 期）

黄河故道，在我的文字里一泻汪洋［四章］

梦　阳

堤上，稻草人

五千年的光阴随着改道的黄河隐遁了，稻草人，依旧五千年前的模样——披头散发，在季节的一角，一手举着风，一手托着雪，头顶刀光，身披剑影，在闪电里无言地凝思着。那一株坚硬的长发，倔强地耸立着，向着高处，可是在叩问深邃的青天？

其实，这些都不重要——稻草人早已把高粱、稻谷这些虔诚的信徒一一渡向了彼岸，唯有他独自守候在那里，为迷途的小兽指路，为失群的归鸟指路，为迟归的蚂蚁指路，背对着一片荒凉，任由苍苔自脚上慢慢爬上来。

此刻，故道空旷辽远，高天的大雁投下一摞摞厚重的背影，被干枯的衰草一一捡拾。

霜雪已在远处发出了隐隐的呐喊，稻草人的内心澄澈依旧，是的，该来的要来，该走的要走，唯稻草人不来，亦不走，故道不来，亦不走。辽阔的故道，卧不下一段朽骨；静默的稻草人，不言轮回与重生。

当北风吹灭了故道堤上的夕阳，吹弯了雁翅上的月亮，稻草人轻轻一挥手，大地的真相一一浮现。于是，雪，在这里绽放成别致的花朵；霜，在这里氤氲成独特的画卷。

稻草人，面对这一切，不悲也不喜，不孤单也不热闹。其实，有谁真正知道，他才是我们在乡下落了单的兄弟啊，以草为生，用坚守的姿态，把草民的定义诠释得让人不敢对望，又不忍不望。

那么，今夜，就让我高高擎起星星点亮的灯盏，沿着一粒粒圆润的文字，返乡，到故道的堤上，守着稻草人，彼此偎依着。但我不渡日月星辰，不渡花鸟虫鱼，不渡山石草木，我只要渡回我自己……

小麦黄了

还没到芒种，故道就陷落了，十万亩小麦，浩浩荡荡，以芒为箭镞，大肆进攻着。一阵小南风，这里的每一寸土地，便都臣服在麦子的万丈光芒之下了。

面对着金色的汪洋，谁的内心不一片澄澈？谁的灵魂不充满阳光？

在这个庄严的时刻，回望，莽苍苍的故道上，小麦，从新石器时代一路走来的小麦，怀揣万年的岁月，一株株从分蘖、拔节、孕穗、抽穗、开花、灌浆，每一步，都追着太阳，直到每一颗麦粒都充实了阳光。小麦啊，这不老的夸父，每一粒都值得我们用生命顶礼膜拜。

于是，我的乡亲们用月光磨利了镰刀，在那种最为质朴的仪式里，镰刀与小麦让日和月交媾，使得每一粒麦子都阴阳平衡。

站在文字里，遥望故道里的小麦，我的思绪再也走不出它从远古时代开始思考的哲学，这故道的小麦啊，每一株都这么霸气，以至于我不敢轻易与之交谈，那需要一种大智慧和大境界，需要一种灵魂的通透与理性的思辨。但我感受得到，与小麦亲吻之后，你的每一寸肌肤与骨骼都会充满着钙质，而且，看到麦子的充盈，你也就饱满了。

此刻，索性就对着故道的小麦席地而坐吧，我们不参禅，也不论道，就这样彼此对望着，不用想是我会变成一株小麦，抑或一株小麦会成为我。就这样对坐着，什么都可以说，什么也不用说；什么都可以想，什么也不用想；什么都可以做，什么也不用做。至于收割后的事情，那就把空旷留给大地，把苍茫交给蓝天，我依旧会坐着，在故道深处，守护着小麦的秘密——可以养心安神、润肺健脾、益肾、除热止渴。

落 雪

不抵飞雪的十万只箭镞，三千里故道瞬息全部失守。北风猎猎，依旧忙着把一块阴云压到另一块阴云之上。

羊群，古河道里的羊群，狂奔着，要赶在时间之前。

长堤上的梅花，极力燃烧着，也点不亮一朵小小的灯盏，一柱烽烟也燃不起，战事迅速蔓延，故道臂弯里的女人，探听不到长空雁阵带来的前线的消息。

此刻，故道失语，村庄失语，众鸟失语。三两声犬吠，拱不出一片雪花的重压。

古树，高举着白旗，一切语言都是苍白的。

当年的驿道、烽燧、秦砖汉瓦、唐风宋雨……都被这场雪封了口。改道了的黄河，连头也不敢回。

曾经的桨橹，再也校对不了故道的方向，

古老的寺庙里，一声木鱼，隐隐昭示什么。

一匹老狼，落寞地走过，目光恒久地逡巡在佛门之外。

一株瘦硬的老树，在堤上，高举成一面别样的旗帜。

故道，故道，谁能为你杀退万里长风？谁能为你守住缺口的城池？谁能为你用生命做一面不朽的盾牌？谁能为你守住那十万亩经冬的麦子？

今夜，不去“独钓寒江雪”，不赏“千树万树梨花开”，不燃“红泥小火炉”，亦不“独往湖心亭看雪”，而要做一回自己的林冲，披上让这场雪漂白的征衣，带着我的书卷和笔墨，伴着我的妻子和儿女，挎上把故道拉成的劲弓，故道的每一把泥土都是我的鸣镝，我要指挥十万匹汗血马穿越故道，为生命突围！！！

河 床

是十万张被黄河遗忘的巨网？每一个网孔似乎都有一个别样的故事。只是，谁也不曾见过一尾被网住的鱼，不曾见谁收过网，更不见谁曾补过网。这网，就这样摊开着晾在那里，不知是在晾晒历史还是在晾晒生命。

这十万张被岁月切割的伤口？每一处伤口也许都有一段痛楚的往事，只是，谁也未曾听说一处伤口喊过痛，未曾听说谁疗过伤，更未曾听说哪个伤口愈合过。这伤口就这样裸露着在那里，不知是在启迪后人还是在昭示命运的走向。

那只沉睡了多年依旧在沉睡着的陶罐，一点也不透露岁月的秘密。

那叶搁浅的船，多少年了，还没抵达彼岸。

故道，故道，张着嘴，总也不肯说一句话。

放下前世的牵绊，我只身走下河床，才发现，原来神圣的事物从未消失。此刻，一群羊稀稀拉拉地从堤上下来，母羊轻轻一声呼唤，天堂的风便一起吹来，而羔羊们的回声让所有的人知道：我们都在，世界都在。至于黄河，想出走就出走吧；至于故道，愿坚守就坚守吧。毕竟，该在场的自会在场，该缺席的必将缺席，正如神灵言说完了他的言说，便永久地沉默；先知发表完了他的圣训，再也无话可说。

那么，对于故道干裂的河床，我们最好的方式就是轻轻绕过，就像那提着裙摆轻轻走路的秋夜月光，什么也不惊扰。

（原载《西安晚报》2019 年 9 月 5 日）

荷　韵［组章］

陈建正

荷　塘

荷塘不大，一半的月光就将它灌满了。

荷叶轻轻铺开，微风走过，露珠滚动，

那是月光的眼睛。

青蛙在荷叶上跳探戈，把睡着的荷花扰醒了，她们半羞着面，从深处一朵朵开过来。

那个捣衣女，托着下巴，多想把那朵最美的荷花采下来，送给谁。

在水之岸，如果我是只小船就好了。

荷

塘水落下去，碧荷一蓬蓬升上来。

荷叶摊开绿身，一只白鹭在上面跳来跳去，给谁跳芭蕾？

白鹭打开翅膀的一瞬，天蓝得像块宝石，砸在水面。

姑娘划着船来了，荷花像她粉红的脸蛋，她采下一朵。

一场雨不期而至。白鹭惊起，晶莹的雨珠蹦跳着，一双双多情的眼睛，眨巴着将她望羞。

荷　叶

雨在后半夜下了起来，我跑了出去。

蹦蹦跳跳的雨珠。荷叶被雨沙沙地敲醒了。

没有星星和月亮的夜晚，它们照样闪出光芒，黑夜的光芒。

蝉和青蛙，一下子被拉到了一起。

它们都停止了说唱，把夏天的火气降下了八度。

它们偷听到了什么？荷叶与池塘的交谈，荷叶与鱼儿的表白？

荷在黎明前开出了第一朵粉白的花。

（原载《天山·散文诗月刊》2019年第6期）

黄海森林［外二章］

马玉霞

深邃的目光，等待什么？

起伏的波涛，召唤什么？

七万亩林海，丹顶鹤的翅膀一遍遍丈量。

风从海上来，向每棵树传递，一场秋天的盛事。

一座挨一座的绿宝塔，一座连一座的绿峰峦。这里的水杉都持有同样的信仰，它们集体站成滩涂地最高的海拔，屹立于黄海之滨。

几片游云，尚未看到你深刻的部分，便悠然散去。

快车道上下来的人，一步步进入你的内部，幽然于慢时光的栈道。小木屋的暖，眷顾着疲惫的人间。

灵魂的羽翼泊于清澈的湖面，目光追随鱼群，寻找一条河流的方向。

不得不深呼吸，这初始的洁净，涤尽世间粉尘，还原你通透净明的肺。

我们来源于草木，是否最终又回归草木？

人间万象，似是了然于心，又尚未分明。一个乌托邦的世界，吸引多少凡尘的向往！

谁试图拔出内心所有的杂芜，只收藏你丰富的四季，清晨的露珠，暮晚的夕光，以及无边寂静中突然的鸟鸣。

星光锻造的诗句，自晨曦中露出头面，次第排列于你平缓的坡地，五色光在高处闪烁。

那么多彩蝶！栖伏高高的树上，一场华丽的飞舞，从一只金杏叶开始。

湖边的倒影在移动，惊起一行白鹭，闪亮的翅膀划开天空蔚蓝的心脏。

阳光穿透林间，照耀花朵的嘴唇，风的指尖，在细小的叶片上，反复弹拨。

在森林，我试图皈依一棵树

皈依一棵树，对认定的方向，有着义无反顾的决绝。由内而外，具有火的质地。

春天，长出丰满的绿色羽毛，终日张开。直至秋天，完成一场蜕变的涅槃，做一生中唯一的一次飞翔，然后坠落，只剩下本质的骨骼，站在冬日理性的高地，向月光坦白，此生对土地的挚爱。

隐遁或逃离，这来自人间的冷僻，丢开俗世所有的繁荣景象，立身归零。八千里路途，浓缩于方寸。于幽深静寂处，想象经天纬地。

站立风中，收紧骨骼的密度，站立雨里，保持一颗心的温润。为积攒足够的定力，根须隐于黑暗，探寻，不倦地探寻，以惠及来世。

靠近另一棵树，以平视的角度，以一支桨的距离。

接受阳光的暖意，细等分，以备余生。

湖水·倒影

一退再退，为自己冒失地闯入，非人间之境。

站立远处，目光一遍遍抚摸，无一道褶皱的绸缎，无一丝灰尘的镜面。那些蘸足了颜色的巨笔，齐整地排列，又集体倒立。

这义无反顾的投入！

这澄澈不浊的接纳！

荻花白过头顶，许你遮掩双鬓。低头问：你是谁的影？

一场梦，半醒于人间，半醉于世外。

神在空气中潜行，笑你讶异的表情，手指向天际线，几只木筏就载一曲古韵缓缓而来。木筏上的人，一咏三叹，一篙撑出万重波，镜中所有的矜持，顿时乱了方寸。

（原载《散文诗》2019 年 8 月）

海南深呼吸［组章］

张少恩

分界洲的早晨

天色大亮。

一夜的涛声将黑夜洗白。

鸟鸣，绣明媚的日子，钩织岸边的小船和倒影。白云浮动，蒲葵的绿掌掂量着它的体重。

窗口，一半绿，一半红，绿是爱深浓的绿，红是知己的红。那些细致的小花专注而认真，不知它们怀着怎样的美梦和雄心。

分界洲岛总有云雾缥缈，掩着牛岭的迤逦。换一个角度，木格窗分装蔚蓝的大海和葱茏的牛岭，尖锐的花岗岩抵着天空的圆融。

一束光从左边的窗口插入，将书案上我正在阅读的奥斯汀的《傲慢与偏见》分成两半，一半明，一半暗。明的部分是柯林斯先生忙着谈恋爱，筹划未来的幸福；暗的部分是伊丽莎白淡淡的忧郁和愁容。我是局外人，看到的只是人间的美好。我既不傲慢，也无偏见，整个身子都是对大海茂密的倾听。

抬头望窗外，白毛草在风中摇曳，像浪花般跳跃；喜悦的心泛着寂静的光泽……

今夜的风

一只蝴蝶，转动着小岛。

不知不觉我的窗口又回到黄昏那边。

蝴蝶已不知去向，小木屋堆满了涛声。

牛岭遮蔽了夕阳，大海暗下来。虫声拨旺了星光，倾听亦觉璀璨。

遥远的渔火，忽闪如嘚嘚的马蹄，未知欲达的消息……

抚栏眺望，大海潮湿而腥涩，精血的气味，暗含孕育。风，徐徐地吹，细细痒痒，萌芽的感觉——施惠与传布。它吹入我，淋漓尽致，仿佛对我的生命做检测和物理的剖析，有优化乃至再造之意。

今夜，风是我那觉悟的躯体；

今夜，风梳理我纷扬的思绪；

今夜，风是对我的灌溉、救赎、羽化……

今夜，风对我的灵魂和肉体琢磨和砥砺！

海岛之夜

游人散去，宁谧浮出，留下涛声和夜空。

椰树的影子梳拢茂密的夜思，温和的月光在波浪上化成破壳而出的光蛇。

点点渔火装订繁密的虫声。石栏上的雕兽保留了白昼的体温。

再次经过那株高山榕，依然分外小心，它吊诡的根须挥舞，竟把一块巨石玩弄于股掌。我怕成为它下一个猎物，而保持了足够的警觉。

有潮声的夜，神秘而孤寂。一只小船摇摇晃晃，像是回味，又像是陶醉。暗香缥缈，不知来自哪一株花树的暧昧……

而你不来，遥远得没有一点声息。

美好的夜，独缺你的倾听。你指尖兰韵流芳，我竟没觉察到那连绵的叹息。

今夜涛声盈耳，今夜孤独潮涨，今夜暗许的幽梦被大海淹没……

听　涛

夜风笼络小岛。

大海在星辰之下如野牛腾踏，传出滚滚的喘息。波浪的钢琴齐奏。渔火——大海生生不息的谱系……

而四野寂然，没人参与大海之宏论。于是纷纭的意绪独我领得。

崖上临风，倾听丰饶的涛浪。这不是轻吟浅唱的浪漫之夜，亦不是意绪之排闼绝涯、恣睢狂野冒险的冲动，而是幽夜里的守望——对大海真诚的相迎与汇拢。

今夜的喜悦利于倾听，是向往的意外遭逢，是夙愿的一触即发，是蓓蕾的蓦然绽放……

于是，我以孤独攫取思想的爝火，获取莫名的快意——与天地万物交融会意间，我沉溺黑暗中的身子乃因澎湃涛声而结实、饱满，似累累之果臻于成熟的胀疼。

灵魂的金钻，卓尔不凡地闪耀……

（原载《天山·散文诗月刊》2019 年第 7 期）

甘南：倾听或怀念［组章］

支　禄

石　头

一出门，牧人一声接一声地喊："好天气啊！"

大草坡上，一块块的石头互相拥抱开始庆生。

春风十里，一旦手握神性的石头，总感到一块块石头不停地颤抖，那是石头为自己再次转世投胎而激动不已。

眼下，一块石头最重要的是找到从前的村庄和帐篷，那里住着需要延续下去的香火和接着要过下去的日子。

奔跑的石头像羊群，沉默的羊群更像石头。

翻山而来的卓玛气喘吁吁地说："在吊草坡，许多石头一转眼就找到合适的村庄和舒适的帐篷。"

水草深处，石头只要脱下沧桑的外衣，谁都会看到一个人的前世。

在甘南，我第一次看到我的前世：长袍佩剑，须发飘飘，与鹰为伍，赤脚追赶一只白唇鹿。

片刻间，跨过石门沟古栈道，一路奔赴茫茫草原。

众　神

箭插在高山上，箭插在险峻的崖口。

插箭，插箭，插一把青稞插一把箭。

众神，你像人类收割青稞一样拿走。

地头，和仇人握手言和；让两株青稞握手言和；让青稞走出来和边上的油菜花握手言和；让石头和大树握手言和；让牛羊和天空的鹰握手言和。

世间万物，全是拜把子弟兄，亲姊妹。

村庄是大家的，河流是大家的，牛羊是大家的，云朵是大家的，闪电是大家的，把仇恨牢牢地钉在山岗上，把私欲让大风吹散，了无影踪。

明天出门，众神出售吉祥和幸福。

一株向日葵在风中不停认错，熄灭火焰，然后全部成熟了。我们走在向日葵的前边，不朽的光芒中适合写诗，朗诵经典。

经幡飘扬，天国送来旨意，说原谅苍生。

众神的目光盯着，像一条河流走遍甘南。

时　光

在甘南，许多用旧的时光拿出来，在岩面上磨一两下又开始重新用了。风不停地说，在赛尔布，许多人弓腰马趴，挥汗如雨，不停磨着旧时光。

磨好后，若拿到拱坝河淘洗一下，灿然如初，一如年少时闪闪发亮的你。

在甘南，碰到好多人，满世界行走，许多时光让风雨浸湿得锈迹斑斑，日渐暗淡。然后，回到甘南不停地打磨，直到发出亮光。

然后，重新拿上花费，像背上口粮满世界不停地走来走去。

一个人在甘南，前世一块石头，来世做一块石头。

石头上刻下名字，来生好坐着怀念一些远去时光。

一朵云

时光一斜，一朵云从天边边飘来。

地里干活的人赶紧站起，用手拍打净浑身上下沾着的泥土，一溜烟向云朵飘来的方向奔去。

在甘南，每朵云来自天上，每朵云带着神秘。

在甘南，只有接住一朵云，才知道雨的旨意。

此刻，燃烧的云正把大地镀成黄金。

不久，雨就给万物施惠恩泽，让牛羊奔跑如风，让青稞挺起胸，让暗下去的时光光芒四射。

在甘南，许多高兴的时光都可温热成青稞酒，一杯又一杯，从黄昏喝到天亮。

雨　后

一场突来的暴雨说停就停了。

雪山的刀子把阴晴哗然割开。

风，吹动酥油灯扑闪扑闪的火苗，看到巨大的阴影里无数的牦牛正向河流的方向奔去，这个季节的拱坝河两岸花浪滔天，茂密的草木铺成神的后花园。

云朵来了，神回来；云朵去了，神走了。

每一场雨后，神顺手把彩虹挂在人类高高的头顶。

向往天上的人撑开双臂就可攀爬着彩虹的桥梁到达。

时候不早了，一个人还拿不定主意。

顿时，一只鹰不再等了，一翅膀抢先从彩虹上翻过去，抬头，看到两只翅膀下夹着更大的风雨，去倒到重峦叠嶂的翠峰山。

翠峰山上，一窝一窝的鹰娃娃在大风大雨中磨砺翅膀。

翅膀硬了，一口气长大，一口气穿过电闪雷鸣。

雨后，辽阔的寂静和孤独喂养天空的神灵，喂养仓央嘉措，也同样喂养着不为人知的我，喂养扎西和卓玛。

雨后，一个人行程里千万不能回头。一回头，就是一百年。

酒　歌

1

“酒是语言的源泉，灯是黑夜的眼睛。”

午夜，神在暗处，红铜酒具光亮闪闪。

一闪一闪的灯光，扎西在喝闷酒。喝闷酒的扎西，想和格桑细数久别的岁月。

扎西，扎西，一串银制的饰品佩戴在裤腰带上。

叮当作响，叮当作响。

一大碗一大碗喝酒，一饮而下为的是和格桑多说几句话。

在曲瓦，扎西曾经把天空喝得倾斜，一天空的霞光全倒到了两腮；把鹰熏醉，斜着翅膀再也飞不出巴掌大的酒碗；再醉下去、醉下去，一个人轻飘飘地升起来，升到天上取来云朵擦拭眼角的泪水。

雪山看不下去了，悄然蹲到里边，帮忙稳住晃动的酒碗。

2

一朵格桑把星星挑起当灯盏，去找仰慕已久的扎西。

午夜，星星的光亮不怕让大风吹灭，格桑走得很快。

一棵睡不着觉的青稞迎风歌唱，它是酒歌的领唱者。

随后，帐篷外满地的青稞开始唱歌：

“头酒，不曾醉，二酒，不曾醉，情人敬一杯，马上醉醺醺……”

此刻，拉尕山是一件宽大的藏袍，里边装着酥油灯和香火，还有祖祖辈辈传下来的酒歌。

成吨的酒歌喂养爱唱歌的格桑的嘴巴。

斜影中，一高一低的嗓门，格桑在歌唱。

花炕桌旁，格桑在唱。歌声唱亮扎西的眼睛。

顿时，扎西的眼睛和星星一样明亮。

（原载《星星》诗刊微信公众号 2018 年 11 月 20 日）

春雷响，万物长

吉项鱼

我是被喜鹊领进西岭村的。

“喳喳喳”，一群喜鹊飞过来，我抬头看见一排排的白杨树，杨絮在风里晃荡，一簇，一簇。“啪啪啪”，杨絮掉落下来，像毛毛虫在地上蠕动。

惊蛰，地下的虫子们冬眠结束了，开始感知春光的温暖。

土地好像松软了，土块儿也被春风吹醒了，酥酥的。一个黑衣老人，正在锄地，锄头一碰到土块儿就碎了。他身边的一垄麦田泛着绿光，几只麻雀在田里蹦蹦跳跳，“叽叽喳喳”，一唱一和。

村边的小水渠里，清澈的浅浅的水，潺潺流淌。水边几个村妇在洗衣服，身旁的篮子里放着沾着泥土的脏衣服。灵巧的手在水里撩拨，泥土随着水的流动而沉淀。

我问她们：“水，冷不？”一个中年妇人抬起头，一看我这个外乡人，笑盈盈地说：“一点儿都不冷，是泛水，温温的，你不知道，我们这儿的水可美了，冬天冒热气，夏天冰骨。”我正思忖“冰骨”是一种啥样的感觉，却看到身旁顽皮的孩子们在嬉戏打闹，老妇人关爱呵斥的声音，被流水声淹没了。

顺着小水渠逆流而上，寻找到了源头。一个大水塘，四周用石头围着，水清澈见底，几条小鱼儿游来游去，是那种极细小的小鱼儿，像一根根线条，倏然钻进石缝里，再也不出来了，只留下一池碧绿。

村里的巷子里传来了扫地的声音，深绿色的垃圾桶摆放在院子里，农家小院的长绳上晾晒着干干净净的衣物。

一个村妇正在家里收拾，洗衣机传出水的搅动声音，她跟我说："昨天，帮扶的单位还给村里的贫困户送来了垃圾桶、拖把和扫帚，帮着我整理屋子呐。"

村头，几个小媳妇大姑娘穿着时尚的衣裙，说说笑笑。有的推着童车，孩子的小脸露出来，粉嫩嫩的，正咿咿呀呀，唱着童谣。

一个男子背着锄头，手提着一只装着樱桃树苗儿的塑料桶，去岭上栽种，肩上的提兜里鼓鼓囊囊的，装着馍馍和热水壶。我问："中午不回家吃饭？"他说："天太短，晚上再回家。"

村部的大院里，几棵老樱桃树枝条上的嫩芽渐渐冒出，我听到了几个村民在说话："该去岭上的樱桃园里松土了，上肥了，拉枝了。"一个笑呵呵地说："再过两个月，就能吃上樱桃了。"

春雷响，万物长。

万物复苏，生机勃发，硕果飘香的日子就要接踵而至了。

（原载《河南日报》2019年3月12日）

乡野石狗

林延军

一

那是一只只来不及张口咆哮的狗，早已汲取天地的灵气，化作青石的精灵。

狰狞，沿着海浪拍打岩石的声音，在日月星辰中蹲守沉默不语。

威严，以孕育春雷的方式，将安宁交给石头斑驳的肌肤，直到石头被埋没，被世人遗忘。

从石罅里流淌出来的纹路，像爬山虎那样究竟爬了几个世纪？

村庄之上，田间小路，万物皆有生长的欲望，唯有你的存在，定格千年的时光隧道里。

从未开口说话的狗啊，你就这样在石头的世界里行走，静观天地万物的复苏，静听大地脉搏的跳动，也静卧成南国乡野独一无二的“兵马俑”。

二

从伯虑到越裳，从古百越族人到南蛮夷地，一尊尊永恒的姿势拨开村庄氤氲的烟云，也拨开古代环北部湾石狗“活化石”的传奇。

从图腾到呈祥灵物，从湮灭到重生，我顺着你张望的方向，天空飘来朵朵白云如石狗一样，它们或昂首，或咧嘴，或含笑，或露善。

于是，石狗的足迹深深扎根村头巷尾，蹲卧祖屋旁、水塘边，沿着蜿蜒曲折的村路，咆哮出收割的麦子，咆哮出安居乐业，咆哮出蓝天白云，生生不息。

仰望、眯眼、狂笑、沉默……我惊诧你那一双双古老而神秘的凝望和注视，如一首长篇史诗，顶住狂风暴雨，穿过海风，风化成雷州半岛原始的记忆。

三

一声惊雷从天而降，它的头顶就是日月光环，它的脚下便是人间烟火，它的生命充满波澜壮阔，还有惊涛拍岸的雄壮。

是谁，又在海边打捞起那遥远的“九耳神狗”传说？

又是谁，翻开岁月的沧桑，从大地深处解读你内心穿越上古的洪荒之力？

粗犷古朴的雷州石狗，从远古的春秋时期发轫，从黄河中下游南迁的古百越族人图腾石雕中获得永生，从“天下雷王”的故里避邪祈福中成为南方石雕一绝，一举登上全国“非遗”的名册。

在雷的故里，一只只石化的命运，在深山荒野、泥沙、河渠里磨砺成一方“守护神”，撒下一片辽阔的乡愁，唯独给自己留下夜的孤寂。

那夜，我梦见，它们活过来了，还咆哮出一曲雷歌……

（原载《散文诗世界》2018 年第 10 期）

柳树发芽了［外三章］

刘凌军

杨柳树，微风吹面。

阵阵鸟鸣似蝉鸣，真叫人心碎。

清明时节，柳树发芽了。

枝头叶，细思量。年年醒来，不是梦。摇曳几多离人泪，心中的雨，点点儿怯。

一颗心，思念一颗心。一个人，想念一个人。

折断了杨柳无数，插入了门楣间。搁置了伤心，悬挂了哀念。

抬眼望，柳树发芽了，忆念发芽了。

在清明，春天发芽了。

鸟　巢

苍茫中，点亮思乡的那盏灯，接近月光的颜色。

硕大的头颅，乡愁一定蓄满，乡音一定蓄满。

泪水，还能盛下吗？

老家门前的那棵老梧桐树上，长年累月地擎举着一个鸟巢，活脱脱一个笼子头。

两只斑鸠鸟，整天忙着，东挪西借。大风后衔树枝修葺蜗居，阳光下咕咕噜噜鸣叫春天。

树下有一石碓，母亲一下一下，舂着波澜不惊的生活。

如今，树已被砍伐，鸟巢也不知流落何方。

年年，只有母亲，时不时在石碓旁，捣弄那些落下的几许月光……

野花，野草

田地的沟壑里，一大片一大片的小草，开始疯长。

这是清明的第一个周末，阳光缠绕着微风，徐徐展开今春盛大的宴会。

虽然，它们没有百花的艳丽多姿，只是一些无名的小花小草而已。但它们，默默地开，默默地落，默默地生，默默地死。演绎轮回，这种境界，多么让人羡慕啊！

一大片一大片地绿着，拥有成千上万蓝紫色的小花，一起怒放，在这个春天里。

大片的蓝，若繁星闪烁。

月光下，它们就要开口说话了；我蹲下身子，就要与它们交谈了。

开自己的花，多好，在春天。

春

一棵一棵的树，立在东风里。

一片叶子，又一片叶子，展开，绕过了我的视线。

一朵又一朵的油菜花，把春的大地点燃。

足迹，淹没其中。

多么绚丽的一幅油画啊！

春风，春雨，淹没其中……敲打这金色的记忆。

岁月的铁犁，在泥土里翻出了春的钥匙。

鸟鸣，打开春天。

（原载《天山·散文诗月刊》2019 年第 4 期）

北方的春天［外一章］

可　风

在北方，春分就是一剂良药，用虚构和盛开，为季节的疲惫刮骨疗伤。

燕子回归，那些被压迫的神经变缓，南方的讯息把我带入了一个安稳的梦。甚至在必经的路口，让风筝飞上天空，翻涌着风、爱着风、啃噬着风。

窃窃私语，所有的花，用芬芳荡漾。

室内没有风景，窗外到处是召唤。

旷野里，是约定的和弦。

有爱就大声说，面对春天粉嫩的绿，张开我们羞涩的怀抱。

或者保持安静，细数自己虚无的心跳。

慢慢变暖

春天真的来了，没有谎言，也没有欺骗，风向一变，到了惊蛰，天也越来越长。

雪都是往事，像丢失的句子，在诗行里，变得晦涩。

雨才是与喧嚣密会的时间，此刻的风景，抬高了对岸。

大自然就是这样，我们不要刻意去避开什么，该经历的就经历，无论是快乐的，抑或痛苦的，无论是长久的，抑或短暂的。

不要用过去的伤口去证明什么，有些是不可替代的，比如血脉。

慢慢变暖，大地正还原为真实的面目。

（原载《天山·散文诗月刊》2019 年第 2 期）

打个手电照亮宇宙［外五章］

陈于晓

在乡间，有月亮的晚上，月亮是天上的手电，它照天下人的路，一直抵达每个人的家园。

在月亮的手电下，人的影子渺小，像如雨的月光下，爬动着的黑蚂蚁。

没有月光，乡间漆黑一团。父亲的手电，让黑又把回家的路，还给了我们。

路随着光的晃动而晃动着，光随着脚步抑扬顿挫着。

父亲的手电，把我的身影，照得很大很大，至少把一半的道路遮了。若不是急着赶路，有时，父亲会停下一会儿，或者去田间看看他的庄稼，看庄稼们睡了没有。当叫不上名字的小虫子，在手电的光中跳舞时，我们听到了庄稼的鼾声。

这时，父亲会把手电打向空中，我知道父亲有照亮星空的企图，无奈星星们现身在光外，并且有几粒，丢失在手电的光亮中。

许多年后，我才恍然，手电能够照彻的宇宙，不在天上，而在我的心上。

打马路过秋天

秋天举着一面镜子，明晃晃的，但不耀眼。那高而远的天空，已经融化成一面镜子。蓝色在滴下来。

几行大雁，在我抬头之间，已经远去。但天空，由此填补上了乡愁。

落叶向下，落叶无法摆脱根的召唤。

深秋的山道，被落叶堆积。落叶覆盖了风声、虫鸣和光阴。

只有脚步，空旷着，显得格外脆响。瘦身了的溪水，它的歌唱，也小声了许多。

捡起一枚落叶，从枯干的叶脉中，我找到了崇山峻岭。在水穷处，清点来路，来路已隐；在云起处，指点峰峦，峰峦涌动。

红叶漫山，红叶是季节深处的热情。

从草枯处的一角出发，我打马路过秋天，怎么也走不出一枚落叶的辽阔。

影　子

门开了，十年前的我，突然来到我的面前。开始面容模糊，但渐渐地清晰了。他像是在指责我，说我把该忘的忘了，把不该忘的也忘了。

我一脸无辜，日子每天都在往前走，步履沉重，我总得卸下许多，能带走的，只是一些。城市的水泥柏油路太硬，留不下足迹；乡间的泥土松软，留下的脚印，先是被泥水淹了，接着长了青苔，再然后，可能就长满了杂草。

但我不再解释，只是打了个盹。醒来发现，我打开的一本书中，有一篇我十年前写的文字。

文字中，隐藏着一个已经陌生的我。

起身，仔细打量了一下影子，发现我的影子边上晕着光。起先我还以为是眼睛散光的缘故，现在我明白那是影子生长着的“记忆”。

生活告诉我，要留下影子，宜用相机。人的眼睛，在有意无意之间，常会视而不见。但相机不会，相机一直不懂人情世故。

梦

戴副眼镜入睡，梦中的我，大抵也会戴着眼镜。那样，也许可以把梦境看得清晰一些。

只是梦境常是黑白的。祖母说，你在黑夜做的梦，自然是黑白的，梦见的全是你的灵魂在黑夜的见闻。

如此说来，白日梦当是彩色的。但白日匆忙，往往来不及梦，便醒了。抑或，白日梦仍旧是黑白的，灵魂不识彩色为何物。

在梦里，眼镜做着眼镜的梦，衣服做着衣服的梦，但它们总跟我在一起。眼镜和衣服，皆有魂吗？

记得古人这样问过，现在我再问一遍。

梦中人和梦外人，皆笑而不答。

而我也只在乎，有谁会替我的梦境，着上色彩。但也有彩色的梦，假如你是醒着的时候做的。夜有所梦时，日就有所思了。

鸡鸣石

这鸡鸣石，是我所虚构的，但它是一块真真切切的石头，就在村口的老银杏下。自打我在这个山村住下来，我就经常会在这块石头边上站上一会儿。

有时，干脆就坐在石头上，看一群鸡，时而在草丛中觅食，时而踱步回到人家的院子中。

偶尔，鸡们也会被黄狗高分贝的狂叫，以及被某人突然的驱赶，惊飞一阵，但是鸡们注定飞不高，也飞不远。

之后，鸡们依然安静下来，安静如石头。

用目光，我一点一点地分解着石头，仿佛石头已越来越小，渐渐地化作虚无。

忽然感觉我所看不见的空气中，其实布满了石头，只是它们太细微了，接近于无。

忽然发现我所虚构的石头，正是由鸡鸣一粒粒堆积而成的。日积月累，鸡鸣就砌成了看得见的石头，我管这叫鸡鸣石。

为什么是鸡鸣呢？

你听听，当鸡鸣声起，山村就现出了世外桃源的意境。

春山慢

春天的石头，是鱼做的。

但这是溪中的石头。坡上的石头，都变作了飞鸟。

万物萌动。

有人坐在山中，编辑童话。

从山脚写到山顶，只有白云不变化。棱角分明的石头，磕疼了泥土，野草是一支支尖叫，野花是一朵朵尖叫。

春山是把壶。

煮石头，煮峰峦，煮山谷。

瀑布摇身而成的烟雨，是暖的。

香火落在春山的一角。这么多年了，佛一直安坐在大殿里。

深山，不藏古寺，也不藏炊烟。煮茶的人，把光阴煮得滴滴答答。

这边浮光，那边掠影。

捕风，雾浓了；

捉影，绿厚了。

春山慢吗？

在山中闲聊春天的人，聊着聊着，把自己聊丢了。

（原载《散文诗》2019 年 8 月）

仰望大师

——诺贝尔文学奖获得者诗话

十　品

罗宾德拉纳特·泰戈尔

[印度](1861—1941)

孟加拉语是那么的轻柔，就像是印度半岛的黑绸子一般，微风一吹就能飘起来，就能像水一样流淌。孟加拉语默默地等待了数千年，才将一个不为人知的情感历程，通过诗歌走进了世界文学的殿堂。

用孟加拉语写诗的泰戈尔就是不能容忍孟加拉从印度分裂出去，他上街演说，拉起横幅走在人群中间，自豪地唱着由自己的诗谱成的歌曲《洪水》，热血涌上他的脸颊，他的拳头高高举过头顶，他赤着脚，让脚心紧贴着祖国的胸膛，让心跳更有力和更有节奏感。可惜黄昏过后，他们失败了，热血被封冻在加尔各答的一座教堂里。

在春天属于每一个人的时候，泰戈尔的爱情却遭遇了风雪，直到他的嫂子轻轻地走了，一座坟茔前，他还在泪雨涟涟地诵吟着自己的诗，然后将诗点燃，披火的纸片舞蹈着、舞蹈着！

加尔各答是泰戈尔的故乡，因为那里有他家族的地产，河流占据了他诗歌的大部分，河流更让他的小说和戏剧迎来惊讶的目光。桑提尼克坦也是泰戈尔的故乡，因为那里有他用家族地产建立的一所布哈拉提大学，这里的高原平地让他的灵感变成了河流，变成永不枯竭的创作源泉。

泰戈尔的演说非常精彩；泰戈尔的美食非常出色；泰戈尔的哲学观总是与时

代的兴趣相悖。泰戈尔在七十大寿时开始学绘画，一年后就在英格兰举办轰动一时的画展。

泰戈尔是印度文艺复兴的伟人，也是世界公民的名人。他撑过的一把伞今天还立在德里的额头上。他用柔软的孟加拉语写诗，并灌溉着清贫的南亚大地。

加布列拉·米斯特拉尔

［智利］（1889—1957）

用地中海劲风来形容你不为过；用大天使灵魂来召唤你不为过；用“智利民主的女儿”不定期命名你也不为过。作为拉丁美洲的第一人，你为诺贝尔文学奖带来了美丽的曙光。

没有父亲的年代会让很多孩子遭遇黑暗，你却在不幸中抬起头，不向刻板僵化和懦弱屈服。你每天会面对埃尔基小山谷，看流云跌跌撞撞地穿过山谷的风口；看牧羊人赶着羊群唱着只有自己才懂的歌谣；看骑马的军队蜿蜒在谷底，渐渐远去。你看到的孩子灿烂如花朵，你看到的小树已长成一片伟大的森林，你看到的故乡和祖国在翠绿的春天里变成刻进你心灵中的诗句——既庄严又质朴，既可人又神秘。

你的《孤寂》布满了你最初的空间，你把一个母亲对孩子的哺育和呕心沥血的爱融化成生命的音符，你把师生之间的情感浓缩成母爱的雕像，你的《砍树》用美洲的山川景色，用面包、盐、水和空气使诗歌富有了另一种意义。

在美洲的高山上，狭长的智利在你心中只是个符号，你将这个符号像胸针一样地别在胸前。你在许多陌生的讲台前向人们展示你胸针的美丽，动情之处，泪流满面，极乐鸟飞上天空，飞向太阳。

鲍里斯·帕斯捷尔纳克

［苏联］（1890—1960）

我们在意大利的米兰，第一次看到《日瓦戈医生》出版；我们在瑞典的斯德哥尔摩，第一次听到诺贝尔文学奖授予“忠实地保持了一个独立的艺术家对于人的自新和超越潜能坚定不移的社会”的俄罗斯诗人。在两个第一次之间，时间也只度过了一年，可就这一年里，却让世界都认识了这位写小说的俄罗斯诗人。然而，两年之后的春天，这位俄罗斯诗人在巨大的精神压力下，死于肺病。

一个并不算传奇的俄罗斯诗人，原本也打算过着普通人的生活，只是敏感的艺术天分，总是伴随着诗人磕磕绊绊的道路，这一切都被日瓦戈医生用行为去证明、去尝试、去叩问。死亡是最无情的宣判，在一切都还没有结论的时候，就做出了不能接受的决定。

三个女人构架了这位俄罗诗人 38 年的爱情生活。而美丽的浪漫只在最后的 14 年里闪光，伊文斯卡娅海水一般的蓝眼睛，点燃了俄罗斯诗人炽热的爱情之火，于是，在莫斯科郊外的晚上，在高加索连绵不绝的山中，在歌德、莎士比亚的悲剧里，诗人总是在燃烧和沸腾着。甚至在监狱的铁窗边，以拥抱和接吻来完成一次动人的飞翔。

日瓦戈医生最喜欢的奶酪，就产之于这位俄罗斯诗人家隔壁的面包房里，干净、整洁，有同情感，有正义感，只是体质较弱，免疫力较差，经受不了任何风雨的打击。

奥克塔维奥・帕斯

［墨西哥］(1914—1998)

这个时候，所有的人都认为帕斯是最好的；这个时候，所有的鸟都想飞向墨西哥的上空；这个时候，帕斯不在家，却在纽约；这个时候，一支军队在总统府里响起了枪声；这个时候，米斯夸克大教堂里一对新婚的年轻人正款款地走出大门，脸上无比灿烂。

帕斯就是为诗歌而生的，对诗的忠诚远远高于对爱情和女人的忠诚。对诗歌的认识使他 7 岁就开始了这没有终点的旅程。在 17 岁时，又在《楼梯扶手》

中倾注了对诗歌的深情爱恋。对诗歌，帕斯留下了“能够克制恐惧心情的人就是勇敢的人”的不朽名言。

太阳石是阿兹台克族的伟大创造，一座永远的丰碑凝固了一个民族的脸庞。而《太阳石》则是帕斯的伟大创造，没有句号，只有逗号的叙述，将历史、现实、神话、梦幻、追忆、憧憬融为一体，热情奔放而富有无限的想象。“一棵亮晶晶的柳树，一棵水灵灵的山杨 / 一眼随风摇曳的高高的喷泉 / 一棵挺拔却在舞动的树 / 一条弯弯曲曲的河流 / 前进、后退、转弯 / 但最后总是到达。”帕斯是这样开始，也是这样结束的。“写在玉石上的火的文字 / 岩石上的裂缝，蛇的女王 / 蒸汽圆柱，巨石上的泉水 / 圆形的竞技场，秃鹫的高大岩石。”帕斯是这样升华和沉默的。

（原载《散文诗》2019 年 7 月）

我用雪捻亮一盏前世的灯火

梁战龙

我听见了春天羽化的声音

秦岭伟岸的身躯，庇佑渭河千年的梦。站在石鼓廊桥，眺望落日余晖下的鸡峰山，色分隐映，或明或淡，恰似一幅山居秋暝图。

天空高远，尘世缓慢。一只白色的鸽子，挥舞着轻盈的翅膀，托起大地的倒影。一只蚂蚁，悠闲地踱着步子。

醉在一个叫赵家庄的小村子，聆听花开之音，神的谕示拂过耳际，那谕示是十万亩桃花脸上的绯红，是雨后太阳轰然绽放的一抹彩虹。沉醉于一朵桃花的香气，一切腐朽被拒之门外。安静地开，安静地香。像一位圣徒，一门心思。

我看见了一些纯净的灵魂，于廊桥一隅，独放暗香。我被这些暗香迷醉，将步步设防的刀剑归鞘。

这圣子桃花，以虔诚的祝祷，为我擦拭蒙垢的内心。天空下，她把没有重量的阳光轻轻地搬进了我心灵的庭院。

我听见了春天羽化的声音。

深入一滴水的内心深处

一滴水，是上天钦定的念珠，是遥远的驼铃，挂在渭河长长的脖颈。

念珠生，万物生。驼铃响，天隆隆。

一滴水，是大千世界的圣婴，举过了神的额头，高高在上，高过了天，高过了众生。

掬一捧圣水，欲念在一种清澈里饱满或残缺，灵魂飞扬。

揽在怀中。她照鉴我的前世和来生。

这深邃的水哟，是经过火焰的煅烧和风雪的剥洗诞生的舍利子。

上善若水。水流无形。一滴水，是一块剔透的玉，足以让体内的火焰熄灭，足以让坚硬的骨骼松动。一滴水，是利剑，足以击穿我的千秋大梦。

渭河硕大的子宫，让一滴水尽情地生长，长成风景，长成梦，长成庇佑子孙的符咒。

我听见那些水，一路背负使命、祈祷和愿景，急迫地进入一种境界，在更高处，容纳神的指示，云影一样轻盈，羽毛一样闪亮。

水是劝世书，水是警世言。

水，也是社稷乾坤。而所谓社稷，就是秦岭；所谓乾坤，就是渭河。

深入一滴水的内心深处，深入秦岭渭河腹部，深入一个梦境的内核。

倾听。波涛。冥思。汹涌。

草木背负着雨水御风而行

云光飞渡，谁在大散关吟唱着一曲铁马秋风？长天一色，谁收集起炎帝陵灵魂深处的风声？

我看见周秦王朝的青铜、刀戟，在秋的号令下，划开天幕，收割闪电。苍茫的野火盈盈中，草木背负着雨水，御风而行。这个秋天，谁能一掷千金，豪赌万顷良田？

大片锋利闪亮的布谷声声被一阵风追赶，一路收割麦子。

于常羊山之上，俯瞰一地金黄，大地王国上演一场收获演奏曲，那些铜制的镰刀，霍霍深入时间的内部，风里雨里的一株麦芒被夕阳涂成了金黄色，他们要抓紧一切时间擦亮体内的火花，熬煮一冬芳香的炉火。哦，我的神农氏，我的祖先。

我站在山顶，孤独地遥望。麻雀在地里搜寻遗落的麦粒，谁的深秋如此这般辉煌？

我于一首古老的牧歌里，捡拾散落人间的音符；我于浑浊的眼光里，叹息日暮将至。

千年时光，时光千年。我的神农氏，它以日月醍醐，灌我饥饿之顶。

我用雪捻亮一盏前世的灯火

在雪中沐浴吧，清洗灵魂。这些天堂里的圣子，落到哪里，哪里便祥和一片。雪把一些时光搬到了人间，人间便春光无限。

雪让一些青山和一些河流缩回天空或大地深处。雪让整个大地返回最原初的懵懂，重新回到宇宙的子宫，迎受圣灵的施洗，再一次崭新地出生！

一捧雪，白了整个天下，白得让那些以渭河之水滋养的花骨朵婴儿般娇嫩。白得让我也要像一片干净的雪花飘起来。白得像梦。

在雪中廊桥，你一定要和相爱的人走一走，一不小心，就白了头，你要和人民公园漫天飞舞的玉兰一起尽情绽放。你要俯卧在大地上，亲近天地间这一种汹涌万物内秀的大静。举杯邀来仙子，流泻的雪花诗句一样挂在枝枝蔓蔓上，舒展秦岭长风。

登高作赋，在闪亮的尘世里，我用雪捻亮一盏前世的灯火。

（原载《散文诗》2019 年 3 月）

石头，骨头

谭词发

石头：故乡的骨头

对石头，我始终怀有敬畏之心。

如果说泥土是故乡的肉体，河流是故乡的血液，石头就是故乡的骨头，陡峭的、平实的、巨大的、琐碎的……像古老的文字雕刻在田野、山川；像神的旨意穿透大地。

高大的石头称为岩，或崖，让童年的我看到更远的风景，或者成为我仰望的风景；矮小的石头略高于土地，或生长在土地深处，有的学习匍匐，有的练习隐藏。

它们都有一双神秘的翅膀，等待人类去发现，去雕琢，去提炼。

我经历的石头都是有温度的。

在阳光下集聚热能的石头，在风雨中点燃诗意的石头。即使在寒冬，它们也会率先亮出融化冰雪的棱角；即使在夜里，它们也会高擎驱逐黑暗的月光。

在田间、地头；在山峦、河谷；在村头、巷尾……每一块石头都是故乡的骨头。

让我每一次回望，都会为之心疼。

我怀疑，是自己在童年游戏时，悄悄地把一块石头藏在了心里。

石头：老屋的骨头

老屋是石头砌的。

石匠有精湛的手艺，我从细密的錾印里看到了匠人对石头的尊重。

每一块石头，都保持着应有的棱角和位置。我坚信，那些地基里的石头，是不显山露水的奉献者。

石头是老屋的骨头，它以墙的形式存在。

老屋有多老，墙壁就有多老，石头就有多老。历经百年风吹雨打，石头里的春秋还在，石头里的风骨依旧。只有拍打在墙壁上的风，冷暖时变。

我在老屋诞生，在石头的包围圈里留下第一声啼哭。

石墙用坚实的框架为我遮风挡雨，让我学会辩证看待问题。我背靠着石头，面对着石头，食人间烟火。在石头之上起卧、悲欢。

老屋在一次火灾中烧毁。老屋的石墙还在，骨头还在，灵魂还在。

我在一次火灾中涅槃。

旧梦还在，乡愁还在。

石头：风景的骨头

山是风景，水是风景，山水构成柔美的风景。

石头是风景，石头是硬朗的风景。

钟乳石、石林、石窟、石刻……这些天人合一的杰作，把风景聚集在石头身上。石头沉默，沉默的石头用不同的形状和意义代替自己说话。

天地赋予石头灵气，雕刻师用虔诚的双手点燃石头的生命。

那些鬼斧神工的杰作，那些汉字或图案雕饰的寓意，它们都有不朽的灵魂。

石头活在人的心里。

而更多的时候，我把石头看作是风景的骨头。

即使秀雅的江南，也有点缀风骨的石头；即使辽阔的大海，也有激荡浪花的礁石；即使无垠的沙漠，也有石头的子孙在大风中奔跑。天地辽阔，石头有它应有的担当。

那些点亮目光的石头，既是一帖风景，更是一种姿态。

在大地之上，总有一些石头会让你心动，或感动。周而复始，我观山水，也观石头，在平凡的日子看它们的纹路质地和隐藏的思想，感受它们沉淀的孤独。

骨子里的孤独。

石头：河床的骨头

河床里的石头，是被河水淹没的一部分。河水淹没的，还有它们的形状、色彩，以及无声的沉默。

时光之水从它们身上流过，年复一年。

河水流向远方，激流或平缓，不影响石头的存在。

有河床的地方就有石头，正如有村庄的地方就会有人类。有的石头是从河床底部长出来的，有的石头是河水从远方带来的，有的石头是人为投进去的……

不同流域的石头，它们带给流水的歌声和节拍不一样；不同流域的石头，它们经历的阳光和风雨不一样；不同流域的石头，它们承载的文化和宗教不一样……

站在河岸的人，感受不到河床里石头的硬度和湿度。游弋在水中的鱼，无法走进一块石头的内心。只有摸着石头过河的人，才能感知石头的冷暖。

对于河床里的石头来说，河床就是身体，就是家园，就是祖国。

河床里的石头有自己的表达与修辞，有自己的性格与形状，圆润光滑或棱角凸显都不是它们的错，它们只是一块块普普通通的石头。

当河水干涸，河床里的石头裸露出来，像一块块骨头，你会感受到它裸露的疼痛。

（原载《散文诗》2019 年 2 月）

羞涩紫叶李

李长顺

紫叶李

紫叶李，我为你骄傲。

你衣装如此素雅，花容如此淡雅，籽实如此高雅。好一副不语而雅。

你一身浅妆素服，毫无翠绿之色，也非淡绿、黄绿。你淡紫的长裙，毫不亮眼。你就这样不惹人注目地，静悄悄地，站立在院前、街边、路旁，绝不哗众取宠。有时，你独木一根，与众木为伴。你那紫色的叶片，在群绿围绕之中，又如一束束永不言败的花朵，是那样抢眼，那样独特。

你享受着春风纤纤玉手的轻拂，以优雅的花朵回馈春姑娘。你的花容细细碎碎，不与桃花争艳，不与牡丹比美，不与月季争香。你的笑靥，白净、小巧、玲珑、单纯、内敛、文静，似贞贞淑女，如小家碧玉，令人难忘。

活力蓬勃的夏天，你的树上也结实累累。与鲜桃脆梨红苹果不同的是，你的籽实单单薄薄，瘦瘦小小，如同一个个羞涩的少女，使人心疼，让人怜惜。

寒风凛冽的冬季，你依然穿着紫色套裙，姿色不减，风采依旧。你对着瑟瑟发抖的椿槐杨柳，哼着悠然小曲，传颂动人故事。

难道说，老子李耳，诞生于你的膝下，真的不是一个传说？你与老子，道法自然，大璞归真，一脉相承，倒是一个确凿无疑的真实。我不知道，你是从老子那里，学来的低调谦逊，还是老子从你那里，继承的自得自乐？

唐太宗李世民与你，真的是惺惺相惜，一笔写不出两个李字？即使贵为帝王，他仍然以史为鉴，以人为鉴，以你为铜镜，不时低下帝王的头颅，聆听诤臣的良言。你赞曰：帝王平民，领袖百姓，舟与水，水与鱼，相辅相成，方能各得其欢，各得其乐。

南唐后主李煜与你，难道真真切切地，继承了你的沉静、阑珊、相思，与忧愁？即使家国覆灭，家园难归，他仍然吟诵不已。即使低贱至阶下囚，他忧千重，雅如故，情真挚，意深沉。帝王之位，给他带来的只有耻辱加悲愤。囚徒之身，却造就了一个千古词帝的九分忧郁一分快乐。

虽然你羞涩、低调，但你却繁花满树；虽然你谦虚、儒雅，但你却子孙满堂。你的小小白花，开遍九州大地。你的李姓子孙，结出丰收硕果，名列神州第一。

真的为你自豪，羞涩的紫叶李，迷人的紫叶李。

腊 梅

腊梅开了。

我的眼睛，看到了腊梅的幽香。你不敢相信？一枝腊梅，正给我，暗送香波。

我的鼻子，嗅到了腊梅的金黄。人爱信不信。一朵腊梅，正与我，暗通款曲。

一树腊梅，一点点儿，金黄起来，一丝丝儿，幽香起来。

一株腊梅，报答我的倾慕。时刻给我，泄露春光。

我看到，腊梅淡泊一生；我想到，腊梅命运多舛；我窥到，腊梅的今生前世。

前世的叶子，虽然，已经灰白，干枯。仍然有三五片，固执地挂在枝头；前生的梅子，虽然，已经铁青，皱瘪。还是有两三个，执拗地吊在肩头。它们，可是想，目睹花蕾的新生？它们，可是要，送花蕾一程？

零散的叶子，几个梅子，与花骨朵一起。抵抗秋的寒风，冬的凛冽。战胜冰之刀，霜之刃。寒露到霜降，小雪到大雪，小寒到大寒，历经磨难、苦厄，相携，相伴，相顾，相助，一路走来。

腊梅，你的铁骨柔肠，源自哪里？侠肝赤胆，根系何方？原来，你与我都是，炎黄血脉，龙的传人。

你的枯叶与铁干，枯枝与干梅，把冷铁一样的冰雪寒气，吸纳。让娇小蓓蕾，让无畏蓓蕾，在风雪交加中，酝酿春风荡漾。

你把风韵，藏在金珠一样的蓓蕾里；你把雅致，暗含精巧的小花里；你把春天的旋律，潜伏质朴的蜡黄里；你把春潮的诱惑，挟带沁人心脾的幽香里。

腊梅开，新年到，春天来。腊梅黄了，腊梅香了，腊梅绿了，腊梅秀了。

腊梅的又一次，新生。又一个，轮回。开始了。

（原载《散文百家》2019年第5期）

幻象淮河［组章］

康湘民

沉　沦

从你身体里流过的一条河，或者，用一条河不停地洗濯你的血肉。

我依稀看到更多的河，但似乎只有淮河是母性的、柔软的。以此为界，向南，莺歌燕舞；往北，朔风凛冽。

击水。飞翔。淘金。沉沦。

一群蚂蚁踩着树叶在激流之上漂荡，悲喜荣枯，只在转瞬间。

一路走来，也许不会有人记住一朵浪花，但会刻下骨头上的文字、寺庙、落日、小麦和坟茔。

河在干枯以后，能找到自己。

丰　沛

天地交合。万物生。

满天流星划过，只要捕捉一颗，淮河两岸就会开满小麦花、芝麻花、豌豆花。我们帮土地收录信息，关于春风的梦常年被星空收藏。

雨一直稳稳地落。一千只竖琴的歌唱包裹了盛夏的情节。然后阳光在第九日发出新芽，刷新两岸密密麻麻的名字。最初的凌乱还无法描述，当杏儿黄了，柿子红了，它们会集体来一次冲浪。

夏秋大熟，淮河的浪花没有一朵是空虚的。

歌唱。携手衰老的父母，我们曾围着淮河作业，伏身沾满泥土。

往　东

薄雾降下来，淮河开始收缩身形。一群孩子爬上土堆，虔诚地向村东膜拜。

往东是 107 国道，再往东，是京九铁路。一列列绿皮火车吐着昏黄的泡沫，像夜归人的眼睛。

天空很高，星星很低。

我们努力屏住呼吸。

那时我们还不知道什么是苦难、离别，悲伤和生老病死，只知道夜空下那一列列火车，为世界打开了一道小小缝隙。

庞大的星空裹挟了少年的全部秘密。

暴　雨

八月，淮河像一条小母狗进入发情期。它与村庄的对话，成全了诸多想在男欢女爱中丧身的灵魂。

河岸咧开嘴，像新媳妇在回忆新婚之夜怀中那只小鹿不安的蹄声。

而闪电正悄悄痉挛成村南头寡妇头上的发丝，它的誓言比东厢房那扇年久失修的破门更不牢靠。

“老天啊，让那从西边来的磨刀匠、货郎、说书的瞎子、耍武把子的艺人换个活法吧。”

暴雨如注……

瘸腿的铁匠喝醉后又开始捶打自己的老婆，如雷声捶打着河面。

村庄仿佛老槐树黝黑的枝条，动荡，不安。更多的人像失了心神的老书生，半梦半醒地浮游于无边的黑暗和风声里……

曾　经

一群头发上沾满麦芒的女人，和裸露的脊背上结了一层汗碱的男人们来到河里洗澡。

太阳在他们肌肉上翻滚，一粒粒灼热的欲望行将筑巢。

河水裹住她们皮肤上最洁净的部分，仿佛一天中最不易凋落的时光。

多少年，淮河无法稀释疲惫，只为子女铺好了柔软的词语。

它还浓缩了春天。

于是村庄得以繁衍。

像一部经书在奔跑——我听不到河水深处那些吟诵声，却常在子夜，看见一群不甘贫贱的灵魂绕着河岸祈祷、舞蹈。

水面的节奏被一一展亮。

幻　影

我们又来到淮河边。

我们又来到淮河边。

月光。浊世。前世情缘。魔咒已修行千年。

你把我的名字扶起来，春天就开始拔节了。一条淮河塑成了我们的家园。

百花盛开……

几枚意乱情迷的柳叶在河面上漂荡。

而一旦被欲望惊醒，一个时代的爱情会被引向万劫不复的记忆。

——缘起缘灭。一滴水的跃起和消失。

风　暴

时辰一到，它就打开胸腔，在涡流中妄谈理想、死亡和灾难。淮河的源头让它具备桀骜不驯的力量。

大雨倾盆，浊浪滔天。它的隐喻也是古老的。

我久居淮河岸边，只与一本线装书相伴。风暴的眼就藏于书中某个角落。

它是我寻找千年的因果。

黄昏涌动。七月天光倾泻下来，像丛林吹起了号角，冲刷我童话里的泥土，和呼吸中的城市水泥。

我爱这摧毁——无与伦比的、彻底的干净！

蝼蚁般活着，挣扎，或消失，奇迹从不为祈祷发生。

多年后我终于明白，我要找的血液不在淮河的肉身里。

远　去

它尚未学会在意义中低头。

而往日，羊群在春日里哺乳，我们在桨声中读书。

“谁能改变命运的走向？”

“谁从我们身体里偷去了玉石、月光和古老的青铜？”

空中鸟鸣令人不安。打麦场上说书的人说，第一个看见淮河河底的人必成瞎子。

然后洪荒。然后大旱。工业废水和雾霾持续肢解着河体。

抛却身后褐色的泪水，一条河不会屈从于河床上的命运。它走了，义无反顾。

三百年是一条河。一万年是一条河。一条河，一生都在寻找自己的宫殿。

……多年后我们说起淮河，仿佛一条泛银的长链；上面依然悬挂着云树、酒幌、陶罐、炊烟，以及一个船夫油亮而结实的号子声。

（原载《散文诗》2018 年 10 月）

我和牧场有个约会

燕南飞

等一只羊误入歧途

用一个晚上把希望击伤。它一定把回家的梦在草原上磨过，在寻找归途的路上磨过，寻找它的过程便是收藏它呼唤的过程。不再关心倾斜的夜色是否变得柔软，让越来越慢的时间把塞北的月光磨亮。

一只在泪光中奔走的羊。

一只把爱切成落花流水的羊。

它在旷野里一直寻找我，我怕找到它的时候，它在流泪。而它只怕弄丢了它的主人，再也回不去了。

失魂落魄的我，或者失魂落魄的羊，在相遇的一瞬，便看到了自己的样子。

整个黄昏如心跳缓缓褪去，我的羊羔丢失在夜幕的缝隙里了，醉心于倾听阳光的伤感，那些狼藉的山路早已喑哑。关闭了收听呼唤的耳朵，那小小的影子一次次贴近。一次次，好像是，又不是。

亲亲的小羊在黄昏里和自己捉迷藏，可你无法闯入别人的梦境，也无法做到，路过无痕。

可以长久地和自己对视，却无法聆听到寻你回家的脚步声。夜，在回家的路上飘落。沉默是黑暗的窗帘缓缓拉开又缓缓拉上，孤单的目光已年久失修。

想象你某一刻会大摇大摆地跌落在我的呼唤里，突然站在那里不动。

任飘来的山风割开目光里的伤口，柔软的寂寞流了出来。来不及诉说零零散散的细节，只是低低喊了一声，便像孩子一样跑动。

她的梦在某刻突然开放

她的梦在某刻突然开放，如同漫山遍野的牛羊，放肆，并且荡气回肠。一朵一朵的马兰花开了，一朵一朵地开在眼底，一朵一朵地开到心上。

你的爱人爱着这片土地，你的爱人，爱着你的泪水，你的爱人在泪光中近了，一遍一遍安慰着你的伤。

钟声里跌落幸福。那刻，幽静的心飞起来，一个影子和另一个影子肩并肩，脸也红了。

她在牧铺里用一生为男人卸下疲倦，一片又一片牧场鲜活，安放那些衰老和宿命。

所有的男人都该像狼爱草原一样，忠诚地爱女人一场。

我找不到适合你的名字

倾听陷入草色迷离的深渊，我找不到适合你的名字。就像一朵花，开了就不孤单，总是不敢踏入这份幸福，把阳光埋进身体，笑得这么干净。

夕阳沉下去的地方，正在成为谁的家园。那份爱，不会喊出来。归巢的鸟儿轻轻地叫，我明白了，我不是多余的。

心头的影子划过，掠走一个人的秘密，砍下一截记忆，它可能是空的。谁告诉我该怎样安放？

一片叶子打量吹落的风景。有人在它的怀里住下，有可能在此终老一生，也有可能一片一片捎走它。

它在黎明深处活过来

它在黎明深处活过来，马头琴声托起一缕炊烟，不紧不慢，悄悄走过。我看见你了，疼得更深一分，可还是拔不出那缕目光。

我们相互依靠，窥探不透内心的神秘，在这寂寞的草丛，百灵鸟和花儿一起做梦，彼此安慰，用几分暖烘烤心与心的距离。一双温柔的手捧着我，让等待和相守安安静静。

也曾大胆地表达爱恋，一小片家园就这样安顿下来。在感觉淹没之前什么都不说：淡淡的草香，我柔软的视线，拥抱一怀春风却抱不住你的梦。爱就爱了，此刻，谁也不怕伤害。

等一声爱轻轻落地

静静的河床上，两棵树在彼此相望。

风吹过，抚摸他们的脸，飘来飘去的相思不忍落下：一瓣是宿命，一瓣是不舍，还有一瓣又一瓣的天涯和陌路。

河床是无声的。它那哽咽的爱如流水，在落痕里呼吸和挣扎。它们的爱如鸟鸣，却读不懂一朵云，在多年以后回味分离，那故事刚刚开始，伤透的心无可原谅。

掀开被围困的幽暗。直等到水落石出，一声爱，轻轻落地。

而大风过后，凄美的目光凝成一地温柔，有人不知不觉地读它，爱上它了。就这么简单，和一树灵透的鸟鸣无关。

等待朝霞像等待一场婚礼。当然，谁先走进，谁就可能成为主角：做一个怜香惜玉的人，做一个无法挑剔的人。

影子爱上影子的微笑。看一眼，那马兰花儿满山遍野，每支骨朵都是一枚与世无争的心。你觉得它此时应该开了，它便开了。

等一声爱被泪水淹没

它无声地流泪，被自己的爱淹没。一只手抚过脸颊：无法拥抱你，就守候你，让我陷入一场无言的美，害怕寂寞却偏偏遭遇寂寞。

好想走过去，替它掸掸苍翠的衣衫，柔软的枝条，缠绕一枚夕阳。默默低下头，心事洒了一地，眼里都是颤抖。真想一起在黄昏里漫步，身后跟着它的影子，收藏了那么些云朵，还是这样憔悴。

山上住的都是放牧彩霞的人。

晚风捧着村落，炊烟懒懒地流出来，碰了碰它，碎了一半，另一半留给你。

今夜，谁途经我的窗外，放逐一枚月亮？谁顺手敲响梦境，悄然无声？月光抛开心事，挽着草地的手在拐弯处翻越栅栏，深入不远的幽暗。

爱醒了，花哭过，野鸟一声声鸣叫，包围着零散的目光，一次次盛开，一次次凋落。

那件衣衫最柔软。借着冷静读懂它，而它就住在你的身体里，每一次抚慰都不忍放手。花影，树桩，从此不提流浪。

你忘记了你的名字，我却忘不了你。

幸福是无声的

没那么贪心，所以幸福是无声的。像是个捕捉灵感的孩子，直到累透了，吐露着疲惫。

等待多年却得不到回音。多少回无奈放弃，也逃不出那份柔情，一个村庄落满它的影子，请宽恕我，和我的名字。

忧伤能否阻止月光盛开？那份柔软包裹一粒尘的心跳。暗香如刃，剥离深藏的阴郁，这个傍晚在为谁开为谁落？

月亮这样白，幻想只在一瞬间，一盏一盏灯亮了。你是我似曾相识的人，却不肯相认。

想用相思拴牢你，我不是故意的。温暖着彼此的灵魂，孤单使人脆弱，影子在诱惑一场沉睡的过程。眼底埋伏着春天。

一场雨那么静。站在村外，羊儿咀嚼着它散淡的脚步，一只手伸过来，撩拨这沉寂的夜晚，让幸福滴滴飘落，宁静的心铺展开来，我的爱无言。

一副犁，一把镰，翻动大地的肋骨，每一垄记忆的温度和蛙鸣一起奔逃。它把一条河都带走了，把一个村庄也带走了。我们都是撒网的人，却怎么也捕捞不到丢失的记忆。

所有的回忆都出落成一个款款而行的女子，她别过脸去，不让我看到她的泪光，也不让我为她流泪。

一把刀安慰戈壁

一把温柔的刀，割破愈加邈远的戈壁。大风掠过大地，那片镜子消失了，只剩下不肯凋零的胴体。请允许我在此悄然度过，一切都在消亡，我比你见过更大的悲伤。

乌鸦用血的信仰，唤醒泣泪的黎明，花朵重新回到折断的枯枝，如同初生的婴儿闭上眼睛。它不想看到越来越远的草原，越来越淡的踪影。抬起头来，我心如野。游过田埂的羁绊，让风吹透人不像人的呜咽，那份爱已沦为齑粉。

一步一回望。流浪比坚守更容易，所有的水草伏身在流水里，轻声唤，把我的灵魂留下来，一起肆无忌惮地痛。

落日好圆。

将有一个不再完整的黑夜，穿透我流落无痕的心，也不知道还要等它多少年。在触摸到的晚风里，散开草香，一拨又一拨的寂静被挟在怀里，它们穿过母亲的目光，穿过涌动的草浪，我走来走去的童年不会丢失。

深不可测的鸟鸣像长了翅膀。错落在旷野里，点缀着无家可归的黄昏。羊儿们咀嚼的念想被月光绞碎，独自洇透更深的寂静，今晚的尘埃，无话可说。

简单的梦都被木栅栏围困着，遥远的村庄深一脚浅一脚地怀念，熟透的炊烟漫不经心地讲着老故事。听过多少回了，情愿就这样和鼾声做伴。

几声羔羊的呼唤在等待里睡了，挤瘦的云朵埋伏在夜色里，听一枚月亮，不紧不慢地悄悄走过。

（原载《散文诗》2019 年 1 月）

梦境与片段

李　萍

1

云朵一点也不多愁善感，否则怎么会衬出天空的深邃呢？渗入骨血的蓝，在安详地行走中，投下心迹。

一些不屑的感动，纷纷藏在一汪诗情画意中躲避风的缉拿，纸上的花朵，是抢劫犯，一声不响地截了远行。

回忆很温柔，走走停停，温热坚硬堆砌的空间。停留，驻足，层层叠叠的时光，投下的安然，抒写在云端。

铺天盖地的沉静，滤去心的尘埃。

是梦境？是片段？是西画？不，都不是。

2

虔诚藏在一枚石子的影子里，不容置疑地恬静沧海之水，规整地模仿自己，诠释自我。

心的自画像，被阳光雕琢在尘世的天堂，旧得发亮。

遇见彼此。即使再不舍，也有寂然离开的一天。

季节的幕布落下，风花雪月只是零星的光。

安静的动感，把黄昏与光影喂养，眼神依旧笑靥如花，心热烈着，当然还有牵挂，你感觉到了吗？

3

风传递了念念有词的话语。那是你给我的祝福吗？怪不得我手忙脚乱。于是，

花开之前，我们遇见彼此，俘获一切。

喜着，乐着，即使有些感伤，依然安静，在安静里汹涌意念。

我分明听见风的心跳，扑通扑通，隔着所有，在那头！

云朵的心事，想来是挂在松间的。否则，为何鹰的目光会镀上生生世世的金黄，在我抵达的时刻，纷纷掉落呢？

4

一个人，把所有的挂念，串成一枚思念，捎给风，呼吸了无数次的记忆，悬在一片秋声里。

我的文字蒙了，不知所措。听不见一点你的声响。

是否该把我扔进辽阔的秋声里，寻觅记忆里曾经的安静，以慰藉那些片段。

那么多年，有个人一直霸占着我的一块心田，种了一种叫含羞的草，栽了一棵叫相思的树，还蛮横地开了一个池塘，养了几尾叫忘情的鱼。

含羞草，相思树，忘情鱼，轮番上演着一个关于爱情的故事。

5

远远的苍凉，无尽的苍凉，开始在梦境如影随形。

淡然的惆怅，加深了秋色。

反复了一万次难心与心难的角度和位置，诗意里，你藏在哪里呢？

我跺脚，我俯仰，我叹息。我允许向自己撒娇。

我搓着心事，裹着连根拔起的不舍，装进思念的邮件，复制、剪切了数以万计的等候，封口，打包，飞离西北高地一个阴冷的午后。

6

我在游走，以流浪的模式穿行。

那年，我攫取了博物馆的记忆。许多次的犹豫之后，把一块四千年前的玉石，一把青铜的斧钺，一对宋代的瓷碗，埋人我的心田。

有多少的过目不忘会传遍我的山河？有多少的鞭痕穿透骨髓？有多长的河流过远古的步履？

我的爱是美人脸上的雀斑，一生都被占卜！

（原载《辽西风》诗刊 2019 年第 3 期）

黄河大禹渡［三章］

黄恩鹏

我们挽着众水一起跟着黄河，去找茫茫大海。

1

上弦月在天穹挂出了大画，留白处是稀稀落落的星辰。月亮之下，自北向南，黄河曲转、迂回，在完成了一连串的拐弯动作后，蓦然向东，拉出了一条长长的直线。那条线抖动、舒展、闪烁，滔滔流淌。它有着极具美感的艺术基本元素：曲线、交叉点、悬垂面……

一个让空间骤然增大的神秘视觉。

月光清澈。黄河滩涂，卵石与卵石错动，那声音，只有夜宿的鸟儿能听懂。

现在，月亮绕到了梦的背面，悬于半崖的山路，被一道生锈的铁网阻挡。

如果不胆怯，透过稀疏树木，可以俯瞰坡下水光荡漾，可以看到盛世节日里的百姓放河灯、供神龛、祭禹圣、佑平安和船只来往的景象。

当然还可以看到浩瀚的《山海经》《吕氏春秋》或《庄子・天下篇》描述的至美之境。

2

史书里的黄河，或与滔天巨浪有关。镇河的铁牛和能拉动一座山的牵牛汉子，却不能平息癫狂的浪涛。河床漂移，堤坝溃决，吞噬丘陵，淹没良田。一条大河远，一条大河近，远远近近的大河，分开了黎民与庙堂的距离。

溢满悲愁的黄河，需要圣神。

胸怀狭窄的人，不是圣；有妒火无烈火的人，不是神。大禹以天地为师，不以刀剑对大地，只带圭臬和耒耜；不以敌意对黄河，只带虔诚和尊崇。

沧浪之水清，沧浪之水浊。性情怪异的黄河，其实是我们的兄弟。

扳船的老水手、挖窑的壮汉子、挑水担柴的黑媳妇、挖苦苦菜的小丫头，都到了黄河边。大禹带领他的人民，捧篮携锄，风餐露宿，疏浚河道，握手暗流，劝诫浪花，超度亡魂。

大德护灵闪亮，大地风调雨顺。一些黑从此不黑，一些梦从此明媚。

3

上弦月。秋日的黄河，拉开了大弓。这个身背箭囊手提宝刀的锦衣夜行者，要在天亮之前，在最凶险的河边捕捉剪径的贼人。

不管这些了，找一块空地坐下，下面就是黄河。近得可以枕睡黄河阔绰的河床，可以拥抱黄河丰盈的肌体，可以让波涛汹涌的黄河之水活在你我年轻的血液里。

坦荡奔流的黄河，从不怀揣秘密行路；喜怒无常的黄河，也不会认不得前路。矫枉过正的盟约，都是空壳；欲盖弥彰的标签，都是谵妄。我们，一旦离开了黄河，就一定会迷路。

我们挽着众水一起跟着黄河，去找茫茫大海。

生死相依的黄河。

它不会，绝不会，把一条条支流、一脉脉小溪、一朵朵浪花丢弃在原地。

（原载《天山·散文诗月刊》2019 年第 7 期）

丹江口水库情思［外二章］

草馨儿

铺在路边的是鲜花，挂在天边的是云花，开在水里的是浪花。

走进你，便走进了无边无际的蓝，蓝得让人屏息，让人震撼，让人误以为是闯入了一片海、一片洋，或者一个梦。

说你是海，你是汉水和丹水在这里牵手的一片辽阔；

说你是洋，你是润泽京津冀地区人民心田的一汪深情；

说你是梦，你是见证中华民族再次辉煌崛起的一个构想。

远离喧嚣，不争论，不标榜，不抱怨，只是安静地坐着，默默地涵养自己。以青山为傲骨，借蓝天为云裳，留给世界一个最纯粹、最洁净的背影。

无论是过客还是归人，都可以沉醉在这里，真切感受博大和美丽。

在你面前，我只想化作一滴水，融入其中；或者，化作一只水鸟，终日不倦地守护着你，守护这一库水的清澈，守护这一汪深情，守护这海一般的辽阔。

百喜岛

因为一株草，而命名一座岛。

青衫呈黛，碧波染秀。

在这初冬的萧瑟里，百喜草没有忧伤，你用血脉里的歌，为每一个步入者倾诉你的慈爱与温存。一个漫长的梦，就算再卑微，也不会孤独。

因为你有自己的使命，那就是要为整个岛屿铺上绿色的新衫。

鸟不下蛋的地方，从此有了大树、有了鲜花、有了鸟鸣。

梅花鹿来了，绿孔雀来了，像蝴蝶像蜜蜂一样多的游客也来了。

你闻到了花朵和泥土的气息，你感受到阳光和雨露的温暖，蓝天里飞翔着鸟的翅膀，清风中流动着笑语和欢歌。

你唯独忘记了自己的成长，把身子铺得更低，把头埋得更低。

武当蜜橘

一定是承载了武当的仙风、汉江的灵秀和上苍的眷顾，要不，怎么会在这贫瘠荒凉之地，在这雾霭沉沉氤氤氲氲的独特气候里，漫山遍野屋前屋后生机勃勃地开花结果。

在这最不易生长的地方，却满坡满垄金光四射，成为中国最北边的橘乡。

开始也是青涩的，就像父老乡亲曾经的过往。

忍住风，忍住雨，忍住酸，忍住苦，任往事流水般划过。

因为懂得付出，所以总是羞红着脸；因为懂得感恩，所以奉献人间甜蜜。

妖娆，有惊艳的外表；朴实，是澄明的内心。

当你剥开它，不仅能剥出一瓣瓣日月，也能剥出半个世纪的脉络。

（原载《天山·散文诗月刊》2019 年第 3 期）

打　坐［五章］

徐金秋

盆　花

欲望的根须，不会无节制伸展。枝繁叶茂，从此删繁就简。今生唯守这一钵尘缘。

别了山花烂漫，别了溪鸣风舞，别了小鸟，以及枝头的蜜蜂和花蝴蝶。为你，可以放弃整座山，和这满眼乱缘，只为修得一世，静坐等你。

收敛、隐忍、简单、安静。曾经的万水千山，任其过眼云烟吧。一两粒阳光，三五滴清水，足够清点朝暮。

无关苍凉与虚度。

静坐庭院，数着星星的珠子，细读月光的经书。心存信善，天空越来越高远。

你越来越近。

终可确定，我是春天万般风景后，你所觅得独树一帜。

万物存在，皆有因果。

椅　子

没有人真的能做到安安静静的，坐下，并且是一辈子。

没有人不分贵贱，给让座，并且是一辈子。

没有人就这样，心甘情愿的矮下去，并且是一辈子。

一次转身，就是一次痛苦的抉择。也是涅槃。

只听“轰”的一声，一棵树倒下，已不再叫树。

风在耳边回响。蓝色空旷不停旋转。

那一刻的十字路口，可能是一艘驶向远方的船。可能是把关你一生的大门。可能是高屋建瓴。可能是敲打你前行的指挥棒。抑或来一次悲壮的燃烧，哪怕是灰烬。

而你选择打坐，是江山已定，安然太平？还是不与世争，有望南山之姿？

石　头

时间可凿空一切，唯骨气不可摧。

一座山滑坡，一定是骨头断了，骨头断，精神开始松散。

树、小鸟、野花、野草都集聚到山上，它们知道山很踏实、安稳。只管葳蕤郁翠，只管快乐歌唱或灿烂美丽。

我们也常常慕名一座山而来，大声喧哗、赞美。赞美山的灵秀或巍峨神奇。赞美鸟儿响亮的歌喉和一朵花的美。

唯有石头不语，亿万年。

老　屋

缝入大地的补丁。

每块砖，每片瓦，既来自低处，又高于低处。不高于，又怎能抵挡百年风雨？

那些泥土和树木一转身，就成为某种精神。撑住！撑住苦难的日子，撑住一片天，撑住历史和今日。

有了屋，有了村庄，便有了依山傍水的岸。人类一生都在摆渡，终究都要让灵魂找到靠岸的去处。

是谁将人心连成一扇扇厚实的墙？

一座老屋，曾几代同堂，把平凡人家日子过得有滋有味，有井有条。并誉为德贤人家，以照后人。

一座老屋，送走了官人、秀才、英雄，却没送走望向远方的苍老，和空茫。留下空空的往事，空空的风。

月亮依然做它最高的勋章。永不褪色，高高挂在瓦顶。那一刻的宁静和深情，被一根飘泊的白发收藏。

野花、野草和啾啁的虫鸟，依然赋予灵气和美。

夜

所有的灯都在向夜靠近。

夜不断向边缘退让。退到灯光的背面，退到大树下，退到乡村。灯一直在追赶，伸长手臂，总想抓住些什么。夜好像在躲避些什么。灯始终看不到夜，只看到自己有限的那一部分。比如，绚丽的舞台，喧嚣的街头，被框住的房间，找不出任何言词相视的两个人……

夜比白日更广阔深远，一眼望不到边。

夜是孤独安静的，不是黑的深渊。

它让那些流落街头，破不遮体的人，有了一块黑的遮羞布。它让终日疲惫的人像鸟儿一样，拿到一张属于自己的入场券。为了某个人有好名声，有一条路可走，它守口如瓶。尽背黑。

谁都知道，再难熬的夜总会翻过去。

黑黑的夜，黑黑的山林。一只漂亮的梅花鹿难产。野花狠劲努着温柔的嘴唇。竹子拔节呻吟。这一切都是为明天准备的。

（原载《散文诗》2019 年 8 月）

生命如花［三章］

向天笑

菩提花

一叶一菩提，一花一世界，花开、花落，都是命中注定。

你在佛祖面前求了五百年，才盛开在我必经的路旁。

你周身都散发着淡淡的芳香，别人都以为你是自命不凡，哪知你本来就不同于凡花俗草；别人都以为你是孤芳自赏，哪知你是在平静地等待着我前来欣赏。

那个让你盛开的人，让你的内心充满了悲伤，但佛祖让他提前离去，他甚至没来得及带走你的一片花瓣，只是带走了他自己满身的尘埃，带走了你全部的泪水，还有那花蕊深处寂寞的哀号。

你多想从此收起心缘，静静地绽开在佛祖跟前，让一袭青衫遮掩你的娇颜，远离尘世，了却恩怨，独守古刹、木鱼、青灯，无论花开花落，也不管红尘三千，只愿身如琉璃，内清外澈，净无污秽。

可佛说你尘缘未了，只能身在红尘中，心在寺庙里，让一帘幽梦伴随你一生。你无惧飘零、凋落，唯愿花瓣开放时，能释放你心中的怅惘，只是不暴露出心底如针尖一样刺痛的凄凉。

夜静更深，隔山隔水，我能远远地听到你那深情的呼唤，远远地闻到你那浮动的暗香，只是我无法伸手去抚慰你痛苦的呻吟，抹平你内心的沧桑。

你巨大的花朵依然饱满、挺拔，你灿烂的笑容动人心魄，你优雅的姿态让人心旌摇荡，你的花语像天籁一样，飘进我的心房。

我也想放下花朵，放下永离生与死、爱与愁的烦恼，哪怕是我最终坐化在远山的菩提树下，也要让我满腹的相思开成满树的繁花，想你，再也不惊动你……

彼岸花

彼岸花，花开千年，花落也千年。

花开时看不到叶子，叶茂时看不到花朵，生生相错的轮回，花与叶永不相见。

三涂河，是生与死的分界线；彼岸花，是记与忘的标志点。

彼岸花，超出三界外，不在五行中，她绽开了，就是接待；她凋谢了，就是引见。

人啊，人！不在花下死，死后也会摆满鲜花、纸花，就是来到阴间，彼岸花，还是吸引了全部的视线。

看到彼岸花开，我也就走到了人生的终点。

彼岸花开，花开彼岸，只见红灿灿的一片，像绚丽绯红的地毯一样铺在黄泉路边；我的亡魂就会踏着如血的地毯，一路轻轻地走到奈何桥边，远远地闻着彼岸花香，就会想起自己前世的恩恩怨怨。

曾经付出的痴情，早已化作灰烬，成了飘走的云烟，除了我游离不定的亡魂，谁还记得起那场刻骨铭心的爱恋？

喝下几碗忘情水，还是忘不掉你温柔的容颜；我带不走的身影，还在你的身边流连，只是你再也看不见。

彼岸花呀，像一地燃烧的火焰，烧毁了曾经誓守的诺言；那火焰的光芒是如此刺眼，让你看不到我亡魂的碎片，哪怕你对我长埋地下的骨灰说出再多的抱歉，我也听不见，任凭终身的遗憾像彼岸花一样在黄泉路上蔓延。

哪怕你不再犹豫地伸出修长的指尖，再也触摸不到我早已冰凉的思念；哪怕你的泪水滑落心痛的连线，也拯救不了我的亡魂在忘川上浮现。

当我的灵魂渡过忘川，便会忘却生前的种种恩怨；曾经的爱恋都留在了彼岸，甚至也不再在你的梦出现。

彼岸花，永远在彼岸悠然绽放；此岸心，唯有在此岸收拢脚步。

彼岸花，黄泉路上唯一亮丽的风景线，人们只看到她无比的妖艳，而看不到她悲伤的一面。

也许看得见的转眼就熄灭了，看不见的早已消失了，消失了的也许才真正记住了，记住了的也许不过是一地花瓣，一阵阴风吹来，还是什么都没有了……

凤凰花

梅开二度，只是一个传说。

但凤凰木确能花开两季，一季老生走，一季新生来。

只是花开花落，花落花开，如同你的面容一样，艳丽已不是昨日的艳丽，看着那热烈明媚的姿影，心里会无端地涌起一些凄凉。

跃上枝头，就能变成凤凰，对你来说不是神话。

一朵朵的凤凰花就像一只只火凤凰停歇在树上，不用展翅就能飞翔，就在我的心空漫天飞舞。此时，风都能带我走，走到你的身边。触摸我的风不是无色的，从凤凰花丛中，吹过来的风，像一只通红的手掌，轻轻滑过我的身躯，连灵魂都会留下烙印。

你巨大的花荫，仿佛一把巨伞，虽然不能为我遮挡风雨，还是能为我遮挡暴烈的阳光，让我的心地一片凉爽，像一片轻飞的月光。

这个五月，我的激情被你点燃。一朵凤凰花就像一小团火焰，一树凤凰花就像一堆篝火，不用惹火烧身，我的心早已被你照得红彤彤的，你轻易地就驱散了我内心的阴影，让我变得更加单纯、透明。

可惜我错过了你花开的季节，看你洒满一地的落红、一地的寂静，像一地悔怨的嘴唇，无声地诉说着你的孤独与忧伤。

我怀着满腹的懊悔，轻轻地收拾这一地的残花，真没有想到凤凰花到死都面不改色，花落色不落，像思断念不断一样，让我怦然心动，静静地守候着凤凰花的再次盛开。

也许再次盛开的时候，我迈入了生命的秋天，尽管如此，我还是要感谢你给我美丽的一季，哪怕销魂片刻，我也愿意付出终生的守候。

（原载《遵义晚报》2019 年 8 月 11 日）

白露　一个女子的真身［组章］

潘志远

白露，是一个节气。暑已了，秋渐深，很快将平分秋色。

昼与昼平分，昼与夜平分，人与物平分，我与我平分……有些纠缠不清。

白露，是凌霄花做了一个噩梦，惊出的一身冷汗；白露，是石榴成熟的激动，盈流的一行泪水；是紫薇额头的缀饰，是荷掌心的明珠，是蝉的遗憾，是蛐蛐的琼浆玉液……

白露，是一个女子的芳名，不，是一个女子的真身。我的故人，你的发小，他的梦中情人。见过，或尚未谋面，正在来的路上，注定有一次幽会。

她有一个干净的身子，干净的身世，干净的灵魂。

她干净的目光，打量什么，什么就嵌入她心灵深处；她干净的呓语，说到谁，谁便是她湿漉漉的思念。

她是伊人，在水一方。

她来时，蒹葭意气风发，思绪飞扬。

她去时，白露换了网名。唤一句，天是一块蓝宝石；再唤一句，北雁南飞，风声一天比一天紧，枫叶穿上红装，正准备启程……

瓜族逸事

西瓜太圆滑，又爱穿花衣，喜欢到街市凑热闹，被人抱在怀里；只要给钱，就掏心，甜言蜜语，很有点像风尘女子。

香瓜露着肚脐，仗着自己有一个好出身，到处招摇，最终逃不了挨几拳的命运。

黄瓜，嫩了刺头；稍老，打锣赚吆喝，瞬间只留半条命捏在别人的掌心。

瓠瓜，有身高，没曲线；虽亭亭玉立，却不符合审美……

丝瓜，吊儿郎当，没几天就老了，只能当抹布，洗碗刷锅做老妈子。

冬瓜，傻大个，孬烘烘，还喜爱涂脂抹粉，典型的娘儿们。

只有南瓜，与众不同，热衷于打坐。以大地为蒲团，天空为庙宇，白天捧着太阳的经书，阅金经；夜晚，借月亮的光，或星星的灯，修身养性。

秋天，修成正果，着一身黄色袈裟，盘坐着，像个老佛爷……

当所有的菊花都带上碎金散银

我不知道秋究竟采用了什么的手段，几乎是一夜之间，封杀了蝉所有的呐喊。

至于蟋蟀、蝈蝈……还有一些我叫不出名堂的虫。因为都在民间，在低处，抱着篱笆、墙根，或断壁残垣，哼哼唧唧，不影响大局。

水稻田，小麦地，高粱垄，玉米园……越来越少；在我力所能及的范围内，越来越少地看见庄稼，但却年年丰收。这消息见诸报端，一点不假。

大雁，都滚回南方去吧。

走归走，必须唱响鸿雁曲，排成队，有领头，把大写的人镶嵌在蓝天。

文化广场，鼓点奏响的旋律，不绝于耳；大妈腰肢发表的宣言，正努力回归曲线。

到处有闲散的脚步，三三两两，城市饭后茶余的时尚和风景。

多么鼓舞，银杏都抱着一个梦想，日夜操劳，上下打点，前后奔走，都只为让大地黄袍加身。

……秋天，当所有的菊花都带上碎金散银。暑热已远，佳节临近。东篱边，公园里，坡冈上，三个一簇，五朵一群：喝一壶月光如何？

据说，这可是五百年一遇的，最好的月光了……干杯！干杯！！

造一座亭子

不为对弈、品茶、饮酒，也不为避雨，然后送别，造亭子干啥？

祖传的手艺，不能丢，这只是托词。

技痒，看到亭子，尤其是看到别人造亭子，就抑制不住冲动。

更准确地说，是基因，是不可抗拒的命运使然。莫名其妙就开始造亭子了，莫名其妙亭子就造好了。

什么都不为。我只想造一座亭子给别人看看，证明我的能力；造一座亭子自己玩玩，证明我的智慧。

自己造亭子自己看，自己造亭子自己玩，多么牛，多么惬意！

造世上最小的亭子，恰好容下自己；造世上最精美的亭子，是一切亭子的鼻祖，是一切亭子的缩影。

我可以将亭子整体搬迁，不费吹灰之力。我可以将亭子拆了，红烧、干煸、清炖……做成美味佳肴。打住，打住，想到此，我癫狂至极，我怕我的心脏承受不了。

一只手伸来，轻轻一拽，将我放进竹篮。哎呀呀，我醒了。她把我当蘑菇采了，离开了大山，离开了泥土，我浑身轻飘飘的，没有一点力气。甚至她喊我蘑菇，我也没有力气应答，也没有力气拒绝。

躺在竹篮里，我——我——我……还是一座亭子。

做一个稻草人

麦子重新下地。稻草人也跟着站回田埂，这是一个清闲，但又不胜其烦的差事。

秋风劲吹，吹稻草人的身子，稻草人手舞足蹈；有那么一刻，稻草人感觉自己在飞，飘飘欲仙。

秋阳的余热灌进每一寸肌肤，凉气日甚，也浸透了每一根骨缝。

一头雾，一身露，一肩雨，一脸霜……已是家常便饭，懒得启齿。

换个角度，是要风得风，要雨得雨。

田野空旷，只身一人，不说孤独，正好想无比空阔的心事。

黑夜，伸手不见五指，最大程度遮蔽视野，也最大程度拓展你的思维。

赶几只鸟雀，也正好活动活动筋骨。

没鸟雀可赶时，闭目养神，像一尊佛；草点，轻点，毕竟与佛沾边，有那么几分神似。

稻草人无心。正可以避免了尘世的烦恼。

无心还心系于野，还心系于一片庄稼……

不食人间烟火，还不忘人间俗务……稻草人！想到这一点时，我的心一软一疼。

让脸和心都滚烫起来

再过几天，荷就成破落户了。

而旁边的几棵桂花，还在拜金，还在自我陶醉，整天沉溺在暗香之中。

暗香菲菲，暗想也非非。

带动一扇扇鼻子，加速呼吸。

带动一叶叶肺腑，收缩扩张，做着生命之初的游戏。

不远处的梧桐，也算见过世面和风雨，可缺乏定力，秋风三言两语，便将它的叶子一一哄走。

叶子变黄，倾心于金色，拜金主义的下场，必然颜面扫地，向秋风下跪。

让路边那几棵香樟，继续做愤青吧，一年四季一副苦闷的表情。

刚深秋，水已瘦到见骨。天，还在故作清高。

我在尘世奔走，每日风尘仆仆。

无独有偶。几只麻雀蹦跶的节奏，已很难与时代合拍。

到河边去走走。当一丛芦苇以自己的白发，喊出心中的明白。

一生的清白。

寒露不是寒潮。还有几天就霜降了。霜降，或霜不降，我对秋天的兴趣一天天变冷。

当有一天，霜为自己戴孝，向自己投降，举起白旗，季节开启冷酷的模式。千万记住，我们的笑不能冷，心不能冷。

脸和心都滚烫时，春天就又来了。不是又来，而是它压根就没有离开……

在霜降门前

本想赏菊花，却遇见桂花。

菊花，桂花，都是花，都是女儿花。黄皮肤，炎黄的后裔，不必厚此薄彼，应一样看待它们的形色。

本想闻菊花香，却闻到桂花香。

菊花香，桂花香，都是香，都是女儿香。或浓或淡，都一样勾引我的鼻子，笼络我的肺腑，搬运我的记忆。

都是秋天的女儿。生于兹，长于兹，在同一片蓝天下，一起炎凉，一起冷暖，一起走过白露、秋分、寒露。

在霜降门前，为客。

也做一回主好了，让世界做我们的参照，成我们的尺子。

等待一朵最大的菊花盛开，等待桂花细米的心思吐露……

让堕落的堕落，下跌的下跌，衰败的衰败。当我们抬头，蓦然看见碧空里的大雁，正一是一，人是人，借着星光远去……

（原载《未来》2019 年第 3 期）

植物密语［组章］

衣　水

一棵大树忘记了自己

在秋天狭长的末端，我看见越来越多火红的叶子，正落下来。一片落叶又一片落叶，像一个又一个来到大地上觅食的鸟儿，不停地从一棵又一棵树上飞下来。直到一棵又一棵树赤裸裸地垂直在我的面前，我还是感觉到有一只又一只的鸟儿飞下来。

在我梦境之中，一棵我无法想象的大树，从它的怀抱里不停地掏出鸟儿，义无反顾地扔在大地上。我看见有一些鸟儿，自动地从瑟缩的大树里飞出来，顺风飞一阵儿，落在某一片土地上，从此就把自己忘记了。还有一些鸟儿来不及飞，但又害怕大树的驱逐，仿佛是慌不择路直接从树上掉下来，一个跟头摔在地上，然后翻几个跟头也销声匿迹了。

现在满地都是落叶，而不是树叶。树叶从大树上掉下来，就不再是树叶了。它们忘记了表象，而变化为另一种存在。而我从这个秋天的狭长甬道，穿过一遭，我的内心将发生化学变化，而不是物理变化，这是再明显不过的事情。

我在梦境，那一棵大树上所有的鸟儿都飞走了，大树仿佛就不是大树了。不过，它是什么？它枝丫强横地霸占着虚无的天空，我看不到有任何意义。它抛开了俗世骚扰，是在悄无声息地用天线般的枝丫和天空交流，还是冬眠起来把自己完全地忘记？

假设一：一棵大树和天空交流。

一棵大树和天空交流一些什么？大树赤裸了身子，它的世界再也没有叶子了。那该是落寞还是一身轻松？它把那些无聊的鸟儿都打发走了，它感觉到它和天空一样，整个身体和内心世界，干净了，清爽了。它只用一个无与伦比的姿态，打量头顶的世界就足够了。

天空呢？它一直无言无语，它不和大树说话，它也不和天下的黎民说话，我只能在它的无言里揣测它的心思。一个天空和一棵大树的交流，估计是说一些相互安慰的话。一棵大树说，我的头顶只有天空；而天空说，我的孤独里隐藏着一棵大树的孤独。

假设二：一棵大树冬眠，开始完全忘记自己。

一棵大树忘记自己，就意味着它不再孤独。一棵大树在一个季节里，把所有的心思都融化进土壤。它不再把所有的心思都开成绚丽的花，炫耀枝头。现在，它已经把所有的鸟儿都撵走了，它把所有的枝丫都收拢在自己的身体里。它藏匿在自己心灵的一角，它以一棵大树的名誉宣布，它是一棵忘记了自己的树。

而在我的梦境之中，一棵大树已经完成了自我忘记。现在，我正走过秋天的狭长甬道，我仿佛又一次走进孕育之门。一路上，我明白了一棵大树的隐喻，走着走着，我就忘记了自己。什么都记不起来了，什么仿佛又都记得清清楚楚。我感觉到一个又一个黑夜和白天，就像一条鲫鱼又一条鲫鱼消失的弧线。

这是在一个深秋的大地上，我捡到很多很多从树上飞下来的鸟儿，我又把它们放飞了。那些鸟儿爱去哪儿就去哪儿吧，它们的归宿好像与我无关。而生活在现实的大地上，我有些疲惫不堪。我弄不懂哪些是虚假，哪些是真实。

突然我又回到梦境，看见一棵大树赤裸了身子，一无所有。我感觉心境一派澄明，我忘记了动物和自己，也忘记了世界。

棚顶的葫芦

在行道边上种植很多葫芦，行道顶上搭上结实的木料架构的顶棚。行道边的葫芦，一破土就开始往上爬了。它们昂首攀缘一个春天，不畏长途跋涉，终于来到棚顶。我原以为植物不会行走，没想它们一个春天竟然爬到了花开的制高点。

行道的棚顶是一个自在的世界。它每一个小角落蘸满阳光，细风如酥嫩的小手，偶尔来的几只鸟雀，也赖在这里歌几声。一个春天，葫芦秧都在寻找理想的位置，它们在棚顶穿来梭去，做最后的腾挪。不到最后的战鼓响遍，它们不会抬起寻觅的头儿。

葫芦是一种固守的植物，它们不会走在半路上开花。也没有任何诱惑，能够让它们吐露秀口。它们是在憋着、掖着的含蓄女子，直到春天爆出最后的火辣，它们才会素面朝天，呼啦啦把满腔的浓情蜜意吹奏给我们。

我看着乳白的大喇叭，一个一个从葫芦藤上钻出来。有时候一个素雅女子单奏，有时候众家姑娘和弦。一滴滴，一弦弦，单色里带着清幽，混音里透着金贵。它们吹落了赶场的金色阳光，它们吹散了慕色羡音而来的风。它们吹进了少女的蛾眉，它们唤来一群无家可归的葫芦哥儿。

这时候葫芦藤已经等得不耐烦了，它们在花蒂等待坐果。这时候，我看到一个个指头肚儿大小的小葫芦，早已经在花腔里露出渴望的眼睛了。它们通过花蕊、花筒，把太阳的温度储藏在小小身子里。我想，它们把太阳分割成千千万万的小块，分别装在自己的身体里，它们每一个都是一个小太阳了。

小葫芦一天一天长大，我在梦境之中已经看见它在向我招手。一只天真无邪的小葫芦，淘气地吊在棚顶的葫芦藤上。它在贪婪地吮吸着太阳的热，它在淡雅的清风之中荡漾着秋千。有一段时间它躲进巨型手掌一般的葫芦叶里，悄悄窥视我的世界。那时候就连一只鸟儿扑棱棱飞来，它都会吓上一跳，它都会往叶密处挤上一挤。它太胆怯了，它把自己的身体，只紧紧裹进隐秘的想法里。

这是一只勇敢的小葫芦，自从它向我招手，它已经在内心解放了自己。它不再把自己当作葫芦藤的附属，它就是一只独立的葫芦。这时候它豁然开朗，它立刻就把自己推上了大众的视域。一只葫芦不再需要葫芦叶的掩饰，它推开众多阻挠之手。它光闪闪地照耀在我的面前，顿时，我被它蕴藏的灵秀之美，击倒了。

在行道的顶棚，一根一根粗壮有力的藤臂上，悬着一个一个精巧的即将长大的葫芦。不，不是葫芦，而是一个一个吸饱了阳光的乳房。我仿佛在梦境之中，看见它们张开羽翼般的翅膀，不停地飞，不停地追逐阳光。现在，它就在我的头顶之上，我能够看到它隐秘流淌的汁液，乳白的汁液，在一个椭圆形的梦里。

它已经扰乱了我的脚步。它是重力下的秀乳，它有从未抚摩过的那种洁净。在这个世界上，没有任何一双手，能够配得上它。我想，只有婴儿的小口，才能吮吸它的汁液。我看见它向我微笑，我知道它要成熟了。

我在棚顶下面踟蹰不前，我知道它胸中有一轮太阳，有十万婴儿。我把手举过头顶，但它不属于我。我想，我的喜悦来自我发现了它的美。而此刻，我举起的手无法前进，也无法收回。

狗尾草

一根狗尾草站在土墙上，频频点首，任风飘摇。我以为是早些年扎根墙角的月光，开了花朵在向我微笑。我欢喜地看着它，仿佛是我站在了土墙上，在向过往的风不停地挥手。在梦境之中，这样一朵狗尾花，总是毛茸茸的高举着我的月光洒满童年的夜晚。

在梦境之中，我时常会回到一堵低矮的土墙前，沿着土墙根儿的外侧信步而走，狗尾草都在脚下摇头晃脑地欢迎着我。墙内呢，围着的是旧时的庭院，我还住在那里时，墙根下就是狗尾草的乐园。墙内和墙外的狗尾草，常常隔墙而望，又相互打着招呼。我知道它们都想爬到土墙上，站在风中的制高点，随风而舞，顺风而呼，梦想着在月光中袅袅娜娜。可是土墙刚夯实的时候，墙面坚硬而干燥，又被青瓦盖得死死的，没有一根狗尾草能爬得上来，也没有一粒狗尾籽能生根发芽。

可是月光却婆婆娑娑爬上了土墙，在土墙上生了根发了芽；它们的根系在土墙上走向四面八方，这使得土墙在月夜里更加敞亮。我时常在这样的夜晚，骑在土墙的豁口处，跟邻居小孩喊话。之前拔掉的那一根毛茸茸的狗尾巴草，早插在头发里长到月光上了。这让我感觉，自己就是一根长在土墙上的狗尾草。直到喊够了，我和邻居小孩都不再吱声，我们各自骑在自家的土墙上，开始在风里飘摇。一开始是头上的狗尾草胡乱飘摇，月光会从狗尾草的毛茸茸的花朵里，溢满霍霍生长的身体。我和邻居小孩开始在狗尾草的节奏里，前仰后合，左摇右摆。我们是两根狗尾草，两个脑袋就是两朵毛茸茸的大花朵，开始在自由里摇摆，接听风中暗语，接收月光流洗。这一时刻，我在月光里扎出了四通八达的根系，仿佛我也是月光了。

一根狗尾草摇摆在风里，我知道它一直想爬上土墙，是想摇摆在时光流逝之中。七岁时我上村小学的第一天，就看见校园里满墙根儿都是狗尾草。当时我有一个奇怪的想法：一个学校有多少根狗尾草就会有多少个学生，而这么多狗尾草中哪一个又是我呢？直到在一段土墙上，有几根开着青色大花朵的狗尾草，我就毫不犹豫摘下来一朵，插在了头发里。以后的日子，我常常来这儿玩儿，轻轻地给墙上的狗尾草吹上一口气。我把狗尾草当作自己，把学到的第一个汉语拼音悄悄说给它听。以后的日子里，狗尾草开得更热烈了，它们的花朵又长高了一寸。这是我看到过的最素雅的花朵，没有大红大紫，也没有蜂恋蝶舞。它只在微风里颔首微笑，也只在微风中摇摆出婀娜多姿的舞蹈。一棵多么平凡而睿智的纤纤细草仿佛告诉我，我说给它的第一个汉语拼音就是我自己盛开的一朵花朵。我感觉就是那个时候，我和众多狗尾草一起，开始学会了随风摇摆。

旧时的庭院早已不在，而我只能在月光下踽踽独行。那些早年的月光已经扎根在旧墙的土坯上，我能听见月光攀缘到狗尾草的大花朵上悄悄密语。狗尾草在摇摆着，多年以来我也在摇摆着，月光嵌入了我们生活的姿态里。

摇摆是狗尾草生活的一种方式，也是我认识这个世界的路径。我经常会在梦境之中爬上土墙，把自己摇摆进远去的时光里。从学到的第一个汉语拼音里，我感觉到自己是一朵狗尾花，我学会了像狗尾草一样摇摆在风里，我相信一根狗尾草一定能爬到土墙上，开始它一生最荣耀的摇摆，也是它一生最绚丽的舞蹈。

（原载《三悦晨读》2019 年 8 月）

风过耳集

范恪劼

一、风在你在

1. 风有声，耳得之；风无声，心知之。有无之间，谛听者放过万千喑哑与嘈杂，以意会之。

2. 茕立栅栏，那只灰翅雀歌唱了差不多半个时辰，我的键盘一字未落。随心的吟诵，原来不需要底稿啊。

3. 风起，鸟落。春被啁啾晕染着，从柳丝到榆钱，自枝丫到树冠。

4. 哪一次的风吟里海棠睁开了睡眼，哪一次风啸中桃花一地缤纷。此消彼长，不掺半点儿计较；各有各的繁华，各有各的时段。

5. 伫立邙山山巅，仰望日头行经苍穹，盈耳山风掠过四野。大野一如既往，一时失语亦思滞。身寄其中，何以触摸不到呢？

6. 那只流浪猫又回到了阳台外的旧花盆中。竟认我，竟呼唤，竟肥硕如故。日子风吹去了，该在的还在，真好。

7. 阳光落下来是有声的。旧叶，新芽，梦破梦圆；石冷，土热，此呼彼吸。

8. 三月的前脚已经被春黏上，后脚还在沉滞的积寒中缓缓抽离。轮回是横着看，换移是纵向观。

9. 逆风而行，忽然想起少时放学遇大风，与伙伴们一起倒退快步，叱咤嬉笑，坦坦然若与戏弄者交手而不甘让半步之豪迈。狂风在前，以背对之，脚朝前，往后走，其实殊有意味。

10. 生命细到草尖，低到尘埃，万象便是生机。老去既是早晚，何必急。

二、林下风韵

1. 每一棵树怀中都有一张待命的琴。风这仙子信手一弄，树，便婆娑，便歌吟。更多的时候，我愿意洗耳以待，只为那天籁。

2. 葡萄架眼下还没有一片绿叶招摇。瓷质的桌凳很促谈的圆着，每一张日历里。

3. 坐在葡萄架下其实不多，摆上桌凳其实很好。肉身仆仆地行走时，心闲在那里，沐阳光，浴月色，呼吸便匀实些。

4. 寤寐中浅醒，浑觉正在葡萄架下对酌唐诗中人。细看时，月色隔窗披身，远处喇叭一声两声，提醒床在舍内，人在当今。

5. 架下气息，草味隐约，花香细长。纺织娘、蜻蜓、蝴蝶、蜜蜂、黄蜂、蚂蚱、蟋蟀、蛾子、螳螂、天牛、知了，当然还有蚂蚁、蝼蛄、瓢虫、蜘蛛、苍蝇、蚊子、蜗牛、毛毛虫、蚯蚓，各得其时，各擅其胜，各任其命。乾坤寥廓，大化神妙，有时候，关注彼等既久，忽然搞不清哪一只就是自己。

6. 蚂蚁闲过吗，娱乐过吗，哲学过吗，或者空虚过吗，怅惘过吗，恨怨过吗？中午，大丽花下，忽然看见一只黑色大脑袋蚂蚁驻足于花径上，举前足挠首若干次，晃脑袋一次，顿觉其帅呆，亦酷毙，只不知其爱惜羽毛之心，缘自何来。

7. 晨起，欲再去美玉桃园看花，先从园中桃树寻消息。竟然已是含苞待放。罄口欲张，粉红初现，羞涩的眉眼，风中闪烁，春自桃花涨，信矣。

8. 低头时，桃树下辛夷齐眉。连日升温，伊亦笑容在颜也。绛紫呈瑞其外，雪白守洁其内，恰恰好。王安石《乌塘》“试问春风何处好？辛夷如雪柘冈西”，是未见辛夷缓揭帘、微抬头、浅含笑之姿吧？

三、小园风回

1. 大樱桃树边两米处又生出一棵小樱桃树，母子相望，长势喜人。忧虑幼者难于见光，遂挥镐起之，移植窗前。新土培之，清水灌之。几日已过，新芽如期绽放。每次行经樱桃母树，似乎都有赞许之色浮动于丫枝间。

2. 小园耕作时有荒疏，一冬闲置。某日归来，瞥见青碧一色，惊讶不已。近而视之，荠菜纷呈，楚楚离离。顿生过望之喜，时令野味之鲜仿佛已在唇齿间矣。无为即有为，得之只须耐住空而已。

3. 枇杷中原稀少，邻家一棵伫立路边，日日行经，久而熟稔。始信琵琶得名于其叶状，亦憾于其名不能挥扬其繁花幽香，更叹其花藏身肥硕绿叶间低调之情状。

4. 已是孟夏，腊梅上干花八九，仍作旧时姿态。新绿暗生高低处，异香重闻待来年，它是放不下一场盛大还是忍不了一次退场?

5. 洋葱五颗遗忘于菜篮，见时已新芽指长。一时兴来，埋于园中蒜苗边。忽忽月余，竟葳蕤团簇若剑麻。恩典施之于雪中送炭，虽不图后报，后报亦不虚也。

6. 郊外雪景未曾看，园中留雪为我有。晨中望去，晶莹玉色里，三五蒜苗破雪探头，滢滢然，昂昂然，顿觉雪与蒜苗皆得其时。

7. 不忍干涸困顿菜蔬，亦暗待暑气炙烤之烈。当其时也，持水枪横扫，看清水淋漓，萎靡之生灵，一时舒展，一时滋润，一时元气充沛，起苍生于倒悬之豪壮，亦如是吧。

8. 无花果有枝南倾，碍于行道，剪之。裸露创口最是抢眼。行家谓余，此树剪之愈多愈壮。终是未再。痛过一回，也就够了，还是任其照着自己的样子活吧。

9. 知道的是，小园作山河，不在聊胜于无，而在于触感可形之于物；知道的还是，都是太阳下的须臾，与最值得信赖的土地靠近，略近安稳。

10. 世界并不吝惜每一份细小，正如也不纵容每一份浩大。你看重，才是唯一。

11. 草，生于荒野即是生于生门；一旦出现于稼穑之地，便近死门。草不能择地，除与不除，我取由之——除掉功利，得，便是即有即喜，不得却与失去隔着一座山。

12. 月光筛下斑驳于花木间，仿佛旧时梦影。

13. 仰望只在白云与流风间，俯首却有万千繁华。谦卑不是体认后才始有，我们真的些小，这是生命的真相。

14. 风能作狂飙，但常在低处走。所以，谦卑不只是智慧，虽然可以如艾略特所见；谦卑更是本心的质地。一旦智慧化，便现作态。

15. 风抚花木，红乱，绿翻。风笑笑，明白癫狂源自本性，自己只是被借口一回。

16. 雨落潇潇，尘染皆去，小园一时新。葱茏原来也需，机缘弹拨。

17. 春来了，万物持续繁华中，倒是楼舍似乎日日低矮去。旖旎春光之前，固化的楼舍知趣呢。

18. 枯枝上雀鸟三五，啁啾诗经之韵，合上书卷，耳中次第开过旧时早春。

19. 欣见年来第一只蜜蜂。何处寻来，如何落单？怅惘归我，花蜜撷取归于谁？

20. 一天一模样。暴掠哪能刮尽大地上的生长？欣欣之春，我放过枯枝败叶，随着嫩黄，左手攥紧信任，右手握牢希望。

四、风动如故

1. 风声过耳。一遍遍来去，耳，终于抓住了那句欲言又止。此后，风还是风，风不是风。

2. 云动的时候，你定；心动的时候，你听。风在呢，洗耳谛听，大地上还有什么，除了风声。

3. 窗外有几株月季。摇曳于风中之时，仿佛才隔窗犹见。从早到晚，那么长的日子里，月季城中，我被那十几株熟稔得，视而不见。

4. 又闻风啸。那个深寒的冬夜，独行的一程倏然折回。瑟瑟之音，并没有走远啊，一旦恰逢其时，便会滚过心宇。

5. 樱桃悬蕊昨晚犹见，一夜掀过，伊已嫣然于枝头。花事真的须臾换人间。

6. 三月宜信步。踏春风，扶柳色，春阳上升如佳酿，花木易容似佳人，高步阔视，信可乐也。

7. 午后，援笔浓墨三行半。直抒胸臆而示人有碍，团之掷之，蒙头大睡。簌簌之声中醒来，却见字纸早已舒张于窗外来风中，酣畅之气沛然，遂收而藏之。

8. 少时同窗多年未见，忽然一约而即得聚。不能饮对不善饮，二两浅酌，言笑晏晏；及毕，转过楼角即是潘安故里，相偕兜转园内，依稀旧时风华，深慰也。

9. 一卷阅毕，茶犹半盏；隔窗听风，山河万里。好心绪，风亦乐为其翅翼也。

10. 风又絮语了，侧耳静听，童年的歌谣缘落木而下，停在了我的窗口。

11. 每一阵风都是新的。我听到的，我见得的，我拥抱的。

12. 逆风而行，始觉脚力第二，胆略第一。

13. 先于风者，风过而散之；后于风者，风过而遗之。

14. 鸡毛上天，凭风借力青云边，还是鸡毛而已。迨到倏尔控于地，依然泥牛入海无消息。

（原载《中国魂·散文诗》2019 年第 2 期）

回家，为春天指引归来的方向

冷　冰

家，屏幕上跳出这个词的时候，家里房子的样子，家人的面貌，家的气息同时让眼耳鼻舌身意全部兴奋起来。

谁会没有家呢？不仅人有，鸟、蜜蜂、兔子等等动物，以至草木都有。狗、羊、鸡等牲畜与人类还一起组成跨界的共生之家。玉米、大豆、高粱，这些养人活命的庄稼，蒿、柳、荆棘，这些落户河滩野岭的草木，种子落下，便在田畴荒野繁殖生长出自然之家。

家是生命的养育地，种族的根基所在。

人们把出生地叫家乡，看“乡”字多像一条曲曲折折的绳子，四海为家的人，用这根“乡”的绳子系着，一头系住自己，一头系在家，飘多远都丢不了，灵魂能沿着绳索时时回来，带走解除“乡愁”的解药。省市县乡，村组街巷，家庭住址门牌号码，这些信息加上姓名，构成人独有的标识，于是每个人在世间有所凭依地生活着，稳稳当当。一方水土养一方人，带着家的自然基因，无法更改的秉性，回家的人就有了线索、指引，有了身属分别的证明。

家，标出了生命的坐标原点，是生命的原生地。家乡的范围大，但每个家具体。家门的颜色，打开门看到的第一张面孔，厨房飘出的味道，都是记忆最熟悉的部分，成为回家的动因和目的。人们从家开始，营建、转身、回归、出发，生命因家而生、而长，亦因家而累、而忧。天下之大，家庭各异，各自欢喜。

回家，成了每个人的必做之事，每个人的事，便是民之大事，国之大事。

回家指引着生活的方向。人的一生都在建设家园，寻屋求宇，为身心谋居所，一生走在为家而行的路上。回家让匆忙向前的人转身，让走得快的人慢下来，给走得慢的人添加力量，给更多的普通人朴素的安然。家庭成员共同造就一个家，除了传承产业，还有血脉、亲情与家风。天天能回家的人拥有最大的人生财富，尤其在生活节奏迭代加速的当下。蜗牛时刻背着家走，可做爱家模范。心里有家、恋家的人，多心善，由己及人，围绕家定义的中心，生活一般不会出现大的偏差。有自作聪明的人家外建所谓“小家”，其实那不是家，是窝，非人所居。

回家是一种时间指向。人生有限，家见始终。早出晚归，节日团圆，这都是回家的时刻，指定的日子提醒人们回归生活的本质。踏着夕阳回家，不仅显现诗意的浪漫，更有悠远的世情延续缠绵。清明、中秋、春节这些时候，游子归来，是召唤，也是依恋。其实，回家不必刻意，凡是指定的时间，无不透出善意的提醒，提醒埋首于自己事情的人，要时时抬起头来，看看周围，看看变化，看看亲人，尽社会人之责，体血肉之情。

回家是一种精神状态。把自己放空，无需理由。将家之外的一切，放在家门外，回家就进入另一个世界，进入另一种状态。那个在门前徘徊的人，是什么阻止了他敲门的手？除了背叛，没有迈不过的家门槛。回家意味着放下，放得下，放得好，出门才好拿得起，拿得稳。回到家，有了原点，便有了起点；有了起点，也便有了相对的远方。回头看看，家是生命修行的道场，柴米油盐酱醋茶的滋味，何尝不是世间万物的味道。

家门永远对家人敞开，门内的怀抱有最适宜的温暖，微笑投入的人，享受人间的安逸。

不论身在何处，不论是贫穷或者富有，不论生或者死，家就在那里，等着你，等着我，等着亲人彼此的拥抱。

爆竹已经高喊游子的名字，梅花正在浓郁院落的气息，只差声声脚步，进门的一声呼唤，春天便回到了人间。

（原载《新消息报》2019 年 1 月 28 日）

金秋，在阿拉善

邹安音

一只野鹿在奔跑

金秋，在阿拉善。一场雪，事先毫无征兆，突然自天宇飘然而下，临空飞舞，绣成棉被，铺就了沙漠、滩涂、草原……又凝练成哈达，挽系了山脉、河流、房舍……

我惊喜不已。蜀地的我，踏进这片土地的那一刻，卸下裙装，虽被帽子、手套、大衣等包裹得严严实实，心思却随无垠的地域散开去，像雪花飘，像冰雪圣洁。那一天，站在贺兰山广宗寺门口，阳光喷薄而出，一缕一缕的，像金色的丝线缠绕了我的身体，也灼亮了我的眼眸。天地之间，仰望莲花般盛开的山峰，我甚至想捧起它们身上披着的洁白"哈达"，去贴近山的胸怀。

山是懂我的了。

它先小心翼翼地接纳我。这真是一个狭窄的入口。不过当我凝神定下心来，我的眼神却迷离了，我不知道我这是去了哪儿？雪，练绸般铺满大道，白纱般飘荡在树梢，又盐粒似的一颗一颗垂挂在草尖儿……脑海里倏地蹦出一个词语：玉树琼花！竟然不舍踩踏、不敢拨弄。四围如聚，在这个白色的世界里踯躅前行，仿佛隔空离世，很轻易就会让人想起一个人。昔日重现，喔，那是你的身影吗？红色的僧袍像彩云，飘过拉萨的布达拉宫，飘过雪域高原，飘过贺兰山，停驻在巴音森布尔山峰下——这莲花一样盛开的地方。而那些忧伤的歌，也一路相随，飞出青海湖，飞向阿拉善，飞过沙漠、草原和滩涂……仓央嘉措，哦，不，阿旺曲扎嘉措（那一夜在青海湖畔神秘失踪后，谁说不是一只凤凰的涅槃），经过这道山口的时候，天空下雪了吗？今天的雪，又是为谁而下的呢？

是不是那片云彩化成了雨滴，是不是那雨滴凝结成了乡情，是不是这乡情化作漫天的飞雪，是不是这飞雪圣洁成哈达，献给了苍天圣地阿拉善?！想那灵魂也一定随云彩而来，以雪的方式呈现出来，然后融合在道上，在河里，在山峰，在草尖，在石缝……在我们踏遍的每一个地方，承庆寺（初进阿拉善弘法地）、昭化寺（圆寂地）、广宗寺（灵塔供奉地）。据 1998 年版《阿拉善盟志》第 253 页记载，1716 年至 1746 年，六世达赖仓央嘉措流落阿拉善，化名阿旺曲扎嘉措，弘扬佛法，传播佛教达 30 年之久。而他的绝恋就应和着大漠悠扬的驼铃声，从三百多年前一直传唱到今天。

雪铺天盖地，却裸露出山峦褐色的岩壁，像人袒露的胸襟。岩壁上或蓝或白或紫的色彩，组合成一幅幅很生动形象的岩画，构成内蒙古自治区最大的石雕佛像群（127 尊佛像，17 幅画像，50 条石刻经文）。那一刻，万籁俱静，佛像们静默不语，而我却从那一张张慈爱的笑脸中，从一朵朵怒放的莲花座中，听见花开的声音，树木生长的声音，鸟儿的鸣叫声，溪流的淙淙声……这是自然的音调，一切的人和物事都已远去，只有它们永恒，就像雪，今年下了，明年依然如期而至。

这样想来，心境怡然，欢欣而鼓舞。我快乐地奔跑起来，摇动了一树雪花，看它们纷纷坠落。而彼时，我一抬头，在半山腰，竟然看见一只奔跑的野鹿，像闪电般，转瞬没有了身影。

一片白云飘过来

我深深叩拜，在荼毗塔（传说中仓央嘉措的衣冠冢，法体在“文化大革命”期间被红卫兵焚烧于此）。

雪很厚，一下淹没了膝盖，它好像砂砾刺破了我的血管，沿着经脉堆砌、累积，我被笼罩在一片白色的世界，我感觉全身冰冷，我看见心脏的红与雪的白映衬，我听见血管破碎的声音，我的神经开始隐隐作痛。啊，是你吗？别了，故乡；别了，恋人；别了，红尘！仙鹤已经给你翅膀，从四川的理塘就回。阿拉善的天，可以给你当被；阿拉善的地，可以让你就寝，心早就栖息于此。

在荼毗塔，我又仿佛听见雪燃烧的声音，噼里啪啦，噼里啪啦，不，不是雪，是阿拉善的胡杨林，燃烧时火光冲天，灰烬后依然风采照人。它们屹立在大漠、在草原、在滩涂、在戈壁……千年不倒、枯而不朽，像极了彪悍粗犷的高原牧民们，甩动马鞭，摇动驼铃，抖动双肩，长调就如泉流般喷涌而出，滋养着这山、这草和树，生生不息。瞧，今天阿拉善左旗维拉特牧家蒙古包边的篝火也燃烧起来了，映照着栅栏里肥壮的骆驼、成熟的谷子；映照着跳舞的人们，是不同的民族，有不同的语音；映照着藏品里精致的毡帽、生锈的雪橇……那是高原的历史，是蒙古族的血脉，一直流淌到今天。

火光熊熊，烈焰腾空。荼毗塔四围的山峰静默，黑色的乌鸦们，这苍茫大地的神鸟啊，却一只只扑棱着翅膀，在六字真言的诵经声中，飞向天宇。哦，这里燃烧的只是肉身，不朽的却是魂灵和精神，宛如阿拉善的胡杨林。哦，不，那不是火焰，那是阳光，炽热而金色的阳光，它像一位智者，每天清晨，当沙漠边缘和戈壁中的野丁香草、酸枣、高山柳等从酣睡中醒来，便亲吻了它们被露水打湿的脸庞，与不停扇动的电力风车叶子拥抱，笑眯眯地倾听头道湖、二道湖和三道湖的故事，虔诚地走进昭化寺和承庆寺，焚香、磕头！今天昭化寺的喇嘛劳登感恩着太阳的每天升起和降落，铭记着祖先流传的仓央嘉措的故事，守望着大漠这一片天地的洁净和传奇。而离承庆寺不远的菩提树总是开花，沔沁敖包常年经幡飞扬，是谁的心事如花绽放，是谁的真言轻轻传唱？

荼毗塔不语。佛海檀城塔亦无言，只有蒙藏文的碑刻，讲述着一段历史，铭记着一个从雪域高原到大漠深处的故事；只有黄庙的唐卡、壁画、酥油灯、灵塔，还浸透出几百年前的声息和精神；只有那不停转动的经筒，可以让岁月逆袭，让风华再现。

我起身，仰望苍穹。山外初极狭，而荼毗塔四围开阔，山峰闭合，状若莲花。阳光沐浴着白雪，白雪晶莹着草丛、树木、花草，便觉心如白雪，如哈达，如流云。

就在我仰首的一刹那，就在最高的山峰，阳光突然隐遁，几团白云飘移过来，渐渐黯淡了颜色，如梦似幻，呈现出不同的景象和意象，让人瞠目结舌。之后，云开雾散，光明如初！

一块冰瀑在融化

白雪皑皑，在瞻卯山。

两山对峙。我在凹口。山坳空旷无比，幽深莫测。

左山偏斜，与天相衔，天空上，白云飘浮，棉絮一般。山腰一小亭，无人无音。右山挺直，逼近蓝天，中有悬空寺飞檐翘角，五彩缤纷。天的蓝和云的白，色彩分明，层次清晰。云在天上，雪在山里，人在中间行走，仿佛一个童话世界，又仿佛是人间的天堂，在北国大漠深处呈现出旷世之美。

几声尖叫传来，原来有穿大红衣服的小姑娘跑进左山小亭，激动地对山呼唤。白云微笑了，蓝天颔首致意，悬空寺似乎颤抖了一下，山榆树们伸出脑袋招了招手。我惊喜地走过白雪铺盖的路面，走向悬空寺。

路边矮小的草和荆棘林等，雪凝结成了冰，一碰似乎就会碎掉。树们披着雪装，各种造型，晶莹剔透，像雕饰的水晶饰品。最奇特的是本来裸露的山，却又有一些雪花挂在上面，好似姑娘裙子的蕾丝边。你能想象吗？一夜之间，在似乎和天相接的地方，雪经受了怎样的洗礼和锤炼，才以这样的方式迎接人的到来。而人的到来，又使得这一座山充满灵性和朝气，万物生机。

那时候，红衣服姑娘、水晶般的山榆树、鎏金的悬空寺组合成瞻卯山现代的一幅画，但我不知道我该怎样去描摹它的历史，只因传说这里有仙女住过，有十八罗汉的踪迹。而那些故事都已经远去，像雪一样积淀下来的，这山只因着一个人的神秘，因着一个人的圣洁，因着一个人的永生。

我走进悬空寺，却又仿佛走进一段段历史，走进一个个故事。山寺前的巨石发出空灵的响声，这响声又沿着山崖在传导。我小心翼翼地迈过石阶，抚摸着崖壁，惊奇地看雪在这里的模样。雪们仿佛精灵般，像中国女子体操队的姑娘们，伸展自如，居然沿着寺庙的屋檐滑下，以一排屋檐的形式，垂挂成了弯曲的冰瀑！

我呆呆地看着这些冰瀑，想象着它们历练的过程和痛苦，乃至欢乐。我正要走过的时候，突然一块冰瀑掉下了屋檐，摔碎在地上，碎成玉屑。它们终究是要化成水，回到大地之心的！

身后传来木鱼的声声响，是同行的伙伴敲响的，他是一名藏族的诗人和歌者，来自西藏山南——仓央嘉措的家乡。这声音在高远的大地之上回响，仿佛穿透雪域高原，成为天籁；它又仿佛拉近时空距离，让一切再现：时光不老，歌者不老，诗人不老！

（原载《草原》2018 年第 10 期）

秋日行吟［四章］

王利雪

秋　水

秋水阔远，涌动奔跑，永不肯为谁停下脚步。

秋水似眼眸，脉脉深情，却从不肯回首流连。

伫立秋天之畔，似又一次的送别故人远行，又似遭遇一场注定的失恋。

送行的故人遥无归期，前路沉沉楚天辽阔。云角低垂处，是否是它明天的旅途？

决绝的情人一心向远，两岸绿树芳草落花已缤纷似雪。我的眼泪簌簌而下，又化作透明的秋水送行。

我告别了一尾游鱼，告别了飘浮的一片落叶。我把心事写在了一片花瓣上，轻轻放入行舟。

清冷，和秋水一样的温度。只有我久久凝视的身影和一叶横向的孤舟，定格在秋水之滨。

多情亦绝情，哪堪也堪，秋水在远行。

蓝　天

秋天，蓝色与天空相遇。秋走得越远，蓝色就书写着更多的忧郁。

你说，蓝色为青色，是温玉一样的颜色，是谦谦君子一样的儒雅。

我说，蓝色是叹息，是思念一样的颜色，是永远等待的痛苦与美丽。

蓝，是远古最纯的净，是此刻最深的情。

我不知道它穿越了多少光年，抵达我的眼前；我不知道它汇聚了多少汪洋，才能书写出我的思念。

天，是最阔大最遥远的梦，收容着无数双仰视的眼睛。

我不知道它写满了多少的秘密，从我的少年到我的中年，却极尽吝啬，从不肯告诉我答案。

秋天在走远。我在天空下，仰视蓝，然后用一次又一次的打坐、默念把心漂洗成天空的颜色。有一种温暖与柔软，穿越无数道金色的光线，抵达我的心间。

野　草

野草一夜白头，只因秋将远行。

河边，田间，还有阡陌上攀扯的它们，晕头晃脑，仿若是在进行一场忘乎所以的醉酒。

秋风，无情地洗劫了它们的青春，又榨干了它们身体里的最后一滴血液。

最美的年华已逝，似乎只在等待一场冬雪。

张起的篱笆上，有几朵瘦弱的蓝色朝颜营养不良，仿佛深秋寒风里偷窥的眼睛。

土地之上，每一个干枯的身躯仍不肯匍匐，不肯折腰，不肯低头。像即将离岗的士兵，坚守。

我停下迈开的脚步，向它们致以默默的敬意，然后绕行。

也许冬雪未来之前，会有一把火，席卷它们的倔强。

土地在，根在。我数着日子，期待下一个春天。

落　叶

一片叶子跑来，告诉我秋天在走远，未及说完它便悠然睡去，我来不及叹息。

城市的街道每日像在为它们举行盛大的告别宴，一声接一声的汽笛似是不舍的奏鸣曲。分隔道路的水泥墙边，它们衣衫褴褛，彼此依偎，然后一同睡去。

叶子的生命追逐着变换的季节，告别枝头与天空，完成了既定的旅程。心有眷恋，终须一别。

乡村小路上，数以万计的叶子在慢慢地跳着告别的舞蹈。我看见风也来助兴。

红色、黄色、绿色，彩蝶纷飞，裙裾旋转，阳光下色彩的河流在涌动。

飘落，似乎成了生命最后时刻的一种游戏。

只是，这亘古的游戏里，落叶或委身于匆匆的脚步，或甘于墙角的寂寞，或者随流水走远。

一切都将归于尘土，回到母亲的怀抱，那是生命必然的终点。

我认识脚下的每一片落叶，却辨识不出明年春天时他们的样子。

属于我的时间也行将到了秋天。白发，皱纹，叹少年。倾尽酒一杯，或阳关，或天际，为秋送行。

（原载《淮北日报》2018 年 11 月 23 日）

鹰嘴石及其他

张绍金

鸟声把黎明织就成一块块白布条，裹热阳光的身子，却裹不热迟迟不肯起床的老屋那熟透过的鼾声。

晨风寒凉且渐升暖意，冬被迫退却，冻僵过的泥土松散开禁锢的胸怀，裂口鲜血如滴。

汗水光滑且泛响一阵高过一阵的浪花。一部鹰的成长史凶猛着《猎兔记》。

脚步匆忙的河水逆风崩溃，吐纳出云以及空气。因为一座山，阳光瞬间登峰造极！

山脚下那丛野花簇拥着朵朵滴露的歌谣一同倾听，送别的脚步声一一跌进深谷。

鹰与蝉虫一同鼓动腹部，把山写成哲学，迷惑松涛以及山泉折弯的心事。

惬意于被风和阳光追赶的感觉 。朝阳，健壮峰顶那块鹰岩，握手相遇的所有！

周末情绪总是很高涨。阳光和鸟声合作，肩扛花香，以出行的脚迹丈量出黎明与河风。

声声布谷倾情于农事，种子进入亢奋期，绿色肆意流淌，直逼传说的那个梦。

耕牛吆喝秧田浑浊。埂上杏花赶趟儿撞见田螺，用絮叨或期许，摘下果红色的季节。

歌谣把一段岁月捻得浑厚绵长。心中一座山峰，以风为线拉住鹰叫声。

峡谷擅长积攒时光，给沧桑的岩石贴上晨光，谁来接纳蓝天坠落凡尘的那抹云彩？

你心中应该知道，要落下的日头已是另一片天际升起的朝阳！

渐渐死去的七月流火又死灰复燃。鹰嘴啄破了鹰嘴。

是同类的妒忌还是雷公刀斧的无情？谁都不得而知。

残破的不单单是溪涧的琴音，或是奏琴人的心思，或是寺庙的钟声。

那传颂千年的神奇故事被岁月残破了嘴角。因为残破，鹰叫声至今铿锵有力！

一阵雨，把风儿撵得无措而迷路，随一群飞虫，寄寓在鹰嘴的残破里躲雨。

于是，一段鲜为人知的岁月在风中兀自喘息，鹰的犀利叫声令鸡群失守。

那些依然披着外衣的罪恶，以及不甘心退场的落伍者，光天化日之下依然我行我素。

聚在山峰之上，借助日头做饭的是一群朝拜鹰嘴石的乌鸦们。

时光，脆弱成一个一捏就会破壳的鸟蛋。是新生？是破败？都无从知晓。

几个人几个故事，就能惊天动地，就能叫山朽水枯，而花儿兀自地开，鹰兀自盘旋……

当山谷归于寂静，月亮踩痛枯枝，只行走的那一声犬吠，依然生机盎然。

一只野黄羊以轻细的鼾声荡开草原夜色，成长为一叶纷飞的羽毛。

仿佛，完美来自残缺与破败。也许，残破过才更完美！

城市的秉性

几株李子树栽进城市公园，城里人一眼看出，那是乡村移栽来的拙朴。

几枚羞涩几枚土骨土气的花色，憔悴了季节的气息。乡村是城市的债主。

旁逸斜出的楼群像是受气的小媳妇，委屈无处诉说。城市的喧闹是乡村掀开的竹锅盖。

山谷，城市需要你坐镇绽放自己的野性！那是你本已繁华的苍白无可替代的身价。

给一座新城修一条穿城而过的峡谷，河边建起古塔楼阁，新城吸附历史厚重的载道。

于是，慕名的人纷至沓来。城市抒情的歌声里有了日升月落。

给城市娶一树山茶花，用三十八种修辞格拼装出三十八处风景，簇拥着新娘。

这座新城，坐落在古老的丝绸之路的一个驿站上，那是一段久违的辉煌。

城市长满羽毛。那是乡村覆盖森林，那是深山咚咚清泉。为了高空，山雀歌声清脆。

那些迎面走来的字体，分明是山村湿潮潮的水雾，久了才滴湿街道逼仄的胸怀。

凉爽城外的炎日、晨鸟的歌声，而今的月，用什么眼光看当今纷繁的世尘？

日子，挂晒在岩松的虬枝上，那半截已枯死的松枝坐落着鸟巢，鸟还住居着吗？

枯了的是一声叹息，枯不了的也是一声叹息。于是，因为枯，城市面目全非……

回归，是一座深山逶迤而行的脚印。

（原载《信阳周刊·副刊》2019年7月3日）

秋浦河［外二章］

姚中华

揣一份虔诚，我来寻你。

你在皖南山水间，用一条并不宽阔的河水，默默泅渡一生的苦恋。

回望，还是盛唐的明月。那一夜，谁在河畔且行且吟？柔软的风，挟带着河中的雾气，打湿了诗人的衣襟，也打湿了诗人的灵魂。散落的诗稿，化成一地落英，从此在时光中飘荡沉浮。

转身已过千年，诗人的脚印里，早已生长出一片片蒲苇。如今，我在阳光下只能听到一些拔节的声音。只有河水依旧，重复着昨天的一些细节。

一条河不会无端揣度一个人的情思，铅华散尽，留下的才是献给诗人真正的风景。

我终于明白，只有读懂一条河，才能读懂那些在河水中漂流了千年的诗句。

杏花村

无论杏花是否绽放成一种风景，来此，都要喝上一杯杏花酒，不为酒的绵柔与醇厚，只为品味牵挂千年的心境。

那位千古诗人，手握命运的柄杖，脚踏寂寞走来，轻捻胡须，三两句便道出一个时节的哀痛。断魂路上，从此有了可以吟诵的情思。

悲，在释怀后才能卸下沉重；喜，在酣畅中更能点燃情绪。无论微醺还是沉醉，都是情性的一种表达。牧童一指，杏花村头，从此有了一帧永恒的背影。

如今，黄公酒垆犹在。一坛老酒，发酵千年，静静等候一群的陌生子孙前来开宴。

其实，杏花无论绽放与否，诗人来过，花香与酒香，都是古村最为醉人的人间烟火。

古　井

与大地连心，才会有不竭的甘泉。千年了，你依然用一泓如初的清澈，守护着对一个古老村落的承诺。

千年的坚守，你的身后，尾随着无数传说，如井壁上那些已经钙化了的青苔，留下数不清的斑点。酒，要有杏花陪衬，更需清泉的催化。你用澄澈，默默成就了谁的一世英名？

委身于大地，没有人能看清你的深度，如同没有人能看透古村杏花绽放时的娇艳与隐情。

千年时光，你固守初心，在最低处，默默仰视尘世，静观醉与不醉落下的悲欢。

（原载《合肥晚报》2019 年 6 月 24 日）

大风之夜

刘慧娟

1

大风将月亮刮得越来越小，夜色干干净净。

天空含笑，夜莺，在等一片云来。

夜的酒杯盛满欢歌，赋予以时间标志的花朵为永恒的颜色。大风是酒杯里的秧苗，已经履行了成长的含义。间或，飞出吉祥的神鸟，向尘世，传递醉。

黄河汹涌的浪涛，盖不住十八年积聚的心声。那场突如其来的红尘风暴，将结局拓展得一望无际。

我将真实的心事，雕进风的扉页，那是最深重的爱和忧伤，在无边的风中泅渡，听大风倾诉的耳语。

雨，大于雷声。泪，大于月光。

时光藏起荒凉，簇拥着热火的期待，去天边，等待归帆。

临水而居的背影，正向一丛勿忘我靠近，衷肠陆续随风上路。

箴言长出翅膀，夜的美，最终有了落脚点。

今夜，剧情宏大，花不语，鸟不鸣，悲剧或喜剧，都由大风导演。

2

花香，由四月飘到五月，诸事安定，风光大好。

悠长的叹息，仍在浮世里缭绕萦怀。你的双眸冰清玉洁，一边是不肯绽放的花朵，一边是不肯走远的天涯。

你只好将致命的主题，栽种在黄河水畔。在蛙声一片的茅舍里，终夜与大风对话。

风向东，雨向西，将同一条大风之路，反复走了数遍。

你高大的背影，是鸿雁感动时的一声鸣叫，是从竹笛中流泻的凤尾竹絮语。是生命里淡蓝的向往，是四季挥之不去的梦魇。

走进画面的明天，果实成熟的鲜红里，藏着诺言。

知情的桃子啊，请保守那个天荒地老的秘密。

3

大风越过水域，冲上灵魂极顶。

继续吹来，巴赫的艺术之国，一些音符在顶礼膜拜。

往事按捺不住一如既往的苍茫，在夜的酒杯里相互倾诉，生命，再次泪流满面。

今夜，灵魂有了另外一个样子，普世情怀如旗。我手握一片云霞，犹如握紧一生一世的缘分，此刻，我直面上帝，让每一根神经，经历神圣的洵洗。

阳光照进灵魂的每一扇窗子，周身晴朗，大地弥漫香气。

天空开满花朵，大地有了慈悲心，万物都竖起耳朵，听虔诚的足音渐渐走近。

音乐响起，从悲悯的孤独中望见了生命的溪水，大地不需要哲学，只需这场从黄河边上刮来的大风，扬起心灵。

那场相约，已经被安放进宗教的教义，它注定青春永驻。与古老的事物一样古老，与最年轻的事物一样年轻。

4

因你深情望月的姿势，夜晚生出了洁白的愿望，守候如那场雨。

十八年无言铸就的江山，在觥筹交错中满眼含泪。你不怪我延误生命，我不嗔你延误花期。十八载春秋不归的征途，今夜交给大风注解。

大风将一个人的呼吸，吹成经年累月的言辞。

吹得如古往今来的泉水，吹得如茫茫人海中彼此对望的眼神，一眼就看见幸福。

夜纯得清澈见底，缤纷得令人心碎。

一世的悲欢，最终被风点破。心轻松得如天空的一片羽毛，只记得诺言，不记归期。

大风，在说出那句话之前，不慎又一次误入夜的酒杯。

夜是火焰的光芒，风有窈窕的醉意。

思念越大，人间越小。

如果今夜的大风，能成全所有的渴望，就让花朵和果实长成一棵合欢树，投影在一个人的心里。

5

百般宠爱的那匹烈马，终夜在大风里驰骋。

那是一匹识途的骏马，从冬天的黄河左岸开始，它一直情思飞扬。

草地，曾是它打开心扉的敲门声，我与你次第进入音律，双手将远方举过头顶，天地之间，充满了英雄之气，驾驭博大精深的幽思，梦回千年。

登高望远的舒展，蔑视阴暗，蔑视旁逸斜出狭隘之境。那匹马依旧是鬃毛凌厉，抖动中呼啸千军万马，回眸之间，已是万水千山。

它在风中收藏孤帆的忧伤。风也安慰它偶尔失落的心情。

骏马在风中跑过一个个舞台，将你的所有设想，抚摸了一遍，然后它到原先的草地，在黄河岸边，看鲲鹏展翅，悠然望远。

彼此对望，在不知不觉的沉思中，灵魂互换。

最终，那萧萧飞奔的骏马，呈现了幻象。

（原载《诗潮》2019 年第 1 期）

缺角地图［五章］

谷　莉

缺角地图

它以缺失彰显存在，以目力不及的空寂摆脱喧响。

双足可以遍及的地方，唯失一角，那一角就是辽阔也难以企及的念想。

多少念想被蒙蔽。如同一块玻璃被擦到透亮，经过的人眼目会忽然如盲。大踏步，毫无防备，撞上，甚至受伤，才知道，这不是轻盈的缺口，是坚实的墙。

于是，那缺失的一部分正是可以大口呼吸的自由，以未知召唤神往。即使是忧伤的神，也有充满的热望，扭转生之迷途。

树　花

我用新生的芽呼唤树的名字，呼唤被风劫持，抵达他的耳畔的消息是微渺的心音。

这样已经足够了啊，轻细的酸楚钻进皮肤深处，使褐色枝条慢慢孕出水润的呼吸；我的眼神就藏在他的身体里，会长出叶片，如沧桑的神给予的安抚。

时间是界限，一朵花懂得灵魂的顾盼，不会那么急露出欢颜，更不会忙着幽怨。她用隐忍刻画思念，用思念翻动夜晚。

嘀嘀嗒嗒的钟表，也会数着四月的脚尖，并把那星星一样的碎步挽进片刻酣眠。

仿佛忘了春天，睁开眼，花儿开了。

一树芳华，我只认取属于自己的那一朵，不喧哗，只默念：

春日短，君记怀，总有别离胜雪。

礼　物

在你来临之前已有预兆。

我把梦说给你听，你露出温泉般的笑容。我听见水花儿的悸动，那是你第一次放下石头。

关闭许久的喉咙发出疲倦的回音，细微的波浪颤动。我发现，我的怯懦慢慢放松，而你的光辉解下缆绳。

出发是坦然的，正如抵达不需要借口。

这一天，我焚香，煮茶，端坐于窗口，慢慢拆卸穿越荆棘的风声，慢慢收敛灰色的袖口。

夜幕睁开眼睛，远方在凝视中展平。像湖水，不说坚定，也不说深情。

窗外的大雨

之前，浓稠的乳汁在漆黑的天幕上滚动，犹如海，被脱去尖叫的白浪占据。

啼哭止，万世在此呼吸。运行的神秘，在观望者的眼中膨大，竟要逃逸。

我好像还在母亲怀里，饱满到涨溢的给予使我躲闪。雨，忽然喷溅。

亿万只箭，射穿封闭的谜团，使灼热的疑问流散，使预设的答案破败。

我也是被射中的那一个，窗口的耸立帮我阻拦了箭势。仰起脸，倾斜喷洒的爱意疗治深彻的空旷和唏嘘。

大地生长牵系。雨的密林，养育绿色花枝。枝上的微笑，属于久远的记忆。

记忆被幻觉喂养，模糊命运的形状。

大雨之夜，所有道路都消失了——

收束于小小的窗口。

雨声养育的瓶子

她有细瘦的腰肢，蓬勃的胸部，海藻一样的长发——

但只在夜里散开，分布细密的星光和雨声。

瓷质的雨声，刮亮星斗，这与真实多么不同。

人间喧嚷，都不去往瓶中。唯雨声是更大的寂静，围拢春与秋、花与叶、繁盛与凋零。

小小的瓶子，无艳色，有冷泽。太长的冬天打磨过的容器，比雪更多一些忍耐，也深藏宽阔。

她的胸腹因之鼓起，圆润的岁月在瓶口降生，使深挚却隐秘的召唤成为可能。

雨又将来临，谁的眼睛挂满雨声？

梦境之外，睡莲醒来，荷鼓荡绿裙。你必须涉水，甚至深陷，才能领略非凡之美。

因此，雨声养育的瓶子，有你无法洞彻的伤悲，与欢欣……

（原载《星星·散文诗》2019年第4期）

江南笔记［组章］

夏　杰

小木船

把命运锯碎，开出另一朵花。

想起前世，呼风唤雨撒叶成兵。遥想后生，水深火热泅渡一方。

时空的另一面，凹陷里存放着欸乃之声，渔歌或者彼岸，都是用声线缝制的，桐油紧紧地抱着它们，取波光上散碎的银两，可换得多少历史悲欢？

乌篷老旧的光泽里，栖居着时光的暗流，有江南一语道不破的爱恋，也有桨橹迅速划出的快意，传递给小桥流水。而渔火不比一碗黄酒庞大，就着一口黑夜，把夜半的钟声吞咽下去。

小木船是江南写成的文字，打鱼、载人、送情郎，从波诡云谲的人世，夜泊成唐诗里的温度。

来，举杯邀明月吧！先把今世一饮而尽。

桑　蚕

桑叶上的楼梯，够得着透明的自己。

一踮脚，成了白云欲飞的心事。

没有丈量过竹扁有多宽阔，也没有桑果紫色的浪漫，就知道吃着吃着，有羊群漫山遍野，不觉中，被一个艺术系的女孩，做成了衣裳。

无需阳光雨露，东风无力，百花已残，这些春色中的白，用一丝丝气力说出，作茧不为自缚，而是把自己当成内心，与时光好好聊一聊。

聊吧，慢慢地聊，把今生慢成历史，把时光，织成生命的另一面。

因为，缠绵自有时，直到灵魂被抽丝剥茧。

丝绸的光泽呀！是岁月的话语，说着说着，就滑向了江南，仿若水滴融入流水。

石驳岸

水泥的逶迤是为了堵住谁的嘴？

如果，这是一种悬崖，请一丛野草读一下石头的心事吧。

在江南，雨水打字，流水成册，桨橹翻书的速度，比不上船家的一网情深。是的，这是石驳岸对生活的举手称赞。而我们，曾把童年纵身一跃，激起一个时代的浪花。

那时，什么都可以开花，什么，都可以八千里路云和月。一尾鱼，一只蟹，在水泥的妥协处，找到了人间。而现在，我只能呆呆地站立着，看落叶无声。

河水带走的岁月，足够写成史书。而我不关心这些，我只是在寻找，那一只被船扯住的耳朵今生安在？它听见了集市的喧闹以及祖辈们迎来送往的笑脸，甚至，竹篓里翻身也无法解放的鱼，在演奏无声的命运交响。还有更多的鸟鸣……

我用石驳岸拓下这些回忆。风仍旧柔，雨仍旧绵。

此时，我又想起了爷爷是一个石匠，他的工具箱仍端坐于楼梯间的角落，仿若一段石驳岸，坚固了我的记忆，又无法全部围拢。

开裂的木缝像极了他遗像上的微笑。

石板街

店铺的栅板依着墙，看游人如织，看石缝中一颗摇来晃去的野草，如何躲避着陌生的脚印。它们安居，习惯于记忆的冷却，而锃亮的石板，似乎愈加饱满，仿若一个油腻的中年男人。

石板街，柔性江南的脊骨，如同石桥、石滩，坚硬了某个小镇的爱恨情愁。

但它的情愁呢？

异乡为何处？多高？多远？我们无法揣度。可指认的，是它们已放下利器，一心向佛。树木换成人群，鸟鸣变成喧闹，在尘土之下，仍旧底气十足。

夜幕走来又走去，石板仿若一排蒲团，在等待着真实的体温……

（原载《散文诗》2019 年 4 月）

咏叹新疆［五章］

张咏霖

九月二十八日夜宿轮台

大巴没有表情。

穿过冷漠的戈壁，翻过库尔勒发黄的历史，挪开焉耆凝重的读音，大巴终于走进轮台。

走进我的中学课本里。

轮台有一点儿倦意了，酒家的灯箱无精打采。死寂的夜勉强挤出手扒肉玫瑰馕大乌苏啤酒的余音，而楼房里的灯火与小巷里的灯火一样，昏昏欲睡。

楼兰一路揪着我的心不放，铁马关时刻在我的眼前悬着，我脑子里有无数个词语不停地折腾着！

是陆游，是陆放翁，是轮台，是铁马冰河……

夜阑了，我在轮台的那家祥和宾馆，梦里与许许多多自诩为诗人的人，或开怀畅饮，引吭高歌；或无忧无虑，沉沉睡去！

将明，一阵风吹雨打，陆放翁的一声咏叹将我惊醒！

匍匐在你的脚下，我只有仰望

匍匐在你的脚下，慕士塔格峰。

匍匐在你的脚下，我只有仰望。

冰山之父。这一生，冥冥之中，我能够来到你的脚下，该是何其幸运。

我不知道什么是探险。斯文·赫定穷极一生，丈量了茫茫西域，辉耀了茫茫西域。他一次次从你的脚下起身，试图走近你的头顶，走近一个巅峰，感受与阳光一样灿烂的荣耀；他一次次又回到了你的脚下，回到了群峰簇拥的你的凛冽，你的威严，你的冷漠……

山鹰依旧盘旋，凉风依旧呜咽。

他的遗憾是登山者教科书的序言。

我不知道什么是朝圣。柯尔克孜人世代依偎着你脚下的牧场与河流。所有花朵的绽放，不仅仅呈现着美丽，还会述说着每一次的遇见。

感恩是每一天例行的太阳，

感恩是每一片向荣的草丛。

而我，是从哪里来的呢？污秽喧嚣虚伪狂妄充斥着我的行囊，我怕我的莽撞亵渎了你的高洁，我怕我的无知玷污了你的神灵……

我的猥琐从梦魇里开始忏悔。

慕士塔格峰[①]，我迷惑而又欣喜的遇见。

我是喀拉库勒湖边的一枚石子，匍匐在你的脚下。我只有选择一个合适的角度，朝你一次次深情地仰望！

“Because it is there.”（因为山在那里）

一路无语在塔克拉玛干的漫漫长途上

一路无语。

从和田启程一路向北。

疾驰的大巴相对于塔克拉玛干就是爬行。

你汹涌的样子阴冷的样子就是海。四野昏黄，天空昏黄。塔克拉玛干如果是海洋，大巴就是颠簸的舢板，我是随时被狂风巨浪掠去的一粒尘埃。

塔克拉玛干真的是死亡之海吗？

---

① 慕士塔格峰位于新疆阿克陶县与塔什库尔干塔吉克自治县交界处，海拔 7509 米，其雄伟高大的身躯巍然屹立于帕米尔高原之上，有“冰山之父”的美称。

一路无语。

昏黄的沙漠起起伏伏，我衰老的脚步有一点点迟疑。丢落的手机一定不是祭品，一幅幅往事一段段情语是寄存，我还有许许多多年轻的日子呢。

我行走在开满生命之花的路上。牧歌孤独的影子，是不曾喑哑的沙峰；骆驼刺的反抗，为昏黄的沙漠点燃了绿色的火炬；且不说胡杨吧，一年四季，那些绽放在昏黄里的千姿百态，哪一个不是傲骨，哪一个不是芬芳，哪一个不是歌唱……

而绝望，在这里才是四面楚歌！

一路无语。

塔克拉玛干[①]的完美被人类的一把刀无情地切割了。高速公路是疤痕，是梦魇，是癌症患者末日的疼痛，且将无休无止。

荒冢偌大。葬埋尊贵、名利，也葬埋虚荣、伪善；葬埋

所有，也葬埋虚无……

沙子与沙子，没有等级，平等至高无上；沙子与沙子，没有拥挤，自由君临天下！

啊，我听见他们舒缓的呼吸了！

我还要赶路，我的故乡不知道为什么走丢了，我没有悲歌，哪怕一句；

我不能沉醉，我刚刚想起桃花源的方向了，我没有颂歌，哪怕一字……

一路无语。

穿过沙漠下榻库车，几近午夜。回身向南，塔克拉玛干，我的心哪儿去了？

---

① 即塔克拉玛干沙漠，位于新疆南疆的塔里木盆地中心，是中国最大的沙漠，也是世界第十大沙漠，同时亦是世界第二大流动沙漠。东西长约 1000 公里，南北宽约 400 公里，面积达 33 万平方公里。有“死亡之海”之称。

伤痕累累，忧郁的胡杨没有表情

伤痕累累。

忧郁的胡杨没有表情。壮行，是你一生坚守的执念。

沙漠是一张画布，洁美、安谧、纯净；沙漠是一片天宇，辽阔、浩瀚、深远；沙漠是一座炼狱，窒息、死寂、沉闷……

你的影子横亘于荒原，横亘于深谷，横亘于漫漫苦难。

你的影子是苦难最深刻的符号。

一辈子的守望，一辈子的挣扎，还有一辈子的孤独。幸福与苦难是风，无休无止。也被温柔地抚摸过，也被狂虐地抽打过。

筋骨断了，那些美好的记忆就没了吗？晚霞散了，那些最后的华章就零落了吗？

嘶鸣的马，在你的身边会再停留片刻吗；缠绵温情曾经泛滥，在塔克拉玛干没有四季的四季，在塔里木河四季分明的四季，日子是你身上的叶子，一片片地绿，又一片片地黄，终了又一片片地落了啊……

忧郁的胡杨没有表情，无论是生，抑或死；无论站着，抑或躺下；无论挺拔于风光之上，抑或身陷于不屑之中。始终只用诗的号角唤醒平庸与麻木。

伤痕累累。

英雄的胡杨没有表情。忧郁，是你永远不死的英魂。

帕米尔高原的金草滩

雪山巍峨。

金草滩在帕米尔冰冷的视线里。

塔什库尔干河走得匆忙，它的冷漠是盛大的。它也许像那匹已经满眼血丝的马，不回头，不迟疑，不道别……

秋天再一次经过这里。丰腴的水草是诗人的记忆，这里的寂静没有污染，露珠在清晨没有疼痛。

而晚霞将散。

而我在这里竟然迷路。

而金草滩的马越走越远……

雪山巍峨。

金草滩在我的温暖的视线里。

（原载《参花》2018 年第 12 期）

吟唱故乡［三章］

陈兆平

有故乡，才有归途

每个人的心里，都住着一个故乡。

故乡突然出现在梦境时，即使身心疲惫，也想拍打着鸟的翅膀归去。

初夏，成都的夜晚经常有雨。用先前的说法，这叫巴山夜雨。听着滴答滴答的雨声，我想到了仪陇的天空。

父亲接到电话说，仪陇也在下雨。

成都的雨，落在我的窗外，落在窗外那棵小叶榕上，她在陪我读书写字。

仪陇的雨落在嘉陵江，落在老家的竹林里，落在屋顶的瓦片上，顺着屋檐掉下来，她要陪伴我的父老乡亲。

仪陇的山水啊，织就人间景色，牵动儿女情长。

此时，我好想成为那急促的雨水，穿越四川的低山奔向北部的丘陵，用滴答的雨声敲打着故乡的屋檐。

这个时节，故乡的蒲公英已远走，还能看见的，只剩下波斯菊、金鸡菊和茼蒿了。

我把我能想到的景色传达给故乡的斑鸠，想必它在第二天清晨，就会在那远远的山头开始鸣唱。

故乡的远与近，是心与心的距离。蛙鸣鼓噪低山的夜晚，斑鸠唱响丘陵的晨曦，雨停之后，天空不分大小，人心最重相知。

出了远门，最念是故乡。

有故乡，才有归途。

我不想讨好那片山水，但我想念她的一草一木。

向一个人致敬，向一座山致敬

我真的很荣幸。我和朱德元帅是同乡。

说得再近一些，我们都是马鞍人。老屋与老屋之间，只有一山之隔，山那边是元帅的故里，山这边是凡人的居所。

最爱松青柏翠的琳琅山，去看一回便念一回。

当年，朱德走出琳琅山，“投笔从戎去，刷新旧国风”，身经百战的他成为“红军之父”，以张思德为代表的七千多个仪陇人跟随红军爬雪山过草地去打天下……

巧合的是，红军的帽徽是五角星，琳琅山的形状也是五角形。

这看似神秘的五角星，后来定格在共和国的国旗上，熠熠生辉。

很久以后才明白，伟人与凡人的区别，在于理想的萌生，在于奋斗的历程。

看着伫马太行山的朱德，他那镇定的眼神提醒我：男人要豪迈。好想骑上他的战马，驰骋疆场，张扬一个男人的血性。这样的劲头我用在了学习上，来到了他当年读书的成都，我的视野渐渐开阔。

离故乡越远，乡愁便越浓。

我要向那个策马疆场的元帅致敬，他的经历告诉我，打天下的豪情源于内心的责任，不仅仅靠一杆枪，还要倾尽一个男人的勇气、胆略和智慧，他和很多志士仁人一起把旧中国变成了新中国。

我要向那个“度量大如海”的元帅致敬，他的经历告诉我，胸怀天下才能高瞻远瞩，对人世间的悲悯也是需要学习需要奋斗的。

人生其实就是一个战场，如果没有战胜怯弱的勇敢，就听不到胜利的欢呼，很多人都是被自己打败的。

从琳琅山走出去的朱德元帅，无疑是川北丘陵中最有抱负的人。因为那伟大的抱负，他成为一个值得尊重的人。

我要向五角形的琳琅山致敬，但愿我的敬意化作山林里的鸟，一只鸟喊醒黑夜，一只鸟唱亮晨曦，三五只鸟讲述丘陵变迁的故事……整个山林顿时聚合起一个时代的交响，雄浑而且有力量，我要做的，就是珍藏这个时代的光芒。

最后我当然应该向故乡致敬，每一次回去，都会有一种骨子里的亲密感。如此的亲密感来自故乡的山水，来自葳蕤的草木，来自分外香的黄花。

孩子，我很高兴为你们主婚

斑鸠还没叫的时候，三妹家的喇叭就开始唱歌了。

很多歌都是老歌，喜庆的歌，动听的歌。其实，好听的旋律就是一纸通告：二娃要结婚了。

二娃是三妹家的老二。在五月最后一个晚上，三妹坐在二楼的客厅里一夜未眠，半生的闯荡消耗了她的青春和时光，儿子长大了，这是做父母的又一次尽责。

那一晚的月光很亮，明月松间照啊！

三妹夫在院坝里忙得打转，村里帮忙的男男女女笑逐颜开。大妹夫对三妹夫说今晚好想和你大醉一场，二妹抱着孙子想放都放不下，大妹和幺妹陪着父母在聊天，都说三妹夫今晚不能醉酒，旁边的人为此热烈鼓掌。

这是一场典型的乡村婚礼，村里的人从四面八方赶了过来。一栋乡间楼房前，顿时挤满了喝喜酒的乡亲，乡情渐渐浓厚。

支客师是村里的一位长者，他见证过不少淳厚的乡情。

斑鸠没有来，喇叭仍然在唱歌。

村里有了水泥公路，路边的波斯菊开得正红火。迎亲的队伍在凌晨五点就出发了，每一辆车都戴上了一朵花，一朵花就代表了很多笑靥。新娘不坐轿子，她要坐汽车来，她要来的这个小村，以后便是故乡。

院坝里有了一条花径，撒满了玫瑰花瓣。那是一对新人要走的路，那是一条盈满幸福的路。看着满是花瓣的路，乡亲们的眼里闪着光，是那种惊诧之后镇定笑容的光。一帮晚辈，各自忙手中的活，他们将在二娃的婚礼上学习一生的爱恋。

乡村在婚礼当天变得灵动。接亲的队伍回来了，喇叭停止了唱歌，鞭炮震醒了满山的花朵。两个新婚的人走在花径上，手牵手，情已定。四目相对的那一瞬，是人间最美的目光。拜了老人拜父母，宣告从此厮守一生。

孩子，我很高兴为你们主婚，把一些很好的词语送给你们，比如比翼鸟，比如连理枝。

支客师用地道的方言喊出了飘香的酒菜，关于乡情关于亲情，就在那扑鼻的菜香里，就在那醇厚的酒香里。

父亲端起一杯白酒细细品味外孙的幸福，母亲忙着招呼大家入座。从河北赶回来的大妹夫用牙齿咬开啤酒盖，是亲情就不讲究任何形式。

大妹、二妹、幺妹以及回到老家的晚辈们，一起举杯。

三妹和三妹夫总是坐在最后一桌，眼睛熬红了，仍然笑成一朵花。

乡情在故乡蔓延开来，亲情在小院水乳交融……五月的最后一天，山中的金鸡菊灿然绽放。

家不是故人庄，却已成故人庄。第二天，我们作别故乡，要去河北，要去深圳，要去成都……

斑鸠留下，候鸟飞走。

（原载《散文诗世界》2019 年第 2 期）

高原记忆

王金明

高原如梦

酥油灯挂进人生，牛粪火烤热了梦境。

一匹黑马，穿着夜色奔来，头羊白得像晚年的父亲。

我青葱的女儿，在融雪山坡，钻出地面。

我希望她的眼里，常含着一滴露珠。

一半懵懂，一半感动。

你的颜色，被蜜蜂闻过，你的香气走散了，一定会在另外的地方暗暗浮动，钻进记忆的残月，悄然回归圆满。

那么矮的一株草，蚂蚁曾经仰望，用它微小而坚决的爱。

岁月已掏出所有的善意

显著深邃的事物，在暗夜变得苍白，潮湿的木耳，谛听林外河流的谜语，草叶上的晶莹，在黎明弱不禁风，用死亡迎接阳光的，是最卑微的生命。

风挪动枝叶的方向，并默认了它们朴素的身世，岩石已确定了灵魂的领地，阳光只暗暗挪动它的影子，慈悲的庄稼朝别人的命里奔跑，一切都有抵达的执念。

被取代和置换的机会正在推进云层，在尘世，寂寥的人，远离喧嚷，呼吸孤独，更靠近沉静的万物。

高原疏离致幻，露出天堂的倒影。

在天空永恒的屋顶，星光用弱小的手掌捧起一瓣莲花和一个人的祈求。

岁月已掏出所有的善意，人们用完了生再用死。

这些是我所知，却无法准确说出的真相。

我在一个伤感的早晨醒来，刚刚用过的雨夜，还留着温热的泪痕。

高原让我拥有悲悯

没有人能忍住真正的悲悯，就算你已阅尽苦难，在高原也终将超度，心肠重归脆弱，这里一粒尘埃的重量，足以压低苍穹。

一头羊羔呱呱坠地，濡湿的皮毛带着最初的母爱，它从人世起身的第一步，是必然的踉跄和跌倒。

我看见，那一刻，阔大的草原明显地颤抖了一下。

忧伤，始终是一头牦牛晚年的踱步或沉思，它的迟缓与寺院薄暮的钟声，暗暗吻合。你如果注意它的目光，就会发现，雪山也带着同样的苍茫。

在夏季逝去的日子，不甘的小草拼命拽住短暂的阳光，拽住泥土里的余温，像拽住亲人的胳膊，久久不肯撒手。

青春从一张张脸庞上撤退，绿色从小羊的腹下和牦牛的腿边退潮，时光的汪洋，在高原，浩瀚无边。

那些伟大的轮转，浸透了人间情感，此刻，一棵已经枯黄的小草，也拽住了我的裤腿，它没有认错，我也是它的亲人。我蹲下身，向它伸出手，触碰的那一瞬间，它竟然渐渐返青，带着不易察觉的微笑，和眼泪。

在水边

雅鲁藏布经过，峡谷就空了，水已彻底笃定，群峰似乎微微向后挪了重心。

谁也不可能一眼望穿万里浮云，我在岸边无数次内省，收紧所有红尘中的心路，宁静被一缕清风绣在水面，用自己祭奠自己，生命中的千万条江河，浓缩为一滴慈悲的眼泪。

揣着恍惚，背井离乡的人，在高处的河流边黯然徘徊。

水表达大地的深刻，用无情的流逝。

佛说，来到，便是抵达。

伤疤也是勋章。

秋风飒爽，云影望断自己的层叠秋水，收割者的指缝间，有广大的天空，和生命的褶皱。

雨水为了死，才一次次活得历经撕扯，无畏溅落，粉身碎骨的爱，打哭大地。

在一只黑颈鹤的命运里，关键的咽喉部分，是夜的颜色，如此险要的困厄，被它向天空举起的歌声化解。

在事物的表面，盘桓着无边的天险，那些美丽的路障，指引去向。

一粒火绒草的花信，瞬间跌入流水，它的珍宝，短暂到可以被忽略。

犹如我一直被忽略的人生。

草的儿女，顺河而去。

安　静

风，忙着越过念青唐古拉山，先到的已经吹皱了纳木错湖面。

雪，一些在山尖值班，另一些在赶往冬天的路上。

不停列队集合的草，稚嫩而单纯，盛夏已过，它们就比秋天的金黄。

闲云不闲，拆解着人间的聚合，并在天空的内心，反复描述大地的苏醒。远处的牛羊看起来静止了，但它们从来没有停止过对事物的认领。

坐禅的高僧，心里囚着经卷的烈马，转经筒上的时光，疾驶如飞。

农人虔敬，为青稞打理后事，像磕头一样，把谷粒捣成糍粑。

无所事事的我在高原的忙碌里发呆，每一天都身无分文、心无杂念，我渐渐地进入了真正的悠闲，并努力遗忘这些年来的沉疴和隐痛。

我知道，真正忙碌的是我的内心，而原野上，一个劳顿的大妈刚刚直起腰身，正把衣上的尘土拍打干净。

跟扎西去强巴林寺

蝉声潜入扎曲河的波澜，松树排队登山望风，我跟扎西去强巴林寺，他静心礼佛，认真匍匐，我六根不净，被空置世外。

帮老阿妈转动锃亮的经筒，与俗不可耐的自己相撞，经书在幽深的佛袖口打量外面的因果，宽容了凡夫的闲散。

寺庙深处到处是俗世的情景，厨房里小喇嘛趁空玩手机，佛不帮他码俄罗斯方块，所以总是失败。

一个僧人，把洗好的僧靴，倒插在栅栏的木桩上，水慢慢滴答，暗示时间。

后院吹法号的打了一个哈欠，接着又打了一个，他的困意，感染了窗外的老树和一对麻雀。

坐在经堂高处的老住持，从眼镜上方，打量下面的诵经者，像教授盯着考试的学生。

送酥油茶的小喇嘛，如机灵的服务生。

老喇嘛们像茶馆里的茶客，娴熟地拿起杯盏。

哦，多么亲切的佛界。

休息时间到了，大殿大门吐出悟道人群，密密麻麻的袈裟从台阶上漂浮而下。

上百双相似的僧靴，席地而坐，还在默诵自己的经文。

喇嘛们像进了紫云英盛开的田野，他们分散开让鞋子找到自己。

然后穿上。

大殿外的鞋

人们脱下尘世的奔波，和一路风尘，跟佛见面。

那些赶路的艰辛，被阻挡在门外，它们长短不一，东倒西歪，疲惫不堪，沉默无语，有点丑陋，也有点心酸，像被遗忘的跟班。

别以为人生走在路上，其实都走在鞋上。

鞋最悲惨，上面压着，下面硌着，臭气熏着。

不需要的时候，谁都可以一脚踢开。

如同人世间，最苦难的人群。

第一次去西藏

许多年前第一次去西藏，过了羊八井，我脚步踉跄，蓝天下央金的藏袍旋转如飞，两片高原红飘在她的脸上。

我们拍摄一首 MV，拉萨的美在镜头里漫步。

后来，我们在一片牧场上支起黑板，教孩子写青藏高原，不远处的布达拉宫斜着一抹残阳，央金在黑板前深情歌唱。

那应该是 1996 年，那之前，我的一位老乡孔繁森在西藏转世。

央金唱着他写的歌词，一只鹰盘旋着聆听，很久很久都没有飞走。

某一刻的神谕

有多少记忆被风吹散，有多少命运沉入泥土，高远的天空沉默不语，我不知道该不该热爱这缄默的时刻。

看一群羊吃草仿佛时间被啃噬，残缺的部分很快就魔幻般复原。

一片云慢慢滑翔，它的寻找也像放弃。

青冈在高处瞭望，藏蒿攥紧脚底的泥沙。

梦里的白马，鼻息温热。河流犹豫，经幡悬垂。

没有方向的地方，处处隐藏着人间的道路，牧人随手指了指远方。

那儿水草丰茂，一片滋润，阳光照耀着两只牵手的鹭鸟。

牦牛走远了

牦牛走远了，像羊一样小。

羊群走远了，像一群鸟。

鸟飞远了，就消失了。

一个季节走远了，跟鸟一样。

人间的事物来来去去，忽近忽远，没有什么东西会停下脚步。

消失的一切终将重现。

我在高原上梦到自己离世。

也许，下一次可以梦到生还。

看平措伦珠画唐卡

高处的残雪，一直悬而未决，低处的小草，已不断遭受牛羊的目击，藏东的平措伦珠，与阳光狭路相逢，他坐在虚构的菩提树下，为一张画布涂抹来生。

一千三百多年前，松赞干布也执笔撬开自己的姻缘，松动的历史划破王的手指，一滴人间的血洇红了巴拉姆的佛身，大唐公主捧住了雪域的坚贞，刻骨铭心的人在一幅唐卡中开悟，格桑花开进了爱情，一个国家省略了多少金戈铁马。

面色凝重的平措伦珠，谨慎地握着远古奔驰而来的心意，仿佛人生就是无尽地揣摩和描绘。

他和学生们用唾液润笔，每一次都像与笔尖接吻，都像要含住苍天的恩典。

笔尖上宝石矿物的粉末，从石头里入世，那些最坚硬的物质，落脚在柔软的画布，构筑灵魂的风景。

窗外山坡上，一头牦牛扭头观望，像参观画展的行家。

平措伦珠的儿子也画唐卡，他早就不再放羊，他笔尖的红和绿，暗合了窗外的明媚。

藏东观河

在布达拉宫，看不见藏东的强巴林寺，反过来也一样，但喇嘛的诵经声和袈裟的颜色，在我看来，没区别，如同高原的河，每一条都流着融化的冬天。

布达拉宫终生遥望拉萨河，佛拈花的手势指引波光的恩泽，浩大的雅鲁藏布去了苦难的人间。

我问卜每一条江河，让失意的人生，千回百转，在高原净化。

强巴林寺脚下，澜沧江展开最初的模样，那是初心，终将浩荡。

一些江河如同信仰，穿越千山万壑后，才变得强大。

我趴在昌都市中心的桥栏杆上，桥下扎曲河与昂曲河，一清一浊，二龙汇聚，如同世俗与佛界合而为一。

后来我才知道，这条人间的河流，源远流长，流过了云南和好几个东南亚国家。

强巴林寺，端坐在山腰上，和我一起看尚且瘦弱的河流，走远，像一条隐入草丛的小蛇。

强巴的弟弟，去县里学校念书

强巴的弟弟甩过几年小鼻涕，脸上挂着与牛羊厮混的痕迹，书包背着他走进河滩，过河的时候，踩着一块石头，跳过另一块石头，像一只孤零零的灵活的小羊。

小强巴站在空无一人的公路旁等车，风卷起一些尘土，又悄然放下。

去城里读书，他不喜欢也不厌烦，如同一群羊对待阳光的态度。

但每次离开或回来，他的表情都不太一样，仿佛风吹过沙石地面，细节挪来挪去。

一切又好像，完好如初。

一个孤独少年，跟自己的儿时做伴，犹如一个老僧，倚靠着岁月打盹。

都那么安静。

都那么干净。

那远去的，是老僧云游的童年；那坐禅的，是孩子归隐的暮晚。

强巴的弟弟去城里上学，我送了他一本字典，里面夹着一缕过来人的疲倦，还有一个，埋在一大堆汉字里面的远方的地址。

他常用那本字典读经。

辩　经

据说至少六百年了，高僧们一直这样剑拔弩张，言辞尖利，情绪激昂，南拳北脚并举，动作像打擂。

但，一次也没有打起来。

江湖已老，招式常新，般若神掌，金刚心经，你中有我，我中有你。

佛的真理，六百年了，还无法辩出对错。

也许本就没有对错，他们只是在对错之间，不停地往返。

如同我们，在生死之间，徘徊。

一个关于经幡的故事

夏季某日，跟朋友去一个小城，车越爬越高，雨夹雪开始拍打车窗。

到了山口，大雪弥漫起来，大地都白了，空气也白了，没有任何颜色的世界，真是干净得透彻。

转过山口，远处猛然跳出一座经幡搭成的城，急忙刹住车，大家目瞪口呆。

风雪中，五颜六色的经幡抖动不止，如海市蜃楼中的魔幻之城，里面的市井生活若隐若现，我恍若看见了隔世的自己，身影迷离，目光慈悲。

我们急忙下车，磕了几个头，那座城沉着地消失在一阵更大的风雪中。

那天晚上，在山下一户藏民家吃饭，窗外依旧风雪连绵，我在青稞酒里看见了飘动的经幡。

早晨起来，阳光灿烂，这座偏远小城，根本没有经历昨夜的风雪。

从那以后，我相信，经幡就是天的谜语，它藏着一些今生和来世的秘密。

谁猜破了，谁就成佛。

（原载《散文诗》2019 年 2 月）

冬天，我用文字温暖人间［二章］

关福财

冬日，喊亮一盏灯

落叶一层又一层，叠加铺陈着四季深浅不一的思索，有些凌乱蓬松，但不乏轮回的沉重。

谷物早已归仓。丰收的五谷，储藏的是生命对岁月的牵挂，季节对土地的念想。

大地想安静下来，于是那些多嘴多舌的鸟雀便知趣地抹去了天空中鸣叫的划痕。

我看到一根羽毛缓落于尘埃，悄无声息，又随风起落颠簸。比羽毛还轻的是那患得患失的身影，没有重量，没有体温，更无法唤醒。零落的时光却如此磅礴，淹没多少对未来信誓旦旦的承诺。

请在心房的屋檐下挂起一盏红灯笼！在这岑寂的天地间要让明亮高悬，要让温暖坐在低处的人间。

静默中聆听那颗心仰天高呼着一个乳名，它在历数灵魂的输出和生命的回溯。

幸福太多的时候被捆绑在翅膀上，由于飞翔而又常常忽略了脚下的风景。不要走过春夏秋冬感受到的只是切肤的冷暖，庭院里的那棵老槐树是否早已等待你目光的凝视，来提取峻拔的省悟。

徘徊在昨日，你竟不敢与往昔挥手作别，担心辞别了落叶就要遇见雪，怕匆匆远去的马蹄踩踏出的是一串串凛冽。

让心灵踮起脚尖，你便会瞭望到举着花草与鸟鸣行走的春天。

冬日，心养一株梅

岁月不居，有谁能把依附在纤尘上的春秋沉淀成久远的驻留。冷暖一次次被用旧，又一次次被搁置在俗世的十字路口。

寒冷无法放逐对春暖花开的渴望，一捧寒风用来吹落隐藏在眸子里的迷茫。回首，那一路曾经蹒跚的脚步，如凋零的一片片花瓣，芬芳灿烂了翘首眺望的怀想。

世间有太多的暗语和比喻，让真实迷失了自己。一枚孤月故意躲避高悬的偈语，不知

为谁消瘦成一弯紧锁的颦眉，一骑山高路远的疲惫。

倔强的信念搀扶着生命正风雪兼程，不负韶华。在时光的尽头谁是我唯一的岸。人生那一段一段逼仄的辛酸，是否可以装点成诗句闲阔韵脚的浪漫？

假借山川沧桑的名义拧开一壶卑微，就着万物从未泯灭的梦，把这冬日喝醉，暖一暖这最冷时令里人间的柔肠。人未醉，苍天的霜鬓已如粉蝶飞舞。这个季节不允许心中的长河有喟叹，更不允许心灵的天空有阴霾的弥漫，大地已很憔悴。

洁白是对大爱的一种祭奠，雪的内心本没有仇恨和恩怨，缺少的只是温暖的相伴。冷寂的岁月，幸好有腊梅帮助光阴照亮心扉。如果没有一朵傲骨的梅花开启寒门，万里山河又如何冲破冰雪的羁绊，携一路清香迎娶春天的高贵。

（原载《内蒙古日报·北国风光周刊》2019 年 2 月 1 日）

寂寂无雪

逯玉克

彤云之上，是大片大片的梅林，还是千树万树的梨花？

花谢了，洒落人间，我们叫她：雪。

雪，是天上的花落，人间的花开。

从古到今，天地间多少次玉树琼枝、江山一统？

有那么几场雪，一直飘洒在历史深处。

最早的一场雪，落在《诗经·采薇》里。“昔我往矣，杨柳依依。今我来思，雨雪霏霏。”岁暮，霏霏雨雪，缤纷着一名戍边将士经年归来近乡情怯的万千思绪。

也有人慷慨悲歌，一去不返。

易水送别，衣冠如雪。那“雪”，只是一小片，却闪着凛冽的白。那个芦花似雪的秋天，随着一声惊天霹雳，荆轲，这片燕赵大地的冷雪，在嬴政的长剑下，融化成秦庭一汪刺目的鲜红……那年冬天，北地的燕国一定早早下雪了，那是故国在为壮士天下缟素。

戍卒的雪太伤感，刺客的雪太悲壮，唯有江南名士的雪，飘着绝世风雅。

那年冬天，一场雪下在绍兴，王羲之因雪爽约，就提笔写了封短信，向朋友致歉。那封信很短，且是不经意间随手写就，然而，那场雪早已消尽，这28字的满纸云烟，却千年不散。当年，绍兴那场酒，醉出一幅《兰亭序》，这场雪，又孵出一贴“神乎技矣”的《快雪时晴帖》。

东晋的绍兴还有一场雪，是寂寂人定后才悄然而下的，下在山阴，下在曹娥江。那雪，美如童话，定然装饰了王子猷的梦吧。一觉醒来，感觉有异，推窗而望，哇，四野皎然。是我进入了梦境，还是刚才梦境的再现？这位不可一日无竹的公子再无睡意，杯酒入肠，兴致勃发，于是，在那个梦幻般的雪夜，在山阴曼妙的山水间，留下了雪夜访戴的佳话。

王子猷，未必有他父亲王羲之潇洒飘逸独步千古的好字，但他雪夜轻舟的雅人高致，造门不前兴尽而返的洒脱率真，却在高标独树的晋人风骨上，挥洒成几成绝响的神来之笔。

绍兴这两场雪，千古不朽。

“绿蚁新醅酒，红泥小火炉。晚来天欲雪，能饮一杯无？”白居易的那场雪有没有下？下了多大？没有答案，但愿雪随人意吧。但柳宗元的江雪下了，茫茫皑皑，只是，这铺天盖地的大雪，却遮不住孤舟蓑笠翁，独钓寒江雪的傲岸。地处南方的永州，怎么会有这么大的雪？大概是北雪情深，赶来探望那位贬官的柳河东吧。纷纷扬扬一场雪，弥漫成一首力透纸背的千古绝唱，值了。

跟江南的绍兴、永州一样，西湖，也应该不常下雪吧？但那场雪却实实在在下了三天，于雾凇沆砀上下一白中，成就了“一痕”“一点”“一芥”“两三粒”的奇景，更成就了张岱与金陵客的湖心亭邂逅。金陵，故国故都，多少沧桑往事，黍离之悲？铺毡煮酒的痴绝中，飘逸离尘的雅致里，几多遗世独立的隐痛、孤寂、凛然、冷峭？

风花雪月的民国，不能没有雪。鲁迅的雪，老舍的雪，梁实秋的雪，沈从文的雪。

于右任的《沁园春》没有雪，但若干年后，却被人脱胎换骨出一阕雪。于是，一场战罢玉龙三百万的雪，让无边烟霞的千里莺啼，凛冽成惟余莽莽的万里雪飘。

《诗经》以前的雪，早已消融，《诗经》之后，那些风流千古的雪，都风雅在文人骚客的诗文里。柳絮因风的雪，日暮苍山的雪，林冲夜奔的雪，红楼一梦的雪……已永恒成雪的经典，风韵、风骨、血性、沧桑，都在里面了。

久未下雪了，长冬寂寂。

无雪的冬天，无月的夜晚。

月圆月缺，雪，总归是要下的，只是——

雪常有，古风常在否？

（原载《散文百家》2019年第5期）

葵藿向阳

许　超

世界的中心

草木本心，葵藿向阳。

飞蓬，辞根散作九秋蓬。晚秋，分别已是必然，像是大地的眼睛，需要偶尔地休息。香樟，从青涩到成熟，是一个秋天的距离。野胡萝卜，共看明月应垂泪，一夜乡心五处同。蒲黄，是一段泛黄的记忆，写在水上。狗尾巴草，是草模仿了狗尾巴，还是狗尾巴模仿了草？ 牵牛花，是花牵牛，还是牛牵花？

人类，注视大地，就是注视自己。然而，世界的中心，已不在大地。

手持鲜花的男人

一个在黑暗中手持鲜花的男人，他说：爱是这么短，遗忘是这么长。

我在镜子里看到阳光，此时，洒在背后的窗台。爬山虎，快要败给秋风。而夏天，它在整面墙上纵情声色，我在本子上胡乱地写，隔年的时光，恰如幽幽缓缓的步调，每一次，都会踏出重叠的你，都会轻声地咏叹那句：哦，你也在这里。

请用歌声唱出吧。墙壁上留下青藤的印，而冬天，并不能将它全部抹去。有一些关于妙悟的瞬间，因为短暂，才更有意义。

靠窗口的位子

在庸常封闭的空间里，获得相对自由的出口。

尤其是在秋天。地上的万物，色彩丰富，却又在暗自收心。唯独是天上，白云以铺陈的手法，在蓝色的幕布上，信笔续弹。

暮色已成夜色。大地和天空，别有怀抱。视线回到室内，遽然发现，我其实正在另一个窗口，而所有的窗口，都是等待，窗口与窗口之间，偶有连绵。

去看菊花脑

我乘着慢慢冷却的暮色，去看。

她早已历经了风霜雨露，更多的是雪。那些开放过的花，抱紧在枝头。而绿色，正从四面八方聚集到死亡的根部，那些纤细、微弱而透明的存在，令人久违。

如果，此刻下一场雨，她将蓬勃而生，她将向你说出蛰伏一冬的千头万绪。在雨中，你就能准确地喊出她的名字。

所有的鲜亮都将经历或长或短的黑暗。菊花脑，是一部成长励志片。你看过，就会懂。

禅定的时刻

一个人拥有自己的时刻，就是“禅定”的时刻。

那样的时刻，可能很短——是天刚打开门，放一点光进来的时候，也可能是门掩黄昏的时候……

那样的时刻，你才可能在黄沙扑面的日常生活里找到一丝金黄的色彩。

比如，今天早晨，我看到的睡莲和一个叫莫奈的男人。

再比如，我遇见的井栏边草、栀子花、荷叶、飞蓬、雏菊、紫叶李。门前的那口井，幽深地，如隐者，在井中沿壁处，旁观一个一个的取水者。

再再比如，芦苇和他的中国主人《蒹葭》，它的另一位西方主人帕斯卡。

一只蚂蚁，明显感觉到了我的出现。

一本旧日记

深夜，找到一本旧日记，一本没有在个人的辗转中流离的日记，记录了

1999 年至 2000 年的某些断片，偶尔，那些断片仍然可以接续到某个完整的时间，比如，黄昏独步古城，踏马而来的，也必踏马而去。

我收藏它，因为它见证我，也因为，我永远不会再以那样的方式日记。当我认识到这些的时候，我开始珍视它，并且，从不轻易打开它。

而能够真正打开它的，只有时光册页本身。

为了配合秋天的气质

生一场病，为了配合秋天的气质。

10 月 7 日的雨，找到我——骨与肉之间的缝隙，随之弥漫，然后，我迷失在身体营造出的巨大秋气中。

但，在我疼痛的时候，我思考过它的好。最大的好就是，你很怀念不生病的时候。还有，就是——生病，往往是你深刻的时候。因为，疼痛，它会让你变回自己。

一闪而过的地址

溧阳、宜兴、长兴、湖州、金华、衢州、上饶、南平、武夷山，一闪而过。一闪而过的还有泛着黄金颜色的谷物。远山青黛，岚烟袅袅，萦青缭白，正是此景。

闽江东流。叶子花，艳丽。樟树上爬满了蕨类。

厦门、泉州、莆田、福州、南平……山的那一面，是海。有些事和物，虽然看不见，但是仍然牵引着你的眼睛。高铁在继续前行，穿越着这辽阔的夜和无边的旷野。

窗外是黑色的，我喜欢万物静默如谜的时刻，就像昨晚的那片树叶，无声地落下，恰巧覆盖了我左眼的镜片。

（原载《散文诗·青年版》2019 年 7 月）

记忆深处的鸟

马道衡

天　鹅

浑河从恒山东峪泻出，绕城东城北西流，凤凰山阻汇成湖。恒山人以为海，名湖东村海村。湖中兀立巨石，石上立祠，曰律吕神祠。人们遂称湖为神德湖，村为神溪村。

有消息说天鹅落神德湖，骑车去拜访天鹅。

湖岸草丛与树下三脚架林立。架边蹲人，穿雨衣，雨衣帽罩住镜头，镜头向湖，隐隐约约闪光。

两只天鹅扑扇翅膀，卷起水幕，稀释炽热阳光。阳光刺穿水幕，切割水珠，火星溅起。

天鹅沉水游，曲项向天歌，红喙耀眼，倏地闪进绿水，叼起鱼，曲项下咽。脖子徐徐变粗，旋即变细。隐约见红掌拨清波。

脑海闪过屏幕或幕布上的天鹅舞。女演员白帽白衣荷叶裙白鞋，立脚尖，曲颈，扇臂翩飞。动作整齐。韵律和谐。

“天鹅受伤了。”

“看那管枪。”循指望去，阳光在铁管上闪烁，泛着冷光。

“癞蛤蟆想吃天鹅肉！天鹅可是神鸟！”

“人渣！天鹅来，是看得起恒山的山清水秀。放枪，天鹅再不来了！”

“枪杀天鹅会遭报应的！”

话“噗”地刺破神秘、崇高、自豪、紧张。心头泛起酸楚、烦躁、自卑、羞耻。

天鹅游累了，蜷缩小洲草丛，曲项埋首于翅底绒毛，抟成圆球。

那几天，城里人驾车去看天鹅。

天鹅不再游于绿水，交颈蜷宿小洲草丛。红喙嚅动。叫声凄惨。颤抖。嘶哑。人们制造各种声音，叫着天鹅。天鹅微微昂头，旋即垂首，红喙一张，从草丛叼起蚂蚱，咽了。然后交颈蜷伏。

几天后，天鹅飞走了。

十几年再没见过天鹅。天鹅倩影时时从梦中飞起，激起的水练击中我的梦核！我唐突了天鹅？我们唐突了天鹅？

昨天，朋友微圈发天鹅泛游律吕神祠下神德湖照片。几只天鹅曲项向人点头示意，旋曲颈入水成圆。两天鹅红喙相吻，构成一颗红心。倒影绿水中也是一颗红心。呼扇翅膀激起水帘。亭亭玉立的荷茎、圆圆开放的荷叶、嫩嫩微启的荷苞、娇娇舒展的荷花、晶晶碧绿的湖水、白白净净的天鹅，高高低低、动动静静奏着和谐曲调。

静谧。开阔。温暖。和谐色彩沁入人心。凝成一曲小夜曲。

天鹅又来神溪了？天鹅原谅了我的唐突？天鹅原谅了我们的唐突？天鹅待恒山人不薄。

私聊微友，天鹅还在？去拜访拜访。

等明年春天哇。

是的。湿地保养好，还担心看不到天鹅？！

雁

十几年前深秋。周日下午，冷意刺心，出院晒太阳。闭眼享受暖暖阳光。身体舒泰。

心肌舒展。面颊突凉。睁眼，黑影缓移过来，罩过来。压头。

抬眼撞见雁阵掠过天宇。

耳畔回响童时晨读：大雁南飞，一会儿飞成人字，一会儿飞成一字。

深秋，反刍的牛并肩拉犁，大人跟牛犋后，左手扶犁，右手挥鞭，鞭梢在牛头上空挽个花，“啪”地炸响。我跟在大人后边捡土豆。踩着暄腾腾的垄眼，刚翻起的土散发的腥气弥漫。天突然暗了。抬头看广袤蓝天。“雍雍鸣雁，旭日始旦。”（《诗经·邶风·匏有苦叶》）雁阵横掠天空。蓝天越发深邃、邈远、纯粹、干净。凝神数雁。三十多只。雁展翅斜飞，翅与翅间距忽长忽短。翅翅间气流激荡，隐隐风雷，气流拂面。

牛“哞——”长叫，应和雁嗢嗢。

傍晚。收工时卧垄眼看雁。

雁阵变化演练着人字一字阵势，翅的扇动频率一致，翅与翅距离随频率变化，韵律十足。

雁阵飞成省略号，落入西山残阳血色。

山。红光。雁线。三重景深。平静入心。

雁“嘎”的一声，把我从童时的野外拽回现实。

雁阵正飞书隶书“一”。雁们徐缓翩翅，频率一致，波磔平滑。雁偶掉队，隶书“一”波磔现缺口，头雁“嘎嘎”叫起，诸雁调整翅膀翩飞频率等候。几头雁向掉队者身边翩飞。头雁的“嘎”声是喊口令指挥群雁去护卫掉队者，还是喊“加油”，鼓励掉队者？头雁振翅鼓气流给掉队者力量。群雁振翅鼓气流给掉队雁。掉队雁借气流之力振翅，加快翅膀扇动频率，赶上群雁，波磔渐趋平滑。两边雁凝身翩翅，头雁翩翅频率加快，以她为基准，两边雁成对调整翩翅频率，一对一对频率依次减小，雁阵慢慢飞成人字。人字刚成形，群雁翩翅频率一致，一撇一捺，遒劲有力，掠向恒山。

我飞车跟踪雁阵。

雁以蓝天作纸，以身作笔，字痕比任何书法作品都潇洒大气，有格局。

恒山主峰天峰岭2018米，与姐妹峰翠屏形成金龙峡，峡谷最窄处不足50米。一条省道像带系在恒山脚踝，乘车可见：峡谷被水淘成S形，一S套着另S，一S衔着另S。车随路转，过一弯，眼前突兀一石柱，再过一弯，车钻进石扉。

这时我紧张南望，石扉、石柱、石剑耸立、蔽目。哪看得见峡谷弯弯？！

发力蹬车飞驶于公路。雁“嘎嘎”叫着飞翔我的头顶。

雁阵掠不过恒山主峰。横宽60米，能随峡谷弯而拐弯飞出？思忖间，撇捺笔画雁向头雁靠拢，翩飞着翅膀缩间距缩字形。宽肥人字变得窄细。后雁衔前雁尾羽，笔画成念珠，像柳梢沾泥后甩出的泥滴。低翔。俯冲。

意到笔不到！

我驾风飞驶到金龙峡最窄处，雁阵“嘎嘎”叫着盘旋。雁要着陆？在我欣喜与沮丧交杂间，雁阵险险贴着水库大坝飞过。

大坝锁住的水龙，凝成碧玉，静卧天峰翠屏间。视野突然开阔，雁们欢叫着滑翔于水面。调皮雁斜飞，翅尖掠水面，划一道犁痕，水珠溅飞阳光，耀眼，眩晕。一雁直坠水面，爪在水面一划，抓住一鱼，振翅斜飞，爪痕泛开涟漪。一圈一圈，一圈一圈，排列成荷叶。头雁“嘎”叫一声，群雁振翅翩飞，调整间距，在水域上空演练阵形：人字转换成一字，一字转换成人字。

头雁竟然冲我而来，群雁嘎叫着翩飞成人字，人起笔处就在我头顶，群雁“嘎嘎”叫。向我道别？祝福我？我心暖暖。头雁掉头南方，人字形雁阵左边群雁翩翅频率加快，人字形雁阵右边群雁翩翅频率放缓。人字雁阵在空中掉头向南，群雁精确地翩翅，翅与翅间距很精确地配合着笔画的滑顺，没一处凸出或下凹。人字雁阵一成形，群雁振翅决飞，毅然掠过南山顶。

居所距恒山主峰2500米，骑车追到水库，观看了雁阵给我的书法演示，享受雁阵给我的示意，默默目送雁阵掠过南山，心底回应着雁的“嘎嘎”再见。

居城33年，见雁唯此。

鹰

肚皮黝黑的汉子肩头蹴着一只鹰。敛翅。昂首。铁灰钩喙里弯，闪着冷光。眼凸起铁喙与额头间，橙色眼珠射出寒光。睥睨街头平车摊贩及叫卖声。脚踝拴着铁链，铁链另头攥在汉子手里。

汉子横膀，眸射凶光，与鹰铁喙冷光，与眼的睥睨寒光，合二为一。

鹰低沉唳叫，脖毛奓粗，敛身黑羽微开，振翅，“哗啦啦”激风击面，翅尖扫过面颊。疼。凶光中闪烁着惊恐。

叠影闪现。

夏。在温热唐河水中洗澡，头顶风雷阵阵，水面黑影移动。鹰翅掠过，激水丈余，水练散开，水珠疾升，射脸生疼。岸上老牛伸舌揽草或咀嚼反刍，被激水射中，惊望鹰，鹰翅掠过牛头。牛“哞——”朝天叫，鹰侧身旋转、展翅滑翔远去，直至成了小黑点。

赤身站立，凝视鹰。

堂叔掏了只雏鹰。雏鹰体大于喜鹊。黑羽。黄嘴叉铁黑钩喙。斗眼射出凌厉光芒。泛着鱼鳞的黄腿下的钩爪扣进后生胳膊。后生下河里捞鱼抛起，鹰振翅，张铁钩喙接鱼，伸脖，点头瞪眼寻鱼。我担心铁钩啄瞎眼睛，举手遮眼，后退。从指缝窥鹰，鹰犀利眼神逼压我收回眼神。下河捞鱼递给叔叔，叔叔再抛鱼，鹰倏地伸喙叼鱼吞咽。

我成了叔叔的跟屁虫，给鹰捞鱼，逮蚂蚱松鼠喂鹰。

几天后，叔叔说：鹰撞破笼子飞走了。

秋天。收割谷物，累瘫在割到的谷子上。蓝天清澈、深邃、广袤，黑影掠过。要下雨？雷风兜头扑来。噢。苍鹰翔天。苍鹰舒展翅膀，保持一态，偶尔调整身体角度，翅膀倾斜，借风势翔翅。苍鹰及带起的风雷切割空气、阳光。滑。滑。滑。身体稍微下落，转圈滑翔，振翅御风。偶尔的唳叫声、翅膀扇风生成的尖锐啸声与滑翔动作协调和谐，独翱天宇。

鹰，天空的王！傲气。霸气。英武气充满空间。

鹰，不疾不徐，借自身动势疾速扩大飞的直径，巡略、占据空间。

橙黄染山天、焊缝隙。鹰敛翅射向橙光。鹰披黄金铠甲，射向橙色暮色洇成的血色。

汉子曲拇指食指，含嘴呼哨一声。鹰振翅决起，在楼宇切割的狭窄空间振翅滑翔。翅膀偶尔扫过楼墙，扫过高压线，没风雷声。没傲气。没霸气。鹰旋飞一圈，落于汉子胳膊。汉子端胳膊前行。

我听到鹰的喘息！

这是我记忆深处的那只鹰的后代？

那只鹰唳叫着翱翔恒山山脉，翱翔天宇。风雷激动。射向橙光！射向血色！

家乡再无鹰消息。

（原载《散文诗》2019 年 4 月）

张琳散文诗作品

张　琳

第三只月亮

我已看过夜空中的月亮。

我已看过流水中的月亮。

但盲诗人博尔赫斯说：那已不是先人亚当望见的月亮。

在夜里，我坐在地球上，像一个唐朝人脸上的一朵疑云。我越低，月亮越高；我越黑，月亮越白。

我附耳告诉一只被灯光惊呆了的壁虎：那不是我。

不是。我还从未出生。

遥远的，就像第三只月亮。

我们需要一面镜子，在时间之外，在空间之外，在虚无之外，在存在之外。

它必须由一种叫“非常道”的材料构成，它必须有一个叫“非常名”的名字。

就像第三只月亮。

如此，我可以，低头望明月，举头思故乡。

如此，我可以，不分镜里，镜外。

在黄河转弯的地方

一个人，静静的，看着黄河进入山西，看着落日，像一枚红色的勋章，挂在生活的别处。

一切都圆满了——

我来到这儿，以自己的方式，款待着梦中的大河。

我在此岸，陕西在彼岸。莫非，长安还在对岸？莫非，李白还在长安？

一念之间，一群飞鸟已振翅越过黄河，与白云一起镀上了24k黄金。

我的泪水。

我的膝盖。

在娘胎里就镀上了足赤的黄金。

这是人间少有的默契：我的泪水仿佛飞鸟，我的膝盖仿佛白云。

所有的美，都是如此的令人眷恋……活着，不就是为了洗心，为了革面吗？黄河来自天上，我站在异乡。

我还做不到物我两忘。我想成为黄河的一部分，从壶口决然跃下，在东营缓缓入海。我想让黄河成为我的一部分，爱一个人，就给他无数怦然心跳的浪花，给他一只填补命运空白的精卫鸟。

我承认，一条河给予我的，我一生都用不完。

我却不能，生如芦苇，死如芦花。守着一条河，看彼岸花一直开到水穷处，看古老的星辰，像摘不完的无花果。

放不下的东西，总是太多。谁说不是呢，就像一口钟放不下荡漾的钟声，就像天空，永远放不下高高在上的蔚蓝。

我只是青，我生于蓝，却沾满了红尘。

黄河亦有洗不清的黄。

胡不归？闪烁的星辰，即将变成平凡的万家灯火。

天下的河流都在回家，唯有故乡，才可以让我说出我是谁。

（原载《扬子江》2018年第6期）

雪里红［组章］

郭　辉

岩　松

高不可攀的石罅之中，你深邃的思想，是如何扎进根去的?

风送来的? 鹰衔来的? 还是种子有脚，一步一步，走入了自己的宿命?

经历了多少次雨水的洗礼、烈日的暴晒，生命之卵才炸裂开来。在那一个痛苦的长夜，一颗倔强，引爆了所有石头的神经。

高处不胜寒，更可怕的，是比岩石还要顽固的缄默。

只有清冷的月光，才会偶尔让你想到人间，想到母体上神秘的绿。

生非生，长非长，梦非梦。

多少年过去了，当你终于一伞遮地，一柱擎天，你才知道，原来岩石是有水分的，是有养料的，是有脉息的，是有血液的。

你立于石之间，撑于石之上，有多少针叶，就有多少感恩之心。

巨大的绿荫，像翅膀一样展开，呵护着石头们坚硬的心事，呵护着岩壁上孤独的鸟鸣，呵护着岩缝间野草野花芬芳的遐想。

经年累月，无声无息。

古柏铜钟

这一株柏，仍立在村头，几多朝代风过耳。

杈开的枝丫，如盘踞的蟠龙，直欲凌空飞去。

虬枝上，那铁色的一团，是鹰之巢穴吗? 为何又在向晚的风中，发出嗡嗡之响。连石头们一颗颗冥顽不灵的心，也不由得生出一丝丝震颤。

呵，是一口古钟！

圆口朝下，铜制的骨肉一派苍凉，表皮上的镂刻似乎已被时光蚀尽，其实呢，是被嵌进了柏树的年轮里，只有最老最浑浊的眼珠，才能在黑暗之中得以窥见。

历史的巨臂擎住历史的嘴，发出的都是慷慨悲歌！

充满血性的金属之声，敲落了天下的多少兴衰成败，敲逝了村野的多少陈年往事，黄铜铸成的魂魄，依旧如同古柏的苍翠，铿锵有韵。

但光景不再，钟鸣的日子，一年比一年稀疏。

钟声里的生机，也开始锈迹斑驳了。

重回故乡，站在古柏铜钟下，正是秋露初上，灰黄的灯光里，我看到钟体上，恍然有清泪在滴落。

对于游子，沉默才是最好的迎宾曲。

我俯身拾石，翘首敲钟，冥冥之中，分明听到古柏上每一片叶子簌簌有声：

敲响历史，总有回应！

蛐　蛐

夜色如水，小小的紫衣呵，在哪一角乡土下，作如水的歌吟？

月亮已跌入村头的枣树林。

牛棚里续完了草料的老汉，点燃旱烟，烟锅一点红，兴许是在为某一个时辰打着句点，为寂静掌灯吧？

更越深，那一尾歌者，唱得越是忘情了。

翅膀底下扇出的声音，满村满野地飞呀飞呀，停也停不下来。

像是时令中最好的雨，那么密集、那么可心地下着，飘着；飘着，下着，不经意间，就把村子里所有的梦境，都溅湿了。

一个归来看望双亲的游子，鬓角也已秋了。几夜辗转难眠，今宵，终于沉入到了梦的深处。

夜色无边，鸣声有韵。

忽地，他的嘴角竟渗出一线口水来，在黑暗中愈见清亮。

是不是今夜蛐蛐鸣啭的乡愁，格外沉重？

咽不下……

品　月

桂花树下，且就着自酿的苞谷烧，一品杯中的月光。

树旁的相思港，水纹儿一闪一闪的，谁知道它，曾经泡过多少阴晴圆缺？但依然是素面朝天，静心静气。

树上的桂花似乎有点羞怯，把香淡淡地撒开来，夜色竟也相跟着淡了。

酒味儿倒是又厚了几分。

秋虫在远处叫着，断断续续的，是有什么心事吧。

这月呀，仍如孩提时一样的白，一样的纯。但那时是天真的，率性的，当一群竹制的刀剑乱挥乱舞，月色也仿佛纷飞了起来。

而此刻，月静若处子。月下的人，也已早生华发——是几十年间月光漂染的吗？

小酌一口，苞谷烧的烈性，能否化开心头的块垒？苞谷烧中掺和的月光，却是把乡思，越浇越浓了。

相思港静水流深，流走了多少月光，世界上最大的秤，只恐也称不出那随风而逝的重量。

回忆也是有重量的吧！

今夜的杯中，月光满满，心绪空空。

品得了月，品不尽人生的惆怅。

雪里红

引颈一啼，火红的太阳，便从火红的冠上升了起来。

小村醒了，亮相于山野之中，像一幅正在着色的水墨画。家家户户的屋顶上，炊烟不管不顾地跑了出去，向山峦上的一朵朵白云招手致意。

溪流里的水，比夜里走得欢实些了，充满了精神气儿，好像是要去赶赴一场春色撩人的约会。

牛从栏里迈着方步走了出来，先慵懒地哞了一长声，再射下一泡热烘烘的尿水。当它正待四下里瞄瞄的时候，雪里红出现了。

洁白的毛羽，从里往外，透着一股银子的亮色。鸡冠冲天而立，红得像呼呼作响的火苗。远远望去，哦——

哪来的一团雪，哪来的雪上花！

这小村的司晨者，扑闪着翅膀，迈动双脚，不紧不慢地行进着。在牛栏边上，用尖尖的嘴喙，啄了一片菜叶，又捉了几条虫子。

忽地，它一跃而起，飞到了牛背上。

不知道是牛身上有虻虫，还仅仅只是要为牛梳理毛发？牛很知趣，身不动，尾也不甩，好像在享受一份难得的悠闲。

兴许是感受到了阳光的热烈，雪里红脖子一昂，脆亮地啼出一声来。牛也不甘寂寥，紧紧相跟着，哞出了一声，拖得老长老长。

这大自然的二重奏，让小村的早晨，晕乎乎了，醉醺醺了。

民间的歌，千年不落。

水　碾

溪水哗啦啦啦哗啦啦啦，整日里，淌着一尾白花花的纯。

不知道什么时候，最狭隘的一段流程上，竟长出了一轮水车，一圆圈木牙齿。

啃着水，又被水反啃。

日复一日，月复一月，年复一年。在单调而又枯寂的日子里，旋转成了山里人心中小小的乾坤。

稻子、黍子、荞麦，这些带壳的谷物，一到槽床里面，性情就变得无比温和，任碾盘内总在走动着的看不见的力量，脱净外壳，坦露出赤裸裸的纯而又纯的光芒。

那些白米粒、黄苞谷、红高粱生动的色泽，常常被一磨再磨，磨得像尘埃。一入餐盘里落定，便叫人满嘴生香。

山上野生的油茶果，则是抱着粉身碎骨的念头，慨然而至，听由挤兑，榨压，义无反顾地将骨血，流成了润滑生活的汩汩清亮……

乡村碾房——

溪水流动中，斗大的一个顿点。

溪水流动时，短暂栖息的一处居所。

更像是民间艺术里原生态的嗓门儿，悠悠然哼着，一曲古朴乡谣。

〔原载《新时代散文诗》2019 年 7 月（创刊号）〕

山间笔记

敬　笃

山间笔记

冬日暖阳，山也会向我们敞开。傲骄的山木，摒弃五彩皇冠，低调地享受沐浴之光。

一阵勉强的风，和每一根树枝握手，嘘寒问暖，它们来自东北的某个村庄，那里，还在下雪。

我在山间听鸟鸣，它自然而欢畅；我在山间看蓝天，自由而温馨；我在山间寻流水，涓细而绵延。

我行走于山间，野花低调含蓄地珍惜着每一寸光阴，似乎世界只有这一刻才是它的私有之物。

野草与灌木相视而笑，腾起的微尘，弥漫四周，营造戏谑的氛围，一切都不再显得荒芜。地面杂乱分布的落叶，按照时间的顺序叠加一起，计算着日子，渴望重回曾经生活的地方。

山空虚地耸立在偏远之地，远离人类，却是丛林飞鸟的栖息之所，恬静得让人嫉妒。

被画上符号的石头，是图腾，是信仰，是语言，是敬畏，也是尊重，它们守望着天和地，任何风吹草动都是它们的褶皱。

我独自坐在山间，清点植物的名字，一阵舒缓的风，把我带入自然而然之中，据说，“道”，亦抒发于此。

原野与天堂

我的天堂是一片原野。

——［西班牙］洛尔迦

一匹奔跑的白马，在原野上追逐着爱情。远方与诗，在虚构一个天堂。

蓝天与白云，交错着洗涤人心，灵魂在此刻，安宁。浅浅的河流，静静地哺育着草原的精灵。

巫师唱着长调与呼麦，与长生天在交谈，纯洁的信仰，来自原初的崇拜与诚挚的心。

风，跟随着骏马，穿过白桦林，越过草场，用汉子的威武雄壮，搜寻爱人。

这是现实的天堂，原野上水草丰沛，广阔之地，万物尽收眼底，一切都是你的。

对着天空大喊一声，那远方传来的回音，响亮绵延，倘若变化了腔调，我想那是卓雅的答复。

即使仪式简单，可命定的爱情，也终会在守望中甜蜜。

原野与天堂，在虚构与实存之间转换角色，你渴望的结局也许并非如此，但这匹白马，将继续奔驰在草原。

山之语

十万座大山，起起伏伏地躺在大地上，一个连一个，形成巨大的波浪，在雾中时隐时现。有三五成群，也有两两成双，交头接耳之间，聊着冬天的故事。

渴望一场雨或者一场雪，来给群山环绕一些神秘的色彩。看，有神仙在远方出现。

——山之巅，耸入云端的松柏，与天空融为一体；

——山之脚，流入田园的溪水，与村庄和谐共存。

山之语，源于自然，鬼斧神工的造物主，用猜不透的心思，铸造一个又一个象形。

火车从山的骨髓处穿越，一条长长的铁轨，附在石头之上，交流着某种信仰。

成群的鸟儿，环绕山头，它们不是在觅食，而是在祈福，保佑大山的子孙，物阜年丰。

巫师代表山神与上天对话，一缕无法描述的青烟，飞入九天。也许，这是最后的祭奠。

山之灵、山之物、山之语，源于生命最本初的邂逅，才是灵魂唯一的出口。

山之外，也许还有山！

欲言无词

时间欲行又止，树欲静而风不止，我却欲言又止。

没有词语可以让时间停留，没有词语可以让爱情休止，那些连续出现的符号，静止在下一个时间里，美好。

花，跟着温度逐次开放；鸟，似乎听闻了大地回暖的消息，在阳光下恣意妄为。

旷朗无尘，凡间事物，终难逃脱命运的磕绊，而我们生于凡间，又岂能逃脱？

繁华热闹世界，什么样的词汇可以概而括之？语言，跟着微风，停靠在思想的嫩叶之上，无法回眸。

时间无意于流水，贴地生长的野草，卑微却不卑贱，它们才是和自然最亲近的朋友。

在春天面前，欲言无词，接下来发生的一切，都将与命运休戚相关。

时间流影

止于疼痛的岁月，在风的拥簇下，打量着春天的体态。一束将开未开的花，杵在枝杈上，摇曳着身姿，看似妖娆。

没有人忘记，流水一样的时间，脚步从远到近，或者从近到远，终会形成一对逻辑关系，在人的思维中穿行。

没有停止的梦，纸醉金迷或乱花渐欲迷人眼，在转头之间，无影无踪，却又若隐若现。

我放弃了追逐，在一块阳光下独自踟蹰，浮动的树影，虚构一个世界，安放脆弱无比的心灵。

时间，让人着迷，坠落苍穹之上的记忆，演化成无数个版本的电影，跟随导演的节奏，铭刻在破旧的胶卷之上，供人瞻仰。

或歌，或曰，尚未定义的概念，陷入迟疑之中，消失在时间流影之内。

一切安好，自然之法永续。而我们，渐渐老去。

静物独语

生命的形态，或动，或静。

止于自然的归宿，终将进入一个死亡的空间，那里不见得喧嚣。

最初的爱，起于信仰的崇拜。图腾的符号，静静趴在幡上，与天对抗，总有敬畏之心。

树木砍伐之后，无数衍生品，在时光流影中，怀念旧时模样，可一切，都是命中注定。

也许，天空没有风的时候，云在守候着太阳；倘使风起，云也将不甘寂寞，开始自己的舞蹈。

一面镜子，一汪湖水，折射两个世界，静物的独语，只有它们读得懂。一张纸，一串汉字，流连于尘世的浮华，而岁月一直安好。

静物等待，思维漂泊，在所有幻化中，从未离开那静止的空间。天道轮回，只有你在那里独自呢喃细语。

日落之后

时间拖着尾巴，流入大海或者山峦，一抹淡红色的云，藏在晚霞里。春天，花儿的气息，笼罩在我们无法预知的田野。

归来的农人，在尝试着回忆一日的劳作。汗，是咸的，也是甜的。口中哼唱着小调，苦中作乐。

月亮即将升起，东方发白的曲线，婉约之美，让人深陷其中，难以自拔。

倦鸟知还，一些呀呀的鸣叫声，构成了季节里一幅生动的图画。树枝在动，风在起舞，我们开始畅想夜幕之后，隐藏于黑暗之下的谜语，下一盏灯，也许会照亮往返的路。

日落之后，那些不曾停止思考的动物，安静地等着花儿朵朵开。

（原载《散文诗》2019 年 7 月）

银州又飘雪

陈　词

1

又坐上高铁，又走在岭上，枫的脸红透了，银州，又飘雪。

我也是飘来的雪！

轻手轻脚怀抱一颗心跳，滚着隐形的铁环从岭上跑啊跑啊，一只雪狐跑没影了，跑回家了？雪覆盖的龙首山、辽河、七里屯和银街，恍如梦境。

多大的雪能覆盖？

而我，得以遇见银州的铁和岭，像父母依偎……

2

从远方回来，一片叫银州的雪。

又是雪季，铁树开花，岭上缩梅，银州以白讨绿，从山水人情、从太阳和月亮中，讨一碗河水。

我知道我身后永远有远山、有残雪、有鹰的翱翔，我的手掌红肿、鞋底磨破了，也要卧一道岭——

岭下的辽河入海口清晰可见，那些在风中起舞的网和帆、两岸拔节的松柏和野草、羞涩的炊烟清晰可见……

来吧，跟这片燃烧的雪一道，把冰霜抚摩，把铁的锻打、岭的疗养齐集于我的笔尖。

恍若雪在反光中背叛，却不自觉，于银州的宽、窄、细的巷口，仰脸张嘴品银州雪色的五味杂陈。

飘雪的银州被时空跨越，谁在远离尘嚣？从远方回来，回来了吗，一片叫银州的雪？

3

我难忘离去和归来的时间、地点、人物。在路上，回忆被雪包围，准确说，是亲人的脸，因寒冷而产生雾霭，我被遮盲。雪能拨雾吗，重新泼墨辽河晚渡，久别的亲子图？母亲辞世前对我说过一句话："银州雪是你的冰糖，辽河是你的奶娘……"这句话卡住我的嗓子，一任呜咽的辽河把母亲接走了，像一片雪融进波光。

我呢，一片孤儿雪。只记住父母在银州给我讲的童话，一片片的，碎，但完整。还有母亲给我留下的镜子，恍若完整的 18 岁。该疼的止了，该发芽的冒尖了，镜子有足够的视野、足够的春风化雨化雾，我淡淡地看见我的至爱亲人掀起面纱，却飘飘成仙，我张开送亲人的十根手指，每个指甲上都站着一只蜻蜓，一并拢就变成鹰隼，一出发就变成爬山越岭的铁鞋。

攒多少铁，能在岭上开一家铁匠铺？

（原载《辽宁日报》2019 年 1 月 16 日）

后　记

柯勒律治在《文学传记》中谈到，与著名诗人华兹华斯先生成为邻居后，他们谈话的主题经常围绕着诗歌的两大要点展开，即通过真诚遵循自然真理激发读者共鸣的力量，以及通过修饰想象色彩激发创新兴趣的力量。他说，突然的魅力，光与影的意外交融，月光或落日在某个已知和熟悉地点的弥漫，似乎都是这两种力量的具体体现。柯勒律治称此为诗歌的本质。

虽然说散文诗是一个独立的文体，但我们又不得不说其是从诗歌中分离出来，灵魂仍然是诗的灵魂。那么，我们仍然是要遵循其内在的创作规律，并寻求自己的独特个性。

2019 年的散文诗年度选本，可以称之为散文诗阵容的实力展示，其中有诸多我们不大熟悉的新面孔，而作品却老到纯然，让人见了喜欢。我们希望这样的作者和作品越来越多，借以表明散文诗的蓬勃生机。

由于出版时间的限定，我们选取的是上年的十月至今年十月所发报刊的作品，这样仍然是一年的周期。

望投稿的文友在意，2020 年的征稿，于当年 8 月发布。

王剑冰

2019 年 12 月 1 日

2019年选系列封面绘图画家介绍

杨锋 1960年出生于浙江嵊州。1984年毕业于西安美术学院版画系。中国美协版画艺术委员会委员，陕西美协版画艺术委员会主任。现任西安美术学院版画系主任、教授、博士研究生导师。

2000年，荣获授予20世纪80—90年代优秀版画家的“鲁迅版画奖”；在国内外多次举办个人画展；作品被中国美术馆、上海美术馆、江苏美术馆、大英图书馆等收藏。

出版有《综合材料版画技法》《杨锋作品集》等。

《山海》 综合版 杨锋 66cm×59cm 2011 年

杨锋版画短评

对于杨锋来说，胶砂、木板、实物印痕等物质材料，在他的作品中就像是油彩、水墨一样的存在，他不断驯服材料，不断探索版画表现的边界。那些工业化的物料，经过版画的印痕，便优雅地符合了绘画的规范秩序，体现出绘画性的存在。他的版画，非常恰切地使材料的特性发挥到了极致，其语言以一种中国画笔墨风格般的个性特质归属于杨锋，使他的追随者成为他个人版画成就的注脚。他的木刻版画同样也具有这种尽显个性特征的视觉风范，语言也具有浓烈的、从属于个人化的性格特质。杨锋的版画在复数性的版画特质下，总是具有“亲笔书写”的特质。他的版画以物质印痕的不确定性、绘画的思想性、语言的个性化使产生绘画的原境得以在作品中留存，为机械复制时代的版画拓展了新的边界。

——刘坚《原境、模仿、物性、符号、语词——论杨锋的版画》

图书在版编目（CIP）数据

2019中国年度散文诗 / 王剑冰主编 .-- 桂林：漓江出版社，2020.1

ISBN 978-7-5407-8806-3

Ⅰ. ① 2… Ⅱ. ①王… Ⅲ. ①散文诗—诗集—中国—当代 Ⅳ. ① I227

中国版本图书馆 CIP 数据核字（2019）第 287476 号

2019 ZHONGGUO NIANDU SANWENSHI

2019中国年度散文诗

王剑冰　主编

出版人：刘迪才
责任编辑：谢青芸
助理编辑：黄彦
书籍设计：石绍康
责任监印：张璐

出版发行：漓江出版社有限公司
社址：广西桂林市南环路22号　邮编：541002
发行电话：010-85893190　0773-2583322
传真：010-85890870-814　0773-2582200
邮购热线：0773-2583322
电子信箱：ljcbs@163.com
微信公众号：lijiangpress
印制：香河县闻泰印刷包装有限公司
[河北省廊坊市香河县安平镇二街　邮编：065402]
开本：690 mm × 1000 mm　1/16
印张：19　字数：258千字
版次：2020年1月第1版
印次：2020年1月第1次印刷
书号：ISBN 978-7-5407-8806-3
定价：45.00元